TATIANA DE ROSNAY

Kwetsbaar

Vertaald uit het Frans
door Nini Wielink

Artemis & co

De citaten op pagina 100, 189 en 190-192 zijn afkomstig uit:
'Lullaby' van The Cure, geschreven door Simon Gallup,
Roger O'Donnell, Robert Smith, Paul Thompson, Laurence Tolhurst
en Boris Williams (BMG Music Publishing) en
'Fool's Overture' van Supertramp, geschreven door Rick Davies
en Roger Hodgson (Rondor Music).

ISBN 978 90 472 0162 5

This book is published by arrangement with Literary Agency Wandel Cruse,
Paris, in conjunction with Éditions Héloïse d'Ormesson, Paris

Oorspronkelijke titel *Moka*
Oorspronkelijke uitgever Heloïse d'Ormesson
Omslagontwerp Janine Jansen
Omslagillustratie © Christine Day Lorico/Getty Images
Foto auteur Philippe Matsas/Opale

Verspreiding voor België:
Veen Bosch & Keuning uitgevers n.v., Wommelgem

Voor mijn twee grootmoeders

Natasja, de Russin
(1915-2005)

Cynthia, de Engelse
(1898-1990)

‘Er was geen maan. De hemel boven onze hoofden was inktzwart. Maar de hemel aan de horizon was helemaal niet zwart. Die was, als met bloed, met purper bevlekt. En as vloog ons met de zilte zeewind tegemoet.’

Daphne du Maurier, *Rebecca*

Mokka (m.; g.mv.)

1. Soort koffie, aftreksel van deze koffie: een kopje mokka;
2. Stijve room met koffiesmaak.

1

Het was een woensdagmiddag. De dag van de kinderen. Ik zat aan mijn werktafel. Geconcentreerd. Onbeweeglijk. Mijn blik gericht op het scherm voor me. Geen geluid. Alleen het verre geroezemoes van het verkeer over de boulevard. Het was halfdrie.

Mijn mobiele telefoon ging. Er verscheen een nummer op het scherm. Een nummer dat me niets zei. Ik nam op.

'Hallo, mevrouw Wright?'

Een mannenstem die ik ook niet kende.

'Bent u de moeder van Malcolm Wright?'

Ik zei ja, ik ben zijn moeder. Hoezo? Wat is er?

'Uw zoon heeft een ongeluk gehad. U moet onmiddellijk komen.'

Een ongeluk. Mijn zoon. Dertien jaar. Ik stond abrupt op. De kop thee op mijn bureau vloog door de lucht.

'Met wie spreek ik?'

'Met de ambulancedienst, mevrouw. U moet komen, uw zoon is aangereden op de Boulevard M., hij is gewond, de bestuurder is doorgereden, we zijn op weg naar het H-ziekenhuis.'

Ik hoorde het allemaal aan, die onbekende stem die in mijn oor kraakte. Een ongeluk. Malcolm. De bestuurder was doorgereden. Het lukte me niet de juiste vragen te stellen. Mijn mond was week en werkte niet mee. Ik kon niet goed praten. Ik bedacht verward dat ik Andrew moest waarschuwen, want als ik nu wegging, wie moest Georgia dan van dansles ophalen? En dat het allemaal niet waar was, dat het allemaal een nachtmerrie op klaarlichte dag was, dat het niet echt gebeurde. Maar de stem kraakte nog steeds.

'Snel, mevrouw. Komt u naar de Eerste Hulp. Onmiddellijk.'

Ik pakte mijn spullen, mijn telefoon, mijn jasje en ik vertrok. Op de overloop kwam ik iemand tegen, ik duwde hem opzij. Ik geloof dat ik sorry, sorry mompelde.

Ik besefte al dat niets meer hetzelfde zou zijn. Dat mijn leven totaal veranderd was. Zomaar. In een paar seconden. De weg naar het ziekenhuis was eindeloos. Ieder stoplicht duurde een eeuwigheid. Ik probeerde mijn man te bellen. Voicemail. Ik sprak geen bericht in. Wat kon ik zeggen? 'Andrew, Malcolm is aangereden. De ambulancedienst heeft gebeld. Hij is gewond. Ik ben op weg naar het ziekenhuis. Kom gauw.' Ja, dat had ik willen zeggen. Dat had ik willen uitschreeuwen. Maar ik kon het niet zeggen na de pieptoon, ik kon die woorden niet uitspreken, die zwaarwegende, verschrikkelijke woorden na de hartelijke, vriendelijke stem van Andrew, zijn tweetalige bericht: *'Hi, you've reached Andrew Wright, please leave a message after the tone.* Wilt u uw bericht inspreken na de piep?'

Nee, dat was onmogelijk.

Het ziekenhuis. Het lawaai. De mensenmenigte. De geur. De eindeloze gangen. De piepende karretjes. De wanhoop van andere mensen. Van mij. Alles wat er over ziekenhuizen wordt gezegd, de verpleegsters die het razend druk hebben, de onverschillige witte jassen. En in dat alles even de blik van mededogen, de glimlach, de handdruk die zorgt dat je de hoop niet helemaal verliest. De arts. Een jaar of veertig. Mijn leeftijd. Een scherp en mager gezicht. Een rustige, ernstige stem.

'Hij ligt in coma, mevrouw. Zijn toestand is min of meer stabiel. Maar u kunt hem niet meteen zien.'

Coma. Het woord choqueerde me. Malcolm was niet dood,

maar hij lag in coma. Alsof hij sliep. Niet dood. Coma. Ik wist niets van coma. Ik had acteurs in een film zien doen alsof, maar ik had nooit in werkelijkheid iemand in coma gezien.

'Uw zoon heeft bij het ongeluk schedelletsel opgelopen, met een coma als gevolg.'

Ik keek naar mijn gymschoenen, naar mijn voeten, de voeten van een ontredderde moeder. Coma. Raar woord. Afschuwelijk woordje. Malcolm coma. Malcoma.

'Hebt u de vader gebeld?'

De vader. Mijn man.

'Nee, ik kon hem niet bereiken.'

'We gaan het samen proberen, komt u maar. Komt u maar met me mee.'

Een gammel bureau, een oude beige telefoon. Het nummer van Andrew. Voicemail. Ik probeerde zijn kantoor. De stem van zijn assistente: 'Hé, dag Justine, Andrew zit in een vergadering, hij kan nu even niet met je praten.'

Ik zei: 'Verbind me alsjeblieft door. Malcolm heeft een ongeluk gehad.'

Ik hoorde haar plotseling ademhalen en ze antwoordde: 'Ja, ja, natuurlijk, mijn god, dat spreekt vanzelf, sorry.'

Andrews stem. De keuze van mijn woorden. Niet makkelijk, de juiste woorden kiezen terwijl je maar één ding wilt, en dat is neerploffen, huilen en stampvoeten. Hij zat in een vergadering, omringd door mensen, ik hoorde het aan zijn enigszins gehaaste, enigszins vermoeide toon (sorry, het is mijn vrouw – geïrriteerde glimlach –, dat duurt wel even): '*Yes, Justine? What is the problem?*'

Hij dacht waarschijnlijk dat ik een verhaal tegen hem ging houden over een onbetaalde rekening, een auto die niet meer wilde starten of een wiskundeleraar die klaagde over Malcolms houding in de klas, hij meende waarschijnlijk dat ik hem weer ging vervelen met gezeur over dagelijkse dingen, over iets banaals, iets onbelangrijks.

De keuze van de woorden. Eenvoudige woorden. Juiste, precieze.

'Andrew, ik ben in het H-ziekenhuis. Malcolm is aangereden door een auto die is doorgereden. Hij heeft schedelletsel. Hij ligt in coma. Ik ben bij de dokter. Je moet meteen komen.'

Ik was tegenover de arts trots dat ik niet gehuild had. Ik hoorde niet wat Andrew antwoordde. Hij komt, geloof ik. Hij zei dat hij zou komen.

Ik wil mijn zoon graag zien. Hem in mijn armen nemen. Hem kussen. De dokter zei nee, het is nog te vroeg. Ik was bang, ik vroeg of het was omdat hij verminkt of toegetakeld was, dat hij daarom niet wilde dat ik hem zag. Hij zei nee, zijn toestand was stabiel, maar kritiek. Hij heeft stilte en rust nodig. Maar ik mag hem heel gauw zien. Plotseling dacht ik aan Georgia. De dansles was over een halfuur afgelopen. Georgia, negen jaar. Ik deed mijn ogen dicht. De dokter vroeg of het ging. Ik zei: 'Mijn dochter, ik weet niet wie mijn dochter van dansles moet halen.' Hij zei: 'Bel iemand op, uw moeder misschien of een vriendin?' Ik belde. Mijn moeder. Ik vroeg haar of ze Georgia van dansles wilde ophalen omdat Malcolm een ongeluk had gehad. Ik zei een niet-ernstig ongeluk, omdat het mijn moeder was en ik haar niet ongerust wilde maken.

Ik nam het mezelf kwalijk, want als het echt ernstig was, had ik tegen mijn moeder gelogen.

Andrew en ik tegenover een ijverige politieagent, een vermoeide computer die een fluitend geluid maakt. Een kamertje zonder ramen. Een bedompte lucht. Er stond maar één stoel, en Andrew was achter me gaan staan.

Burgerlijke staat. Adres. Beroep. Mijn man had een rustige, kalme stem. Hij praatte normaal. Alsof onze toestand volkomen normaal was. Alsof het volkomen normaal was om dit alles hier en nu aan deze onbekende te vertellen.

Geboren in Norwich, april 1963. Britse nationaliteit. Rue D. 27 in het 14de arrondissement. Architect. Zijn Engelse accent, dat hij ondanks twintig jaar Frankrijk nooit was kwijtgeraakt, deed de politieman onopvallend glimlachen. Ik was eraan gewend, ik moest er zelf ook om glimlachen, maar nu niet. Nu niet meer.

Toen ik aan de beurt was, sprak ik met een klankloze stem. Ik kon niet anders. Pech gehad als Andrew me belachelijk vond. Met Andrew moest je altijd je kiezen op elkaar houden. Nooit je emoties verraden. *Never explain, never complain. Stiff upper lip.* Pech gehad.

Geboren in Clichy, november 1965. Franse nationaliteit. Vertaalster. Zelfde huisadres. Ze vroegen ons naar de burgerlijke staat van Malcolm. Geboren in Parijs, 14de arrondissement, september 1990. Middelbare scholier. Ze vroegen ons hoe het ongeluk had plaatsgevonden. Ik sperde mijn ogen wijd open, maar

Andrew bleef stoïcijns. Nog steeds even kalm antwoordde hij dat we niet wisten hoe het ongeluk had plaatsgevonden; hoe zouden we dat trouwens kunnen weten, aangezien we er niet bij waren? Onze zoon was vanaf zijn muziekles alleen op weg naar huis, zoals elke woensdagmiddag. De agent pakte zijn telefoon en mompelde iets in de hoorn.

Achter ons stonden vreemden te wachten. Ze leken aan de lippen van de politieman, aan onze lippen, te hangen. Een man en een vrouw, jonger dan wij. Waarom stonden ze daar? Wat was hun overkomen? Waarom konden ze niet ergens anders wachten? Ik had zin om me om te draaien en hun te zeggen dat het een schande was om op die manier alles af te luisteren, om zo openlijk belangstelling te tonen voor het verdriet van andere mensen, en alles over ons leven en ons drama aan te horen. Maar ik zei niets.

'O ja, u bent dat geval van doorrijden na een aanrijding,' zei de politieman. 'We hebben verschillende getuigen, onder wie een buschauffeur die alles heeft gezien. Ze hebben al een verklaring afgelegd. Maar we hebben geen volledig kenteken. De auto reed te hard.'

Andrew vroeg of ze wisten welk type auto het was. Ja, een bruine Mercedes, een oud model. Die was door het rode licht gereden, had onze zoon geraakt en was zonder te stoppen doorgereden. Nu zag ik de scène voor me. Ik zag die zo duidelijk, zo plotseling, dat ik misselijk werd. Malcolm die van zijn muziekles terugkwam, zoals elke woensdag. Hij hoeft alleen de Boulevard M. over te steken. Een veilig kruispunt, met verkeerslichten die niet op groen springen terwijl je nog aan het oversteken bent. Malcolm die bij rood licht naar voren stapt als het groene mannetje verschijnt. Een bus die voor het stoplicht wacht. En dan aan de linkerkant een auto die de bus passeert, door rood rijdt en Malcolm schept midden op het zebrapad. Malcolm die door de lucht vliegt. De auto die doorrijdt. Malcolm languit op het asfalt. De getuigen die het kenteken noteren, maar niet volledig. Iemand die de politie belt.

De agent keek ons alle twee aan. Hij had lichte ogen. Hij glimlachte even op een merkwaardige manier, wat me pijn deed.

'U hebt geluk, weet u dat? Op woensdag worden er een heleboel kinderen aangereden. Op zebrapaden, net als die van u. Maar uw kind ligt niet in het lijkenhuis.'

Andrew zei niets. Ik zei ook niets. We wisten niet wat we moesten zeggen. We waren verlamd. Het scheelde niet veel of ik had geroepen: ja, hij ligt niet in het lijkenhuis, maar hij ligt in coma, meneer. Vindt u dat dat geluk is? En die Mercedes die niet eens is gestopt, die onze zoon zo op het zebrapad heeft laten liggen, vindt u dat soms geluk?

Maar ik wilde niet dat het stel achter ons dat allemaal kon horen. Ik wilde weg, snel, hiervandaan, Malcolm zien, hem in mijn armen nemen. Zien hoe hij zijn ogen opende.

Terug naar het ziekenhuis. De dokter wachtte ons op. Hij zei dat we hem nu konden bezoeken. Maar hij waarschuwde ons: het zal niet makkelijk zijn, bereidt u zich daarop voor.

'Uw zoon verkeert in een diep coma. U kunt hem aanraken en tegen hem praten, maar hij zal niet reageren.'

Malcolm leek heel klein, zo liggend op een bed. Zijn hoofd was omwikkeld met wit verbandgaas. Doorzichtige buisjes staken uit zijn neus, zijn mond en uit de aders van zijn onderarmen. Een apparaat met een balgsysteem zorgde ervoor dat zijn borst met een vreemd geluid regelmatig omhoogging. Zijn gezicht was spits en bleek. Ogen dicht. Doorschijnende oogleden. Hij sliep. Zijn handen plat naast hem. We liepen naar hem toe, ik raakte hem aan, zijn haar, boven op zijn hoofd. Hij voelde lauw aan. Hij had geen enkele zichtbare verwonding. Geen blauwe plek, geen bloed. De wond zat ongetwijfeld onder het witte verband. Het stelde me gerust dat ik die niet zag. Ik zei: 'Hier ben ik, schat, je moeder. Ik ben bij je. En papa ook. We zijn bij je.'

Andrew stond achter me. Hij ademde hoorbaar. Ik had graag gewild dat hij iets zei, dat ook hij zijn zoon aanraakte, dat hij praatte, maar hij zei niets. Ik draaide me om. Ik zag dat Andrew huilde. Ik was geschokt, stomverbaasd. Andrew in tranen. Andrew, de bikkel. Andrew die de bijnaam Dark Vader had gekregen omdat hij aan alle kanten zo gepantserd was. Hij stond voorovergebogen te huilen, zijn gezicht vertrokken, alsof hij pijn had. Hij kreunde. Ik had hier geen verweer tegen. Ik wist niet wat ik doen moest, hoe ik hem mijn steun en liefde kon geven. Andrew was sterker dan ik. Andrew huilde nooit. Meestal was ik degene die door hem getroost werd. Ik was degene die hij in zijn armen nam. Ik was degene die huilde en niet hij. Ik wist niet hoe ik Andrew kon troosten. En ik schaamde me plotseling, ik schaamde me voor die grote snikkende echtgenoot die daar met gebogen rug stond te snotteren, ik schaamde me voor hem tegenover de arts en de verpleegsters.

En daarna schaamde ik me omdat ik zo over hem dacht. Het was al met al normaal dat hij huilde. Maar ik, die altijd huilde om niets, die te gevoelig was en in staat in te storten bij een sentimentele film, ik kon nu niet eens huilen bij de aanblik van mijn zoon die in coma lag. De tranen wilden maar niet komen. Mijn gezicht was verstard, mijn ogen bleven droog. Ik kon niet huilen. Ik kon alleen het gesnik van Andrew aanhoren.

Mijn moeder had Georgia voor de nacht meegenomen naar haar huis. Ik had hen op de terugweg gebeld. Ik zei tegen Georgia dat haar broer in diepe slaap was en dat we niet wisten wanneer hij daaruit zou komen. We moesten afwachten. Ze begreep het niet echt. Maar dat kwam ongetwijfeld doordat ik het niet goed uitlegde. Mijn moeder vertelde ik de waarheid. Ze sprak de bedroevende woorden: 'Mijn god, je arme vader, dat zal hem de das omdoen.'

Mijn vader. Mijn vader die alles somber inzag. Die toen ik vier maanden zwanger was van Malcolm en vanwege een dreigende voortijdige bevalling met spoed werd opgenomen, tegen me had gezegd: 'Hecht je maar niet aan dat kind want je verliest het vast.'

Mijn vader die op zijn zeventigste had besloten dat hij een verkreukelde grijsaard was die door de lichtste verkoudheid werd geveld. Mijn vader die was gaan lopen als een oud mannetje, die sinds hij gepensioneerd was overdag niets anders wist te doen dan mijn moeder hoorndol te maken.

Ik ontplofte. Andrew, achter het stuur, schrok op.

'Het kan me geen zak schelen wat dat voor papa betekent, weet je? Heb je er wel een moment aan gedacht wat het betekent voor ons, voor mij en voor Andrew? Hoe kun je met zulke onzin aankomen, je kan de pot op, mama, met je onzin, ik walg van je, je kan de pot op en papa ook.'

Ik hing op. Ik zat te trillen, maar nog steeds geen tranen. Andrew zei: *'Was that necessary?'*

Ik ging ineengedoken dicht bij het raampje zitten, ver van hem vandaan. Ik zei niets. Ik voelde me leeg vanbinnen, alsof iemand mijn buik had leeggezogen. Alles was eruit gehaald, mijn ingewanden, darmen, maag.

Thuis was het stil en leeg zonder de kinderen. Ik liep naar de keuken, opende de koelkast en schonk mezelf een glas witte wijn in uit een aangebroken fles. Ik bood Andrew geen glas aan. Hij was in de woonkamer aan de telefoon. In het Engels. Zijn ouders zeker, in Londen. Ik dronk het glas in één keer leeg. Ik schonk nog een glas in. Ik ging aan het halvemaanvormige lage tafeltje zitten. Voor me op de grond zaten de cavia's van de kinderen in hun kooi. Twee vrouwtjes, Nabou en Elyon. Andrew en ik waren erin getrapt. De kinderen hadden beloofd dat zij voor de diertjes zouden zorgen. Maar na een jaar was ik steeds degene die de kooi schoonmaakte, die ze hooi gaf en korrels en schoon water. De kinderen zelf knuffelden ze, borstelden ze en organiseerden caviaraces in de gang, waar ik na afloop altijd harde keuteltjes aantrof, als donkere rijstkorrels. Ik keek naar Elyon, de cavia van Malcolm. Ze was dik, rond en lief. Met donkere, glanzende ogen. Ze kauwde rustig op een spriet hooi. Ik maakte de kooi open en pakte haar. De kinderen hadden me laten zien hoe dat moest. Onder het buikje, met een snelle, precieze beweging. Ik nam haar op schoot en schonk mezelf een nieuw glas wijn in. Ik aaide haar. Ze snorde, als een kat. We waren in het begin verbaasd en verrukt geweest over dat gesnor. We wisten niet dat cavia's zo'n geluid maakten.

Andrew was nog steeds aan de telefoon. Hij zou nu wel zijn zus aan de lijn hebben. Ik bleef doordrinken, terwijl ik Elyon aaide. Ik was vergeten mijn zus en mijn broer te bellen. Nu was het te laat. Andrew maakte gebruik van het tijdsverschil van een uur met Engeland. Het was aan de andere kant van het Kanaal nog maar elf uur 's avonds. Ik had de moed niet om mijn broer en mijn zus te bellen en het risico te lopen hen wakker te maken. Maar eigenlijk had het wel gekund. Het was ernstig. Malcolm in coma, dat was ernstig. Ik had ook een vriendin kunnen bellen, Laure of Valérie of Catherine. Maar ik kon me niet meer verroeren. Ik voelde me bijna lekker op die stoel met de snorrende cavia op mijn schoot en de wijn die brandde in mijn maag. Ik zat me bijna lekker 's avonds laat stilletjes te bezatten.

Mijn blik viel op Malcolms spijkerbroek, die op de radiator hing te drogen. Zijn spijkerbroek. Er ging een heftige schok door me heen. Zijn spijkerbroek. Zijn cavia op mijn schoot. Mijn zoon tussen leven en dood, en zijn spijkerbroek die hing te drogen en zijn cavia die op mijn schoot zat te snorren. Er kwam iets ontzettends, iets vreselijks in me op. Een gevoel van benauwdheid, van onrecht, van paniek. Stel dat Malcolm niet wakker werd. Stel dat hij 's nachts dood zou gaan. Hij zou doodgaan en ik zou achterblijven met alle voorwerpen uit zijn dagelijks leven. Ik zou ermee blijven zitten, met zijn kleren, zijn tandenborstel, zijn schoolschriften, zijn skates, zijn computer, zijn gympen, zijn cavia, met al die dingen, en hij zou er niet zijn. Niet meer. Leven zonder hem. Leven met zijn dood. Vragen beantwoorden. Zeggen: ik heb twee kinderen, maar mijn zoon is overleden. Zeggen: mijn zoon is overleden. Die woorden zeggen.

De tranen kwamen, eindelijk, maar nooit eerder had ik zulke smartelijke, zulke verwoestende tranen gelaten. Ik huilde lange tijd, met een verhit en gezwollen gezicht en branderige ogen. Ik huilde een hele poos. Totdat er geen tranen meer waren, totdat de kramp in mijn buik ophield. Ik stond op en zette de cavia in haar kooi terug. Ik dronk de rest van de wijn op, rechtstreeks uit de fles. Het kon me niks schelen of de overbuurvrouw me vanaf de andere kant van de binnenplaats begluurde. Ik zag alleen nog maar een bruine, lange, donkere Mercedes die door de nacht reed. Met aan het stuur iemand die niet was gestopt. Iemand die vanochtend was opgestaan, die zich had aangekleed, die had ontbeten, zijn dingen had gedaan, had gewerkt, getelefoneerd, boodschappen gedaan, iemand die om halfdrie 's middags over de Boulevard M. had gereden, iemand die haast had, die voor de kerk het stoplicht had genegeerd, die de jongen niet voor de bus had zien opdoemen. Iemand die op datzelfde moment, terwijl ik voor het raam stond met de fles wijn nog in mijn hand, zijn eigen leven leidde, ergens, dichtbij of ver hiervandaan. Iemand die was doorgereden, die dacht dat hij veilig was. Iemand zonder gezicht.

Iemand die misschien mijn zoon had doodgereden.

Ik kon niet slapen. Andrew was naar bed gegaan. We hadden nauwelijks met elkaar gepraat, elkaar nauwelijks aangeraakt. Ik had in zijn armen willen wegduiken. Ik had gewild dat hij me omhelsde, ik had zijn warmte en kracht willen voelen. Zijn grote lichaam zonder oneffenheden. Maar hij was stilzwijgend weggegaan. Ik bleef in de woonkamer achter. De kamer leek groter dan anders en niet erg vertrouwd. Toch woonden we hier al zeven jaar. Ik keek naar de sierlijsten, het parket en de overblijfselen van de schouw die de eigenaar voordat wij kwamen tot onze spijt had laten weghalen. Ik keek naar het meubilair, dat Andrew had geërfd van grootouders die ik vaag had gekend en die in een ijzig koud landhuis in Norfolk hadden gewoond: de grote bank van bordeauxrood fluweel, versleten maar nog steeds in goede staat, de achthoekige ebbenhouten tafel met vochtvlekken, de voetenbankjes, versierd met een door de tijd vergeeld kruissteekpatroon. En verder mijn meubels, die veel minder indrukwekkend waren, Ikea of Habitat, en die langzaamaan, door slijtage en door de kinderen, al stuk begonnen te gaan.

Doordat ik onbeweeglijk bleef zitten begon ik me langzamerhand weer thuis te voelen. Een rustig, onaantastbaar wereldje. Een gezellige plek. Planten voor de ramen: een klein gebleven azalea die toch elk jaar op wonderbaarlijke wijze bloeide. Een olijfboompje dat we uit Toscane hadden meegenomen. Schilderijen aan de muren: interieurs waar Andrew van hield, vergezichten, doorkijkjes en clair-obscur. Een paar stillevens, onder andere van een eettafel zonder gasten na een feestmaal, met een verkreukeld tafellaken, stoelen met paarsrode ruggen, lege koffiekopjes en een fruitmand, gesigneerd met 'Hortense Janvier, 1921'. De architectuurschetsen van Andrew. Ontwerpen van palladiaanse villa's. Het portret van mijn grootmoeder Titine op haar dertigste, met heel donker, golvend haar en lichte ogen. Spulletjes: de lavendelblauwe Wedgwooddoos die mijn schoonzus me voor een verjaardag had gegeven, het beeldje van Mercurius met zijn gevleugelde hielen en zijn wijsvinger omhooggericht, geërfd van de grootvader van Andrew, het steigerende paardje uit Murano dat Malcolm van een schoolreis naar Venetië had meegenomen en waarvan een voorpootje was afgebroken.

Uit niets bleek wat er vanmiddag was gebeurd. De omgeving stond er even rustig bij als anders. De nachtelijke stilte breidde zich uit. Ik wilde mijn hoofd niet omdraaien naar de ladekast in de hoek, waar de ingelijste foto's stonden, ik wilde Malcolms glimlach niet zien, zijn verwarde haren, de slungelachtige charme van een joch met lange ledematen dat te snel is gegroeid. Ik keek naar het gezicht van zijn zusje, naar haar blonde haren en haar melktanden. Ik miste Georgia. Ik had naar haar kamer willen gaan, haar dicht tegen me aan drukken, de zoete geur ruiken van een sluimerend meisje. Ik kon onmogelijk naar mijn man toe gaan, me uitkleden, naar het bed lopen en gaan liggen alsof er niets aan de hand was en in slaap vallen alsof het een nacht was als alle andere.

Ik wist al dat ik me deze nacht mijn hele leven zou blijven herinneren, dat ik er de sporen van zou blijven dragen als een litteken, een brandwond. Ik zou nog weten welke kleren ik die woensdag droeg: een verwassen spijkerbroek, een kakikleurig truitje dat goed bij mijn ogen paste en grijze Converse-gympen.

Ik zou het me allemaal herinneren. Die dag zou nooit uit mijn geheugen verdwijnen. Ik zou nog weten hoe mijn handen eruitzagen op het stuur, krampachtig, met witte knokkels, en welke muziek er op de radio speelde, een oude discohit, Sister Sledge, een melodie waarop ik had gedanst, in een ander leven. Ik zou nog weten hoe mijn ogen eruitzagen in de achteruitkijkspiegel, een blik die ik van mezelf niet kende.

Malcolm vanochtend, te laat zoals gewoonlijk, nog niet goed wakker, grof in de mond. Ik had hem opgejaagd en afgesnauwd. Hij had zijn chocoladecroissants razendsnel naar binnen gewerkt. Hij was chagrijnig vertrokken en had de deur met een klap dichtgeslagen. Het laatste beeld dat ik van hem had, was zijn lange gestalte, die zo leek op die van zijn vader, die uit de deuropening naar buiten schoot. Daarna was ik vertrokken met Georgia, want haar school begon later dan die van haar broer. Vervolgens was ik naar huis teruggegaan om te werken. Woensdag. De dag van de kinderen. Nadat hij op school had geluncht, was Malcolm net als anders naar zijn muziekles gegaan, en Georgia net als anders met een vriendinnetje en haar moeder naar haar dansles.

Waarom waarschuwt niemand je 's ochtends voor zoiets vreselijks? Waarom vermoed je niets terwijl je onder de douche staat, water opzet voor de Earl Grey, de post opent en je mails leest? Waarom krijg je geen teken, waarom voel je niets bijzonders terwijl de hemel op je neer zal dalen, terwijl de telefoon zal gaan en je het ergste te horen zult krijgen? Wanneer er na veel pijn en moeite een kind uit je komt en ze het nog warm en nat op je buik leggen, waarom denk je dan alleen aan het geluk, aan de vreugde, en niet aan de toekomstige drama's, aan de momenten die een leven kapotmaken? Waarom ben je zo slecht voorbereid? Maar hoe zou het ook anders kunnen? Zou je elke ochtend bij het tandenpoetsen weer moeten denken: misschien gebeurt het vandaag of zal het morgen zijn? Zou je je moeten wapenen, bedenken dat je ieder moment een kind, een ouder, een man, een zus, een broer of een vriendin kunt verliezen? Er klaar voor zijn? Klaar voor het ergste? Maar hoe zou je dan nog kunnen leven?

Ik probeerde die noodlottige woensdag te reconstrueren, na te denken over wat ik misschien niet had gezien of gehoord. Ik had veel tijd besteed aan het informatiepakket dat hoorde bij een nieuw parfum van een beroemd huis, een goedbetaalde, belangrijke vertaling. Ik had er weinig tijd voor gekregen. Ik had me er helemaal in gestort. Als ik minder geconcentreerd, minder ijverig bezig was geweest, had ik dan een alarmsignaal gehoord of opgevangen? Als ik minder had gebeld met de pr-medewerkster, was ik dan een dreigend gevaar gewaargeworden in de dag die eraan kwam?

Hoe bestond het dat Andrew kon slapen? Misschien hebben mannen het nodig nieuwe krachten op te doen, uit te rusten om de volgende dag beter aan te kunnen. Misschien moeten vrouwen daarentegen wakker blijven, wachten en beschermen. Ik mocht het hem niet kwalijk nemen. Ieder reageerde op zijn manier. Ik moest hem niet vertellen dat ik me alleen had gevoeld deze nacht, en bang. Bang dat de telefoon zou gaan in de stilte, in het donker, bang voor de woorden aan de andere kant van de lijn, bang de stem van de dokter te zullen horen. 'Mevrouw, uw zoon...'

Ik ging aan mijn werktafel achter de computer zitten en logde in op internet. Ik typte het woord 'coma' in. De zoekmachines vonden tientallen antwoorden. Malcolm verkeerde in een coma stadium 2, Glasgow 8. Dat had de dokter ons verteld. Op dat moment had ik er niet aan gedacht hem te vragen wat 'Glasgow' betekende. Nu wist ik het. Het was een maataanduiding, zoals de schaal van Richter de kracht van een aardbeving aangeeft. De schaal van Glasgow was in Schotland bedacht, zoals de naam al aangaf. Hij gaf een indicatie van de reacties van de patiënt. Het hing er helemaal van af of de patiënt zijn ogen opende, bewoog, woorden mompelde en of zijn pupillen zich wel of niet verwijdden. Stadium 2, Glasgow 8 was niet vreselijk. Het betekende dat

Malcolm niet op veel dingen reageerde. Maar ik las ook dat coma's van dag tot dag veranderden. Een coma kon een paar nachten, een paar maanden, een jaar of langer duren. Je wist het nooit met een coma. En je wist ook niet wat de gevolgen waren.

Ik zette de computer uit en ging naar de slaapkamer. Een enorme vermoeidheid had zich van me meester gemaakt. Ik had pijn in mijn rug en mijn lendenen, als na een moeizame reis. Ik moest uitrusten, al was het maar voor een paar uur. Andrew lag niet in ons bed. Hij was ook niet in de badkamer. Uiteindelijk vond ik hem in de kamer van onze zoon, languit op het bed. Hij sliep. In het halfdonker tekende zich op zijn gezicht een verdriet af dat me ontroerde. Ik ging naast hem liggen en sloeg mijn armen om hem heen, zachtjes, om hem niet wakker te maken. Ik zoende hem op zijn schouder en zijn onderarm. Hij verroerde zich niet.

Het kussen rook naar Malcolm, die kruidige, speciale pubergeur, nog doortrokken van de kindertijd.

Er was in de loop van de nacht een verandering opgetreden in het coma van Malcolm. Stadium 1, Glasgow 10. Hij lag niet meer aan de beademing. Zijn gezicht leek rozer. Maar de dokter zei tegen ons dat we voorzichtig moesten blijven. Het schedelletsel was ernstig. Hij zou niet meteen wakker worden. We moesten geduld hebben. Daarna vroeg de dokter of we al iets gehoord hadden van het onderzoek. Het woord verbaasde me. Onderzoek? Of ze degene al hadden gevonden die onze zoon had aangereden. Andrew zei dat de politie alleen een onvolledig nummerbord had. Dan moesten we erbovenop blijven zitten, zei de dokter. Doorrijden na een aanrijding, met zulke verwondingen, dat kon hoog oplopen. Die vent zou de volle laag krijgen. Als ze hem konden vinden... Sommigen werden nooit gevonden. Andrew zei tegen me dat hij de ochtend bij Malcolm zou doorbrengen. Hij had het geregeld met zijn kantoor. Het was niet nodig dat we allebei aan zijn bed zaten. Ik kon gewoon naar huis gaan om te werken, die belangrijke vertaling afmaken. Maar ik had het gevoel dat mijn zoon me was ontnomen. Ik had zijn aanwezigheid ook nodig. Ik bleef nog even bij hem, met Andrew. Een verpleegster kwam langs om de katheters en de zakken met vocht te controleren. Ze was discreet en vriendelijk. Ik vroeg haar: 'Hoe gaan ze dat doen met die wrat van mijn zoon?'

Ze keek me verbaasd aan. Andrew ging rechtop zitten, met grote ogen. Ik voelde het schaamrood naar mijn kaken stijgen. Ik stamelde: 'Ja, zijn wrat, Malcolm heeft een wrat op zijn voetzool, die moet elke avond met een scheermesje worden afgekrabd en dan moet er een speciaal middel op worden aangebracht. Hij heeft hem in het zwembad opgelopen, het duurt lang voor het over is.' De verpleegster mompelde iets dat ik niet verstond. Daarna liep ze snel de kamer uit. Andrew keek me woedend aan. Zoals altijd wanneer hij gespannen was, kreeg zijn moedertaal de overhand. Weten mensen eigenlijk wel hoe kwetsend de Engelse taal kan zijn?

'For God's sake, Justine. How pathetic can you get!'

Ik tilde mijn hand op, wees naar onze zoon en fluisterde dat we in zijn bijzijn elkaar niet moesten afsnauwen. Andrew zweeg. Na een paar minuten ging ik weg. Ik kon er niet meer tegen dat mijn zoon daar onbeweeglijk lag en dat mijn man zo geïrriteerd was. Ik ging naar huis.

Ik zat achter de computer, maar de woorden die ik moest vertalen hadden geen enkele betekenis meer. Noch in het Engels, noch in het Frans. Na een tijdje hield ik ermee op ernaar te staren. Ik pakte de telefoon en belde naar het politiebureau waar Andrew en ik de vorige dag waren geweest. Ik werd van afdeling naar afdeling doorverbonden. Ten slotte herkende ik de enigszins lijzige stem van de agent met de lichte ogen.

'O ja, dat geval van doorrijden na een aanrijding. De Engelse echtgenoot.'

Ik vroeg: 'Hebt u misschien nog nieuws?'

Het geklik van een aansteker aan de andere kant van de lijn. Ik kon bijna horen hoe hij zijn schouders ophaalde.

'Dat gaat lang duren, weet u. Een onvolledig nummerbord... dat duurt lang. En we zitten hier tot over onze oren in het werk. U bent niet de enige, mevrouw.'

Ik voelde de ergernis en de machteloosheid in me opkomen.

'Hebt u dan geen computers, programma's, weet ik het, de een of andere manier om dat rottige nummerbord te achterhalen?'

Lange trek aan sigaret.

'U bent niet in een Amerikaanse serie, mevrouw. Zo gaat dat hier niet.'

'Hoe gaat het dan wel? Hoe pakt u het aan?'

Mijn stem werd snerpend en raspte in mijn keel.

'We hebben inderdaad een gecomputeriseerd kaartsysteem, de STIC genaamd. Daarin staan alle kentekens geregistreerd. Maar het werkt niet automatisch. Je moet alles verifiëren, de nummers, het automerk. Bladzij na bladzij. Daarom duurt het lang, mevrouw.'

Ik had bijna opgehangen. Ik had zin om te huilen. Ik zei niets, zat ineengedoken voor de telefoon, verkrampt en met trillende handen.

Hij kreeg waarschijnlijk medelijden met me. Hij mompelde: 'Hoe gaat het met de jongen?'

'Een beetje beter, geloof ik. Maar hij ligt nog steeds in coma.'

'We vinden hem wel, mevrouw. Het zal even duren, maar we vinden hem.'

Ik hing op. Ik liep naar de keuken om een glas wijn te drinken. Het was er de tijd niet voor, maar dat kon me niet schelen. Ik had het nodig. Daarna bedacht ik dat ik mijn vriendinnen moest bellen om het hun te vertellen. Ik had er de moed niet voor. Ik verstuurde een paar e-mails zonder al te veel in details te treden.

De telefoon ging. Het nummer van mijn moeder verscheen op het schermpje. Ik had ook niet de moed om met haar te praten. Na de pieptoon weerklonk haar stem in de kamer.

'Schat, met mij. Ik had Andrew aan de telefoon, hij heeft me verteld hoe het ervoor staat. Je dochter is naar school. Ze heeft goed geslapen. Ze weet dat jij haar straks komt ophalen, maar als je me nog nodig hebt, aarzel dan niet. Je vader is er vreselijk aan toe. Hij is ingestort. Ik heb je broer en je zus gesproken. Ik weet dat ze je hebben gebeld. We staan voor je klaar, schat. Ik sta voor je klaar, Justine, je kunt op me rekenen.'

Ik probeerde me op mijn werk te concentreren. Onmogelijk. Op het scherm zag ik alleen het onbewogen gezicht van Malcolm.

De pr-medewerkster aan de telefoon.

'U moet komen, er is een probleem. Uw vertaling stemt niet overeen met het product. Er klopt niets van. Het is een ramp. Een ramp!'

Ik had zin om tegen haar te zeggen dat ze op haar woorden moest passen. Ik had zin om haar als een pruimenboom door elkaar te schudden, dat opgeverfde vrouwtje in haar spierwitte 'zen-kantoor', met haar muiltjes, haar massief zilveren armbanden en haar zwarte, glanzende haar. Ze kon wel een ander woord dan 'ramp' gebruiken voor een eenvoudige vertaling. Wist ze eigenlijk wel wat een ramp was? Een zoon in coma bijvoorbeeld? Maar ik zei niets. Ik ademde rustig. Daarna antwoordde ik dat het begrijpelijk was dat mijn vertaling niet overeenstemde met het product, en herinnerde haar er, nog steeds even kalm, aan dat ze nooit had gewild dat ik het product te zien kreeg. Dat parfum was beschermd, geheim, niemand had het gezien of geroken voordat het uitkwam. Ik kende niet eens de naam, alleen een codenaam: 'X500'. Hoe kon ik die tekst vanuit het Engels in het Frans vertalen zonder het flesje te hebben gezien en het parfum te hebben geroken? Hoe kon ik iets sensueels, iets suggestiefs opschrijven dat overal ter wereld begeerte opwekte terwijl ze me alleen een gortdroge beschrijving in het Engels hadden gegeven?

Ik liet mijn blik over een deel van mijn tekst dwalen. Onverwacht vreselijk onbeduidende woorden, schaamteloos nietszeggende zinnen, beelden van opgemaakte, bepoederde, geparfumeerde, met zichzelf ingenomen vrouwen, alleen bezig met hun lichaam, hun verleidelijkheid en hun liefdesavontuurtjes. '*Met mijn door de zon gebruinde, glanzende huid voel ik me vrij, mooi en zorgeloos. De warmte van de dag duurt voort tot laat in de nacht, als een betoverende belofte. In de spiegel zie ik mezelf, gebronsd, door licht overstelpt. De nacht neemt bezit van me, omgeeft me met een zomerse sensualiteit. Het parfum dat ik draag hult me in zijn donkere koelte, prikkelt me tot stoutmoedigheid, vertolkt mijn zin in zomer. "X500" laat de poorten van de nacht voor me opengaan. Ik weet al dat ik niet zal slapen voor de ochtend gloort. "X500", waarmee ik me overgeef aan de sensualiteit van zomernachten.*'

'U moet onmiddellijk komen, we hebben een besluit genomen! We hebben besloten u het flesje te laten zien en het parfum te laten ruiken. Het is ten strengste verboden, maar we hebben geen keus.'

Ik had zin om tegen haar te zeggen dat ik niet kon komen, jammer voor het parfum, niks aan te doen; dat mijn zoon een ernstig ongeluk had gehad, dat het onmogelijk was, niks aan te doen. Maar Andrew was bij hem. Andrew zou zich niet verroeren zolang ik nog niet terug was. Ik wist dat ik kon gaan. Dus zei ik ja.

Ik moest mijn spijkerbroek, mijn gympen en truitje uittrekken. Het huis dat het parfum vertegenwoordigde had een luxe image. Ik niet. Ik trok een donker, klassiek mantelpakje aan. Slanke pumps. Kleding die niet echt bij me paste. Kleding die ik aantrok om naar dit soort afspraakjes te gaan, of naar begrafenissen.

Een begrafenis. Malcolm. Zijn dood. Zijn begrafenis. Dit mantelpakje. Zijn graf. Ik liet me op het bed vallen. Ik deed mijn ogen dicht. Ik moest ermee stoppen om aan zulke sombere dingen te denken. Mijn zus had net door de telefoon tegen me gezegd: 'Je moet positief zijn, Justine, je moet erin geloven, Malcolm heeft het nodig dat jij in hem gelooft, we geloven allemaal in hem, hij zal wakker worden, hij moet wakker worden, Justine, je moet erin geloven.'

Ik klampte me vast aan Emma's stem, aan haar kracht, ik stelde me haar voor in haar gedeukte gezinsstationcar vol jonge kinderen, met overal verkruimelde tortillachips en versleten knuffels, haar mobieltje tussen haar wang en schouder geklemd, haar lange, mooie handen op het stuur, haar vierkante, wilskrachtige kin waar ik zo van hield en die ik zo miste sinds ze verzot was geraakt op een reus uit Marseille en ze Parijs had verlaten, ik klampte me vast aan haar krachtige, energieke stem vol vertrouwen: 'Wij geloven erin, Justine, dus moet jij er ook in geloven.' En later had ik mijn broertje aan de telefoon vanuit zijn kantoor in La Défense, met gebroken stem, niet wetend wat hij moest zeggen, stamelend: 'Het is afschuwelijk, echt afschuwelijk, Justine, ik hoop dat ze die smeerlap te pakken krijgen, ik hoop dat hij de gevangenis in gaat, voor de rest van zijn leven, die gore smeerlap.'

Tegenover de pr-medewerkster hield ik mijn gezicht strak in de plooi. Ze deed poeslief en bedankte me dat ik gekomen was. Het leek alsof ze in trance was bij de gedachte alleen al dat ze me het parfum ging laten zien. Ik volgde haar door een lange, geluiddichte gang waar nog meer slanke dames op muiltjes liepen, met kitscherige armbanden en glanzende haren, net als zij. Ondanks mijn klassieke mantelpakje en mijn pumps voelde ik dat ik er nooit zou uitzien als deze vrouwen.

We gingen een glanzend wit kamertje zonder ramen binnen, waarvan de deur op slot zat en waar niets stond behalve een tafel en twee stoelen. Ze vroeg me te gaan zitten en zo bleven we een tijdje wachten. Stilte. Ze vroeg beleefd hoe het met mijn kinderen ging. Vanwaar die vraag? Ik had nooit met haar over kinderen gesproken. We hadden het alleen gehad over honorarium, tekst, versturen per e-mail, per fax en de deadline. Hoe wist ze trouwens dat ik kinderen had? Stond dat op mijn voorhoofd geschreven? 'Multipara' in vette letters? Wat moest ik zeggen? De waarheid? Mijn zoon ligt in coma. Hij ligt in het ziekenhuis.

Voordat ik kon antwoorden, klopte er iemand aan de deur. Ze sprong op, deed bijna zenuwachtig open. Er kwam een jonge man binnen met een zwarte plastic tas in zijn handen. Hij droeg die behoedzaam, alsof het een breekbaar voorwerp van onschatbare waarde was. De pr-medewerkster zei: 'Ah! Het is zover.' Ze stelde de jonge man aan me voor, die zich ook bezighield met de lancering van het parfum. Gilles en nog wat. Hij was donker, met krullend haar en lichte ogen. Ze leken allebei erg opgewonden. De pr-medewerkster zei met een lage, plechtige stem tegen me: 'U bent in Frankrijk de enige, afgezien van Gilles en mij, die het flesje mag zien en het parfum mag ruiken.'

Ze keken allebei naar me met een blik waarin een merkwaardige intensiteit was te lezen. De jonge man zette de tas voorzichtig op de tafel. Hij deed hem open en nam toen een flesje in zijn handen, dat hij aan de jonge vrouw gaf, met eerbiedige gebaren, alsof hij haar de Graal overhandigde.

Ze pakte het voorwerp en liet het mij vervolgens zien, terwijl ze me liet weten dat ik wel mocht kijken, maar nergens aankomen. Alle twee leken ze een opmerking van mij te verwachten. Ik zei niets. Ik vond dat ze zo belachelijk deden dat ik bijna in lachen uitbarstte.

De pr-medewerkster drukte op de verstuiver in de richting van het plafond. Toen zei ze: 'Ruik eens.'

Ik probeerde de geur op te vangen door mijn neus naar voren te steken. Zonder succes. Geërgerd deed ze het nogmaals, deze keer dichter bij me. Ik zei dat ik niets rook, kon ze het op me spuiten? Gechoqueerd keken ze me alle twee aan. Op mij? Dat meende ik niet. Dat was waanzin. Iemand zou het kunnen ruiken en dan zou het verknald zijn. Al dat werk, die hele voorbereiding, die hele lancering zou verknald zijn. Ik vroeg: 'Op een stukje papier dan, een zakdoek?'

Met tegenzin stemde ze toe. Op een papieren zakdoekje rook ik een zoete, medicinale geur, die me deed denken aan de stoombaden die mijn moeder me liet nemen wanneer ik verkouden was, met mijn hoofd onder een handdoek over een kom gebogen.

'Fantastisch, toch?' zei de pr-medewerkster.

Ze kneep verlekkerd haar ogen dicht terwijl ze met een bijna erotisch gebaar over het driehoekige flesje streek. Niets leek zo belangrijk als dit parfum. De hele wereld draaide om dit parfum. Deze mensen waren bereid me een klein fortuin te betalen voor niet meer dan mijn vertaling van een belachelijke tekst over dit parfum. Er zouden enorme advertenties komen, aanplakbiljetten, reclamespots om dit parfum op de markt te brengen. Het zou gelijktijdig in Europa en de Verenigde Staten uitkomen. Er zou nergens anders meer over gepraat worden.

Ik had me nog nooit zo weinig betrokken, zo onaangedaan gevoeld. Zo uit de toon vallend. Het gevoel dat ik in een surrealistische film was beland. Dat glanzende kamertje, die misselijkmakende medicijnlucht, dat flesje van geïriseerd glas, en mijn zoon in het ziekenhuis, met gesloten ogen en een lichaam dat niet meer bewoog.

De pr-medewerkster keek naar me. De jonge man ook. Ze verwachtten dat ook ik in vervoering zou raken. Ik zei alleen dat ik weer aan het werk ging. Ik vertrok, terwijl ik hun blikken in mijn rug voelde priemen.

Aan het bed van Malcolm zat Andrew op zijn laptop te tikken. Ik ging naast hem zitten. Hij pakte mijn hand en drukte er een kus op. Ik keek naar zijn profiel, zijn peper-en-zoutkleurige haarlok die over zijn ogen hing, en zijn kleine, dunne mond. Hij drukte mijn hand tegen zijn lippen. Daarna draaide hij zich naar me toe. Hij zag er moe en verdrietig uit. Hij borg de laptop weg en nam me vervolgens in zijn armen. Ik klampte me aan hem vast en liet mijn tranen even de vrije loop. Hij fluisterde: '*I love you.*'

Over zijn schouder, door mijn tranen heen, zag ik Malcolms bleke gezicht, verstard in zijn onechte slaap. Ik dacht: waarom wij? Waarom overkomt dit ons? Wie beslist hierover? Wie beslist dat op een dag die persoon, die familie aan de beurt is?

Andrew drukte me tegen zich aan. Hij was heel groot en sterk. Mijn moeder noemde hem 'de stille reus'.

Andrew praatte niet veel. Hij hield niet van gebabbel, hij hield niet van loze woorden. Zijn stilzwijgen was veelzeggend. Dat had ik altijd fijn aan hem gevonden. Toen we elkaar vijftien jaar geleden op een feestje in Parijs voor het eerst zagen, was ik degene die een uur lang had gepraat. Ik was geïntrigeerd geweest door die grote, zwijgzame man met zijn brede schouders en fijnbesneden gezicht.

Toen ik eindelijk had gehoord hoe zijn stem klonk en ik zijn

Engelse accent had opgemerkt, was ik gecharmeerd geweest. Hij woonde al een paar jaar in Frankrijk. Hij werkte bij een architectenbureau. Ik wist niet veel van Engeland en de Engelsen. Ik kende de Verenigde Staten beter, daar had ik verscheidene zomers doorgebracht. Amerika fascineerde me, Engeland niet. Maar door Andrew leerde ik dat merkwaardige volk kennen. Ik bezweek voor hun charme en aantrekkingskracht. Zodat ik met een Engelsman trouwde. En zijn naam droeg, die voor de meeste Fransen niet uit te spreken was.

Kort na onze kennismaking had Andrew me toevertrouwd dat hij kleurenblind was. Hij zag geen verschil tussen bruin en groen, paars en blauw, grijs en roze. Ik begreep niet goed wat hij zag. Ik dacht dat hij alles in een en dezelfde kleur zag. Wat een treurnis! Hoe zag hij Venetië, met zijn bijzondere tinten, zijn verwassen magische kleurschakeringen? Hij had geglimlacht. Hij zag iets anders dan ik, dat klopte. Maar hij wist dat het mooi was. De schoonheid ontging hem niet.

'Het is net als met je ogen, *honey*. Ik kan de kleur van je ogen niet omschrijven. Groen? Geel? Grijs? Wat maakt het uit. Ik weet dat je *magnificent eyes* hebt.'

Andrew stond op, boog zich over zijn zoon en kuste hem op zijn voorhoofd. Hij trok zijn jasje aan, pakte zijn laptop en streek liefdevol met zijn hand door mijn haar.

'See you later, darling.'

Ik keek hoe hij wegliep – zijn lange, elegante gestalte, zijn een meter vijfennegentig die maakten dat mijn broer en mijn vader, die toch groot waren, naast Andrew dwergen leken. Iedereen in Andrews familie was enorm. Zijn moeder en zijn zus waren een hoofd groter dan ik. Wanneer ik in Londen bij hen op bezoek ging, trok ik altijd hakken aan. Malcolm was op zijn dertiende al veel groter dan zijn klasgenoten. Als baby al was hij net als zijn vader heel lang.

Zó Engels, kirde mijn moeder met een begrijpend lachje. Andrew en Malcolm, en mijn hele schoonfamilie, waren zó Engels. Malcolm is precies als je schoonfamilie. Zo Engels. Nadrukkelijk lachje. Het was onvoorstelbaar hoe dat mij nu irriteerde. Ik had mijn moeder er in het begin van ons huwelijk vaak op betrapt dat ze, wanneer ze bij ons kwam eten, stiekem de vorken omdraaide, die Andrew 'op z'n Engels' neerlegde, met de punten naar boven en niet naar de tafel gekeerd. Zo doen we dat niet, fluisterde ze dan. Beschaamd had ik niets gezegd, tot Andrew haar op een dag zachtjes op haar pols had getikt terwijl ze bezig was de vorken weer 'op z'n Frans' neer te leggen. Ze had gebloosd en Andrew had gebruld van het lachen. 'En dan noemen ze ons "het perfide Albion"!' had hij vrolijk uitgeroepen. Elke keer als mijn schoonouders of schoonzus bij ons kwamen, was het hetzelfde. Zó Engels. Mijn ouders met hun zoetzure lachjes en die blik met een zweem van superioriteit die me woedend maakte. Hé, met die hoed op, Justine, zie je er heel erg Engels uit, je lijkt je schoonzus wel. En ik begreep meteen dat dit geen compliment was. Arabella en Harry zeiden nooit met een krampachtig lachje over mijn ouders: *so French*. Maar op een oudejaarsnacht met veel drank, vlak na het 'Auld Lang Syne', op dat weinig appetijtelijke moment waarop alle gasten om de beurt van een glas nippen om het nieuwe jaar in te luiden (wat me steevast deed denken aan een kweekbodem voor aften, herpesvirussen en fijne stafylokokken), had Isabella, Andrews zus, me verteld dat toen wij pas verloofd waren, mijn ouders, Emma, Olivier en ik, de *Frenchies* genoemd werden. En erger nog, de *Frogs*. '*Andrew's going to marry a Frog. Good Lord! Heavens above!*' En van de Franse kant had een oude, tandeloze tante onthutst geroepen: 'Ze gaat toch niet met een protestant trouwen?'

Ik ging bij Malcolm zitten en nam zijn warme handje in de mijne. Ik wist niet wat ik tegen hem moest zeggen. Het schijnt dat je met mensen in coma moet praten. Dat hoor je altijd. Praten, praten en nog eens praten. De dokter had het ook gezegd, en de verpleegsters: praten, praten, blijven praten. Maar de woorden kwamen niet. Ik had willen weten of Andrew iets tegen hem had gezegd. Ik had graag geweten wat. Ik voelde me waardeloos omdat ik niet tegen mijn zoon kon praten.

Dus begon ik zachtjes te zingen, een Engels aftelversje dat hij leuk vond en dat zijn vader en ik avond na avond voor hem hadden gezongen toen hij nog een baby was en de slaap niet kon vatten, toen hij het mooiste was wat we ooit hadden gezien, en hij rond en roze in zijn wiegje lag te trappelen terwijl zijn blauwe ogen van mij naar Andrew gingen en van Andrew naar mij, toen we in staat waren urenlang hand in hand niets anders te doen dan naar hem te kijken.

Lavender's blue dilly dilly
Lavender's green
When I am king dilly dilly
You shall be queen
Call up your men dilly dilly
Set them to work
Some to the plough dilly dilly
Some to the cart
Lavender's green dilly dilly
Lavender's blue
If you love me dilly dilly
I will love you.

Op het schoolplein was het 'moederuur'. Georgia ging dicht tegen me aan staan. Ik hield haar stevig vast. Ze begon me meteen vragen te stellen.

'Mama, waar is Malcolm nou? Kan ik nou naar hem toe? Kunnen we naar hem toe? Slaapt hij nog steeds, mama? Wanneer wordt hij wakker?'

Bij de bakker tegenover de school kocht ik zoals gewoonlijk een chocoladebroodje voor haar. Ik wist niet wat ik moest antwoorden. Het was moeilijk om te zeggen dat ook ik bang was, dat ook ik doodsbang was, dat ik nergens anders meer aan dacht dan dat mijn zoon in coma lag. Waarschijnlijk zag ze iets aan mijn gezicht, waarschijnlijk had ze het door. Haar onderlip begon te trillen. Ze raakte haar broodje niet aan.

We liepen hand in hand naar huis zonder te praten. Later, toen ze in bad ging, vroeg ze met een toonloos stemmetje: 'Mama, waarom is die meneer die Malcolm heeft aangereden niet gestopt?' Ik had zin om te antwoorden: omdat het een schoft is, een grote schoft, een lafaard; ik had zin om het heel hard uit te schreeuwen, zodat mijn stem weergalmde in de badkamer. Maar ik zei met normale, rustige stem: 'Omdat hij bang was, schat. Daarom is hij doorgereden.' Georgia leek na te denken. Ze begreep niet waarom de man bang was geweest. Bang waarvoor? Ik zei: 'Het is net als met jou wanneer je iets heel stoms hebt gedaan, dan ben je bang om dat aan mij of papa te vertellen.' Toen begreep ze het.

'Die meneer is doorgereden omdat hij bang was voor straf.'

De telefoon ging. Het was de school. Ze wilden weten waarom Malcolm de laatste dagen niet was geweest. Er had niemand gebeld om te zeggen dat hij niet zou komen. Was hij ziek? Even stelde ik me voor hoe ik tegen deze vrouw zou zeggen: ja, sorry, mevrouw, ik ben vergeten het u te laten weten, hij heeft buikgriep, maar het gaat al beter, morgen is hij er weer. Ik had graag gewild dat ik die woorden kon uitspreken. Die gemakkelijke, onschuldige woorden. Maar ik vertelde haar de waarheid. Het ongeluk, het letsel, het coma. Het doorrijden. Ze was sprakeloos. Ik mocht deze vrouw wel. Ze was hartelijk en dynamisch. Ze was goed in haar taak als schoolsurveillante. De kinderen waardeerden haar ondanks haar strengheid.

Ze zei: 'Mijn god, mevrouw, ik kan het haast niet geloven. Hoe is het mogelijk? Mijn god, ik weet niet wat ik tegen u moet zeggen, ik zal veel aan u denken, mevrouw.'

Ze praatte een hele tijd tegen me, met hortende stem. Ze zei dat ze de vertegenwoordigers van Malcolms klas zou waarschuwen. Dat ze me nog eens zou bellen om te horen hoe het ermee ging, dat ik ook kon bellen. Dat ik op haar, op de school, kon rekenen.

Ik zei: 'Ja, dank u, dank u wel, ja, tot ziens.' Ik was tegelijkertijd geroerd en boos. Ik had gewild dat ze niets tegen de klassenvertegenwoordigers zei en dat ze er op school niet over praatte. Maar ik begreep dat Malcolms vrienden moesten worden ingelicht en ik had de moed niet om het zelf te doen.

Ik kende Malcolms vrienden niet goed. Sinds de mobiele telefoons, sinds internet, belden de vriendjes 's avonds niet meer naar ons huis. Je hoorde nooit meer: goedenavond, mevrouw, mag ik Malcolm even, u spreekt met... Dat was afgelopen. Ouders kwamen er niet meer aan te pas.

Ik herinnerde me de enige boezemvriend die ik van hem kende, Etienne. Ze waren onafscheidelijk. Etienne kwam bij ons logeren en bracht de maand juli bij ons door in Bourgogne, Malcolm ging op zijn beurt in de weekends en in augustus naar hem in Bretagne. Ik was noodgedwongen bevriend geraakt met zijn moeder. Een gescheiden vrouw, een nogal mannelijk type, die twee pakjes sigaretten per dag rookte en vaag op de jonge Jeanne Moreau leek. Andrew en ik dachten dat die vriendschap een leven lang zou duren, dat Malcolm en Etienne in de toekomst elkaars getuige zouden zijn bij hun huwelijk, en peetvader van hun respectieve kinderen. We waren zo gewend geraakt Etienne bij ons thuis te zien dat hij bijna een soort aangenomen zoon was, Malcolms broer. We kenden zijn smaak, we wisten waar hij om moest lachen. We mochten dat joch graag. Maar toen kwam Malcolm op een dag lijkbleek uit school. Hij wilde niets zeggen. Ik dacht dat hij een slecht cijfer had gekregen of een probleem had gehad met een leraar. Hij trok zich zonder een woord te zeggen in zijn kamer terug. De hele week bleef hij zwijgen en liet niets los. Ik begreep het algauw. Etienne had hem van de ene dag op de andere gedumpt. Hij had geen woord meer tegen hem gezegd. Hij had een nieuwe vriend gevonden, met wie hij voor Malcolms ogen liep te paraderen. Andrew en ik hadden geprobeerd er met hem over te praten, hem te vertellen dat het idioot was van Etienne, dat het zielig en beneden alle peil was dat hij hem zomaar in de steek had gelaten, dat het vast een kleinigheid was, een stomme streek, dat het niet lang zou duren, dat Etienne zich gedroeg als een achterlijk kind, dat het allemaal niets te maken had met Malcolm. Maar we hadden niet door hoe erg Malcolm eronder leed. En we hadden niet verwacht dat Etienne hem echt, voorgoed, liet vallen. Ik had mijn zoon op een nacht in de keuken aangetroffen met zijn cavia tegen zich aan gedrukt. Hij was in tranen. Met gebroken stem en een gezwollen gezichtje had hij gezegd: ‘Maar waarom, mama, waarom wil hij mijn vriend niet meer zijn? Wat heb ik gedaan? Hij wil niet eens meer met me praten, hij kijkt niet eens meer naar me. Het doet zo'n pijn, mama, zo'n pijn.'

Ik had geprobeerd hem zo goed mogelijk te troosten. Zijn verdriet deed mij ook pijn, pijn in mijn buik. Ik kon net als hij wel janken. Ik had Etienne stante pede willen opzoeken en hem om uitleg vragen. De volgende dag had ik Caroline, zijn moeder, opgebeld. Ik had geprobeerd haar te vertellen dat Malcolm er niets van begreep en helemaal wanhopig was. Ze had geantwoord dat haar zoon zelf zijn vrienden uitkoos en dat dat kinderachtige gedoe haar niet interesseerde.

Ik besloot haar niet meer te zien. Ik hield woord. Malcolm ging naar een andere school en zei nooit meer iets over Etienne. Wanneer we Etienne of zijn moeder weleens in de buurt tegenkomen, groeten we elkaar geen van allen.

De telefoon bleef maar rinkelen. De schoolsurveillante had waarschijnlijk iedereen ingelicht. Daar waren ze dan eindelijk aan de telefoon, alle vrienden van Malcolm die ik niet kende, daar waren ze allemaal aan de lijn, de een na de ander, Raphael, Pierre, Marina, Véra en vervolgens Jessica en Jean en Diego en David, Laura, Mélanie, Nicolas, Antoine, een lange lijst voornamen die ik een voor een op een vel papier noteerde om ze aan Malcolm voor te lezen. En die stemmen, jong en aandoenlijk: 'Mevrouw, zeg maar tegen hem dat we aan hem denken, dat wilden we gewoon even zeggen, dat het snel weer goed met hem moet gaan, mevrouw, weet u, uw zoon is de mascotte van de klas, iedereen is dol op hem, omdat we zo om hem moeten lachen, omdat zelfs de leraren om hem moeten lachen, zeg dat maar tegen hem, mevrouw, kunnen we hem schrijven, kunnen we u een mail sturen die u aan hem voorleest? Mijn vader is dokter, mevrouw, hij wil weten in welk ziekenhuis hij ligt, wie hem behandelt. Zeg maar tegen hem dat we hem missen, mevrouw, zeg maar dat hij gauw moet terugkomen. Mijn moeder is advocaat, mevrouw, ze wil met u spreken, vanwege dat doorrijden...'

Ik was zo aangedaan, zo ontroerd door die tientallen telefoontjes, door die jonge stemmen, die zo op die van Malcolm leken, dat de tranen begonnen te stromen. Ik deed mijn best om ze voor

Georgia te verbergen, ik draaide mijn rug naar haar toe, ik haalde mijn neus op en veegde met de bovenkant van mijn hand over mijn ogen. En later, toen Andrew thuis was en het kind naar bed, belde het hoofd van Malcolms school, die ik kende omdat ik hem een paar keer had gezien. Malcolm was in een slecht blaadje komen te staan bij een invalster, wier Engels veel minder goed was dan dat van mijn zoon, die vanaf zijn geboorte volkomen tweetalig was. Malcolm was misschien wat te ver gegaan en de jonge vrouw had misschien te heftig gereageerd. Het schoolhoofd, een breedsprakige man van een jaar of vijftig van Libanese afkomst, had gevoel voor humor. Hij was erin geslaagd alle gevoeligheden te sussen. Maar deze avond aan de telefoon wist hij niet wat hij tegen me moest zeggen. Hij zocht naar woorden. Zwijgen en stilte aan de andere kant van de lijn. Ik hoorde hem ademen. Hoorde mezelf ademen.

Hij zei langzaam tegen me: 'Mevrouw, ik gedenk Malcolm in mijn gebeden.'

Terug naar het politiebureau. Ze lieten ons een uur wachten in een stampvolle, smerige ruimte, en vertelden toen dat er niets nieuws te melden viel. Zolang ze geen volledig kenteken hadden, konden ze niets doen. Andrew luisterde onverstoorbaar. Ik voelde hoe ik langzaam gespannen raakte. Geen nieuws. Ze konden niets doen. Was dat alles wat ze ons konden vertellen? Malcolm zweefde tussen leven en dood, de wegpiraat ging rustig zijn gangetje, en ze konden niets doen? Ik kreeg zin om hun in het gezicht te spuwen, al die onverschillige agenten met hun ontwijkende blik, met hun smerige zelfvoldaanheid en hun slechtzittende uniformen, hun vierkante billen strak omspannen door die weerzinwekkende marineblauwe glimmende stof, en hun handboeien die als een belachelijk trofee aan hun riem bungelden en rinkelend tegen hun revolver ketsten.

Ik had graag de politieman met de lichte ogen willen terugzien, de man die aan de telefoon tegen me had gezegd: 'We zullen hem vinden, mevrouw', ik had die vent willen zien, zijn lichte, hartelijke ogen, en niet deze agenten met hun kordate onverschilligheid en hun onuitstaanbare arrogantie. Ik begon van top tot teen te trillen. Andrew legde een kalmerende hand op mijn schouder: '*Let them do their job, honey.*'

Ik antwoordde met een Engelse vloek, mijn favoriete, de vloek die ik het sterkst, het krachtigst vind, de koningin der vloeken, de opperste vloek, de vloek die door geen enkele Franse vloek ooit geëvenaard kan worden, ik siste: '*Fuck them.*'

Malcolm was nooit ziek. Hij had sinds zijn geboorte geen voet in een ziekenhuis gezet. Ik had tijdens mijn zwangerschap vijf maanden plat moeten liggen, in een ziekenhuis in het 14de arrondissement. Het was dertien jaar geleden, maar nu ik me daar weer met hem in die witte, steriele, verontrustende wereld bevond, kwam alles terug. Het infuus in mijn arm, dat de weeën tegenhield en dag en nacht moest blijven zitten. Uiteindelijk prikten ze me in mijn handrug, want geen van de andere aders in mijn onderarmen was nog bruikbaar. Het was pijnlijk. Ik droeg er nog de sporen van, kleine wittige plekjes die in de loop der tijd niet waren verdwenen. Ik herinnerde me de klossen aan het eind van het bed, waardoor mijn voeten hoger lagen dan de rest van mijn lichaam, zodat er geen druk op mijn buik kwam. Ik mocht niet gaan zitten en het was uitdrukkelijk verboden te gaan staan. Ik herinnerde me dat mijn kuiten na vijf maanden nietsdoen als sneeuw voor de zon waren weggesmolten, en dat de fysiotherapeut ze elke dag kwam masseren, en hoe moeilijk het was geweest om weer te gaan lopen toen Malcolm eenmaal ter wereld was gekomen. Ik herinnerde me smakeloos, lauw eten en het drukke heen en weer rennen van de verpleegsters dat al om zes uur 's ochtends begon, en het oude peervormige urinaal van wit plastic dat me werd aangereikt, en de wasbeurt die ze me gaven op een manier die tegelijkertijd vriendelijk en onverschillig was, en die baby in mijn buik aan wie ik niet durfde te denken, die ik nog geen naam had gegeven omdat ik zo bang was hem te verliezen. Ik herinnerde me dat die buik steeds maar groeide terwijl ik steeds bleker werd en de rest van mijn lichaam steeds magerder en uitgemergeld, en dat ik ingevallen wangen kreeg terwijl de baby steeds dikker werd en me helemaal uitputte. Een kleine vampierbaby die zich met mij voedde. En toch, toen ik die nacht in april in het ziekenhuis was gearriveerd met een nog platte buik die hard werd en zich samentrok, terwijl het bloed tussen mijn benen vandaan stroomde, had ik gedacht dat ik hem nooit zou kunnen houden, dat het afgelopen was, dat de vreugde van het zwanger zijn van korte duur was geweest, dat het heel onrechtvaardig was, dat we er nooit overheen zouden komen. Andrew hield in de ambulance mijn hand vast, met een gezicht dat grauw zag van angst. Bij de Eerste Hulp werd ik op een monitor aangesloten, en ze hadden Andrew en mij daar achtergelaten met het geluid van het hartje van de baby, dat geluid dat klonk als een paard in galop, en ik dacht dat het afschuwelijk was het hartje te horen van je baby die dood zal gaan, die te vroeg geboren zal worden en dan doodgaat. We hadden gekeken hoe we het geluid van dat vervloekte apparaat zachter konden zetten, en toen was de grote baas gearriveerd, gevolgd door een stoet van assistenten, co-assistenten en verpleegsters, hij had me onderzocht en had tegen ons gezegd: 'We stoppen hiermee, die baby blijft zitten waar hij zit, het is nog lang niet zover.'

Malcolm. We waren het meteen eens geworden over die naam toen we wisten dat het een jongen was. Maar we hadden die bekende tweeëndertig weken van het uitblijven van de menstruatie, die bekende zeven maanden, moeten afwachten voordat we weer over zijn naam konden praten. Malcolm. We wilden een naam die je even goed in het Frans als in het Engels kon uitspreken. Een originele naam die goed klonk, een naam die anders was dan andere. De Keltische oorsprong ervan had ons aangesproken. Mijn ouders waren verbaasd geweest. 'Wat is dat voor een naam? Dat menen jullie niet. Zo gaan jullie hem niet noemen!' Zó Engels. We hadden voet bij stuk gehouden. Ik kreeg er niet genoeg van Andrew steeds maar weer te horen zeggen: 'Mal-cum', grandioos, vederlicht. Maar de Fransen zeiden het niet zoals het hoorde, dat had ik al snel door. Het werd 'Malle-colme' waarbij de tweede L werd uitgesproken en het accent op 'colme' kwam.

Mijn ouders wilden komen eten. Ik had er geen zin in, maar mijn moeder drong aan. Zij zou de wijn en het toetje meenemen. Ik gaf me gewonnen. Zoals gewoonlijk kwamen ze al om halfzeven. Andrew was nog niet thuis. Sinds mijn vader met pensioen was en aan hypochondrie leed, vonden de etentjes met hen steeds vroeger plaats. Malcolm had er zelfs een naam voor bedacht: het 'theten', een samentrekking van theetijd en eten. Mijn vader, weggedoken in zijn parka, liep rond met een lang gezicht dat op onweer stond. Mijn moeder, met te veel make-up en parfum op, was in de keuken bezig met Georgia. Ze legde het er te dik bovenop. Met haar ijverige gebaren. Haar zorgvuldig uitgekozen kleding, haar keurige sjaals. Haar lakleren mocassins. Waarom keek ik die avond naar haar alsof het de eerste keer was, met een soort verholen en verbijsterd afgrijzen? Waarom had ik medelijden met haar terwijl ze was gekomen om ons te helpen, om ons haar steun te bieden? Ik wilde dat ze wegging, dat ze allebei vertrokken en ons met rust lieten. Snel, nu. En Andrew die nog steeds niet thuis was. Onopvallend stuurde ik mijn man een sms'je: '*Hurry up!*' Daarna ging ik naar mijn vader in de woonkamer. Ik wist eerlijk gezegd niet wat ik tegen hem moest zeggen, ik had echt geen zin om met hem te praten. Maar ook hij was gekomen, net als mijn moeder, hij wilde me zien, ons zien. Dus ging ik naast hem zitten. Het was vreemd. Mijn vader vlakbij, en ik had geen zin in of behoefte aan zijn aanwezigheid en zijn liefde, waarvan hij me maar heel weinig liet zien. Hij was voor mij voorgoed gesloten, op slot, verschanst, als een verroest standbeeld van het wrekende lot, oud en der dagen zat.

Mijn vader kon niet van iemand houden, kon niet geven. Had hij het ooit gekund? Hij had Emma, Olivier en mij alleen maar afgesnauwd. Hij had alleen maar geschreeuwd en kritiek gehad. Emma was naar Marseille gevlucht. Olivier en ik verdroegen alles in stilte. Maar hoe lang nog? Daar begon hij al aan zijn verhaal, zonder me aan te kijken, met een ontevreden trek om zijn mond en vouwen onder in zijn kin, zijn stem werd al luider, hij zei dat Andrew en ik iets moesten doen, dat het niet kon dat we die wegpiraat zomaar vrij lieten rondlopen, dat het niet kon dat die man met rust werd gelaten, wat deden Andrew en ik nou eigenlijk, je moest die smerissen flink op hun huid blijven zitten, je moest aandringen, ze aan hun kop zeuren, steeds maar weer, elke dag naar het politiebureau gaan, ze steeds maar weer aan hun kop zeuren, niet loslaten, ze dwingen hun werk te doen, hoe konden we met onze armen over elkaar blijven zitten niks doen?

Ik kon hem wel wurgen. Mijn vader had er een handje van het bloed onder mijn nagels vandaan te halen. Ik voelde dat mijn oren rood en warm werden. Kon je je vader slaan? Hem een klap geven? Ook al was je veertig? Nee. Dus verdroeg ik het, zoals altijd, ik deed de luiken dicht, ik zette het geluid af, ik hoorde zijn stem niet eens meer, ik zag niet eens meer zijn verkreukelde kin die op en neer bewoog, ik keek naar het bedremmelde, zwakke gezicht van mijn moeder, met roze make-upvlekken, mijn moeder die was binnengekomen met haar dienblad vol drankjes en zoute pinda's en die niet wist wat ze moest doen.

Toen sloeg de voordeur dicht, er klonk een geluid van sleutels die op het haltafeltje werden gegooid en mijn grote, reddende echtgenoot stapte binnen in de Sandalwood-geur van Crabtree &

Evelyn, terwijl mijn dochtertje riep: '*Daddy!*', en ik wist dat mijn marteling ten einde was. Tegenover Andrew maakte mijn vader zich heel klein. Een goede verstandhouding tussen Engeland en Frankrijk had zo z'n voordelen.

Een paar dagen later, toen ik uit het ziekenhuis kwam, werd ik gebeld door de politieman met de lichte ogen. Commissaris Laurent. Hij vertelde me dat er nog steeds geen nieuws was. Het schoot niet op. Maar ze zouden er alles aan doen. Ik luisterde zonder iets te zeggen. Ik voelde me machteloos. Wat kon ik precies doen om te zorgen dat er schot in kwam? Moest je een kruiwagen hebben bij het ministerie van Binnenlandse Zaken? Ging het op die manier? Was dat de enige oplossing? Hij vroeg hoe het met 'het joch' ging. Ik zei koel dat er ook wat dat betreft geen nieuws was. Een voortdurend coma. Al een week in coma.

Al een week was er van mijn leven niet veel meer over. Een week, zeven dagen en zeven nachten, deden Andrew en ik alsof, we deden wat we konden, maar alles in ons was gericht op het ziekenhuis, op de dagen die we daar doorbrachten, de gesprekken met de dokters die steeds dezelfde voorzichtige dokterspraatjes hadden, doodsbang zich te compromitteren.

Dus leefden we zo goed en zo kwaad als het ging, in afwachting, en de wereld draaide door en het leven ging door met zijn stroom van slecht nieuws op het journaal, vliegtuigongelukken, aanslagen, explosies, eisen, alles ging maar door, er kwam geen eind aan, belasting die betaald moest worden, broeken die bij de stomerij moesten worden opgehaald, boodschappen, tafels van vermenigvuldiging die Georgia uit haar hoofd moest leren, afspraken met een mevrouw van de bank om te praten over pensioen en uitvaartverzekering, want op je veertigste moest je je daarmee bezighouden, schijnt het. De bankmevrouw deed haar werk goed, legde ons uit wat we over twintig of dertig jaar uitgekeerd zouden krijgen, tikte wat in op haar computer, printte taxaties, schattingen en modellen uit, en ik dacht aan mijn zoon daar in het ziekenhuis, in zijn witte, stille kamer. Zou Malcolm er over twintig of dertig jaar nog zijn? Ik vroeg me af hoe je over de toekomst kon praten, hoe je die op zo'n concrete manier kon plannen terwijl ons heden zo onzeker en zo gruwelijk was. Ik liet mijn tranen tevoorschijn komen. Andrew pakte mijn hand en zei tegen de bankmedewerkster dat ik een beetje moe was. Daarna vertrokken we samen.

'En hoe gaat het met u, mevrouw? Houdt u het vol?'

Dat had Laurent, de agent met de lichte ogen, me gevraagd. Ik moest bijna lachen. Ik had bijna de hoorn erop gegooid. Maar zijn stem had iets. Iets hartelijks, iets oprechts. Ik had kunnen zeggen: ja, dank u, ja, ik hou het wel vol.

Ik mompelde: 'Nee, ik hou het niet vol. Nee, het gaat niet goed. En als u die smeerlap niet vindt, slaan bij mij de stoppen door.'

Hij zei niets. Maar ik wist dat hij het had begrepen.

Mijn zus. Haar zo vertrouwde geur, haar te lange, verwarde haren, haar rijzige gestalte. Emma. Ze stapte met haar lange benen over de drempel en nam me vervolgens in haar armen. Ik voelde haar natte wang tegen de mijne. Er zat een vlek van opgedroogde melk op haar schouder, een spoor van haar jongste kind, dat ze bij haar man in Marseille had achtergelaten. Ze zei: 'Ik wil hem zien. Breng me erheen.' We vertrokken naar het ziekenhuis. Toen we bij Malcolm stonden, zag ik dat haar kin trilde. Ze was dol op mijn zoon. Haar eerste neefje. Haar favoriete neefje. Toen hij nog een baby was, mocht ze graag over straat wandelen en zeggen dat hij van haar was. Toen had ze Eric, haar Marseillaan, nog niet ontmoet. Emma pakte Malcolms hand. Ze drukte er verscheidene kussen op. Daarna boog ze zich naar voren en legde haar hoofd tegen hem aan, alsof ze hem voor het slapengaan nog even aanhaalde, waar hij twee zomers geleden nog om vroeg toen we onze vakantie gezamenlijk hadden doorgebracht. Zo bleef ze lange tijd zitten. Het stelde me in zekere zin gerust. De dokter kwam binnen, de man met het lange gezicht. Hij groette Emma. Hij mompelde: 'Jullie zouden wel een tweeling kunnen zijn!' Dat was waar. We scheelden maar twee jaar. Dezelfde goudbruine ogen, hetzelfde kastanjebruine haar, dezelfde stem, zodat zelfs onze ouders zich aan de telefoon vergisten.

Emma stelde de dokter duidelijke, precieze vragen, al die vragen die ik niet durfde te stellen. Over de risico's. De gevolgen. De hersenen. Alles. Hij antwoordde haar en keek tegelijkertijd mij aan. Ik luisterde zonder iets te zeggen. Toen hij weg was, slaakte Emma een zucht. Ze zei: 'Hoe gaan we het aanpakken om die vent te vinden?' Ik slaakte op mijn beurt een zucht. Ik legde uit hoe traag de politie werkte en dat het kenteken onvolledig was. Emma werd ongeduldig.

'Je hebt een advocaat nodig, Justine. Heb je daaraan gedacht?'

Ja, ja, daar had ik aan gedacht. Ik had een vriendin die advocaat was, Violaine. Ik had haar al aan de telefoon gehad, ze was bereid me te helpen. Maar voorlopig kon ze niets doen. Zolang de politie die vent nog niet had gevonden.

'Maar dat is onzin, Justine! De politie kan dat nummerbord vinden als ze het merk en de kleur van de auto weten. Weet je nog van die film met Tom Hanks, wanneer hij een jongen aanrijdt in de Bronx, nou, dan lukt het ze om hem op te sporen met een onvolledig kenteken, dat lukt ze. En wat vindt je man ervan?'

Andrew met zijn onverstoorbaarheid. Andrew met zijn vertrouwen in de Franse politie. Waar haalde hij het vandaan? Hij was belachelijk. *'Let the police do their job. Just let them do their job.'* En ik had geschreeuwd: 'Welk werk? Waar heb je het over? Ze voeren niks uit, het laat ze koud, ze vinden hem nooit. Ze hebben lak aan ons, aan onze zoon.' Hij had geprobeerd me te kalmeren, tevergeefs. We hadden de rest van de avond niet meer tegen elkaar gepraat, ik trappelend van ongeduld en wrevel, en hij onverstoorbaar. *The silent giant.*

Ik keek mijn zus ontmoedigd aan. Ik zei: 'Emma, wat wil je dat ik doe? Ik doe al mijn best om op de been te blijven, voor Georgia, voor Andrew en voor Malcolm. Je ziet, ik sta nog overeind. Wat wil je dat ik nog meer doe?'

Ze pakte mijn hand, die nog warm was van die van Malcolm.

'Hem vinden, Justine. Hem vinden.'

Nadat Emma was vertrokken, ging ik terug naar het ziekenhuis. Op mijn mobieltje kon ik mijn e-mails lezen. De pr-medewerkster voor het parfum was opgetogen. Mijn vertaling was perfect. Het was fantastisch. Kon ik haar heel gauw terugbellen voor een laatste detail? De mail daarna was afkomstig van een uitgeefster die ik oppervlakkig kende omdat ik al eens met haar had gewerkt. Ze wilde me dringend spreken vanwege een belangrijk project. Kon ik haar heel gauw bellen? Ik had geen zin om iemand te bellen. Ik had zin om aan het bed van mijn zoon te blijven zitten en mijn liefde en energie aan hem over te brengen. Bij hem te blijven zitten zonder me te verroeren.

Die ochtend, voordat Emma kwam, had ik de oorbellen ingedaan van onze grootmoeder Titine, die ze me vlak voor haar dood had gegeven. Zware, druppelvormige parels zoals op het schilderij van Vermeer. Ik had ze lang niet gedragen. Ik dacht bij mezelf, terwijl ik ze in mijn oorlellen stak: de oorbellen van mijn oma zullen me geluk brengen. Ze zullen Malcolm geluk brengen. Ze zullen ons helpen. De buitengewone persoonlijkheid van mijn oma, die zo onberekenbaar en grappig was, zit erin. Mijn oma, op wie ik dol was om haar lach, haar goede humeur en het Miss Dior-parfum dat ze droeg met alle koketterie die ze op haar negentigste nog had.

Er kwamen vreemde geluiden uit de kamer naast ons. Kreten, gehuil, meubels die werden verschoven. Ik stond ongerust op. Ik deed de deur op een kier. In de gang zag ik een vrouw voorbijlopen die was ingestort en werd ondersteund door een man wiens gezicht nat was van de tranen. Achter hen de dokter en verpleegsters. Aangeslagen keek ik toe. Ik wist dat op deze afdeling alleen maar mensen in coma lagen. Ik vermoedde dat zich zojuist iets verschrikkelijks had afgespeeld. Ik wilde alles weten en tegelijkertijd was ik bang en schaamde ik me ervoor dat ik toekeek bij de ellende van andere ouders. Een van de verpleegsters zag me. Ze schudde haar hoofd.

'Ga maar naar binnen, mevrouw, ga maar terug naar uw kamer.'

Ik stelde vragen en zei dat ik wilde weten wat er was gebeurd. Haar blik was zowel gegeneerd als minachtend.

'Dat heeft geen enkele zin, mevrouw, daar schiet u niets mee op.'

Ik smeekte. Ze sloeg haar ogen neer en leek op het punt in tranen uit te barsten. Ze leunde tegen de deur.

'Het is het meisje van kamer 8. Het is afgelopen. Ze was aangereden, net als uw kind, vier maanden geleden. Het is afgelopen. Ze was elf jaar.'

Ik keerde terug naar Malcolm. Trillend ging ik zitten en toen voelde ik een enorme misselijkheid opkomen. Ik stond vlug op, deed de deur van het badkamertje open en gaf over in de wc. Bij elke golf werd ik overspoeld door een ondraaglijke pijn. Ik zakte snikkend in elkaar tegen de closetpot. Een van de parels viel uit mijn oor op de witte tegelvloer. Ik pakte hem op en klemde hem zo stevig als ik kon in mijn hand.

Ik dacht aan het meisje. Aan haar ouders. Ik dacht aan Malcolm, aan wat Andrew en ik moesten beginnen als. Nee, niet aan denken. Niet meer aan denken. Denken aan alles behalve aan die kleine meid. Aan alles behalve aan Malcolm. Nergens aan denken. Mijn hoofd leegmaken. Ik bleef maar huilen. Ik bleef maar misselijk. Mijn buik bleef zich maar samentrekken. Ik begon in elkaar gedoken te kreunen. Ik weet niet hoe lang ik daar ben blijven zitten. Ik dacht dat ik dood zou gaan, dat ik er een einde aan zou maken, dat ik niet meer wilde leven.

Toen ik uiteindelijk, na wat me een eeuwigheid leek, opstond, had ik het gevoel dat ik een oude vrouw was geworden met pijnlijke gewrichten en een getekend gezicht.

De volgende dag. Weer alleen met Malcolm. Andrew en ik hadden besloten dat het te veel was voor Georgia om haar broer zo te zien. Maar ze verlangde er zo naar dat we op ons besluit begonnen terug te komen. We hadden gezegd dat we er met de dokter over zouden praten, om zijn mening te horen. Ik had de hele nacht niet geslapen. Ik was nog maar net uit bed, had mijn thee gedronken en Georgia bij school afgezet, of ik was weer naar mijn zoon gegaan. Andrew zou me die middag aflossen. Ik had kranten, mijn laptop en telefoon meegenomen, maar ik bleef onbeweeglijk bij hem zitten zonder te werken, zonder te praten en zonder te lezen. Na wat er de vorige dag was gebeurd, na het overlijden van het meisje, had de angst zich in me genesteld. Ik kon niet anders dan bij hem blijven, alsof ik hem beschermde, alsof mijn lichaam, mijn aanwezigheid het ergste tegenhield. Ik was een levende vesting. Toen ik de vorige avond thuiskwam was ik bezweken voor een idiote verleiding. Naar Malcolms stem luisteren op de voicemail van zijn mobieltje. Die stem die zowel vriendelijk als ernstig klonk, als van een kind en van een puber tegelijk.

'Hallo, dit is de voicemail van Malcolm. Je kunt een bericht inspreken, of niet, zie maar. *Hasta la vista, baby.*'

Die stem die zo vertrouwd was. Zo levend. Grappig. Brutaal. Zijn stem. Zou ik die stem weer in het echt te horen krijgen? Ik luisterde wel tien keer. Hoe was het mogelijk dat je die stem hoorde, hem diep in jezelf hoorde, terwijl voor je ogen je zoon in coma lag en misschien nooit meer zou praten?

En zo waren Malcolm en ik dertien jaar na zijn geboorte weer terug in het ziekenhuis. Alsof hij en ik er geen genoeg van konden krijgen. Alsof die lange maanden die ik tijdens mijn zwangerschap liggend en in angst had doorgebracht, nu weer opnieuw moesten beginnen, behalve dan dat híj nu in bed lag en ik nog steeds even angstig was. Toen hij nog in mijn buik zat, was ik bang geweest hem te verliezen. Hij zat niet meer in mijn buik, maar ik was nog net zo bang. Misschien zijn alle moeders zo. Misschien is dat moeder zijn, die angst die je nooit kwijtraakt, die jou nooit loslaat. Terwijl ik naast hem zat en voor de twintigste keer 'Lavender's Blue' zong en de lijst van vriendjes aan hem voorlas die avond na avond belden, en er herinneringen bij me opkwamen en ik keek naar zijn witte gezichtje, begon ik mezelf vragen te stellen. Vragen die aan me knaagden. Stel dat ik hem op die bewuste woensdag na zijn muziekles was komen afhalen? Stel dat ik erbij was geweest? Dan had die auto misschien vaart geminderd. Misschien mag je een puber van dertien nog steeds niet alleen laten gaan. Stel dat het mijn schuld was? Stel dat ik een moeder was die zich niet voldoende om haar kinderen bekommerde? Ik deed belachelijk. Natuurlijk was het niet mijn schuld.

Het was de schuld van die vent achter het stuur van de Mercedes, van die vent die niet was gestopt, van die lafaard. Dacht hij aan Malcolm? Werd hij sinds woensdag zorgeloos wakker of dacht hij juist bij zichzelf: verdomme, dat joch... dat joch dat ik heb aangereden. Hoe kon die man opstaan en in de spiegel naar zichzelf kijken? Dacht hij dat ze hem zouden vinden? Was hij bang? Dacht hij dat hij zou ontkomen? Zomaar ontkomen, 'doodleuk, met z'n vingers in z'n neus', zoals Malcolm zou zeggen. *Over my dead body*. Een Engelse uitdrukking die je eigenlijk niet in het Frans kon vertalen.

Nooit eerder leek die Engelse uitdrukking me zo helder, zo begrijpelijk als deze ochtend. Ik dacht opnieuw aan het overleden meisje. Aan het gezicht van haar ouders. Aan het lijden en de leegte die onverdraaglijk waren. Aan hoe ik me de vorige dag in dat badkamertje had gevoeld, aan die afschuwelijke pijn die mijn lichaam had doorboord. Nee, die vent zou niet ontkomen. *Over my dead body*. Die vent ging niet ontkomen. Zolang ik nog een greintje leven in me had, zolang ik nog gezond en in goede vorm was, zolang ik hersens had en een lichaam dat in staat was te lopen, een hart, longen, een buik, ingewanden en benen, en ik door wanhoop werd gedreven, zou ik zoeken naar die vent, ik zou hem vinden en hem laten boeten. Dertien jaar van een leven met mijn zoon. Dertien jaar Malcolm. En alles wat Malcolm nog te wachten stond. Alles wat hij zijn vader en mij nog zou geven. Alles wat wij hem nog konden verschaffen. Als die vent spoorloos zou verdwijnen en als Malcolm niet uit zijn coma zou ontwaken, zou die kerel eraan gaan. Ja, eraan gaan. Zoals in Amerikaanse films waarin de vader en de moeder met iemand afrekenen wanneer hij hun kind heeft vermoord. Ook ik zou zorgen dat het recht zijn loop zou krijgen. Ik klemde Malcolms hand uit alle macht vast.

En plotseling kon ik echt met hem praten. Ik kon andere dingen tegen hem zeggen dan 'Lavender's Blue' en welke vriendjes er gebeld hadden. Ik kon alles tegen hem zeggen.

'We zullen hem vinden, mijn engel, mijn schatje. Malcolm, luister. We zullen die vent vinden die jou heeft aangereden en ervandoor is gegaan. Ik zal hem vinden. Dat beloof ik je. Jammer als de politie de tijd neemt, jammer als het maanden duurt en als ze me vertellen dat het onmogelijk is, dat hij spoorloos is verdwenen, maar ik zal hem vinden. Ik weet nog niet precies hoe, maar het zal lukken. Jammer als je vader het er niet mee eens is, als hij zegt dat je de politie haar werk moet laten doen, niks aan te doen. Maar hij zal niet ontkomen. Dat zweer ik je. *Over my dead body*.'

2

Ik zag hem meteen al bij de uitgang van de metro. Hij droeg zijn uniform nooit. Hij trok het waarschijnlijk aan zodra hij op het politiebureau was, in de kleedkamer. Zo gekleed was hij anders. Had hij niets van een agent. Een man als alle andere. Ik kende nu zijn gewoontes omdat ik hem een paar dagen had bespied. Hij arriveerde elke ochtend om een uur of acht. Hij liep naar het café tegenover het bureau, waar hij een grote kop koffie met melk en een croissant nam. Hij bleef de hele dag binnen het grote vierkante gebouw, hij lunchte waarschijnlijk met zijn collega's in de kantine. Om een uur of zes ging hij naar huis.

Een keer was ik hem gevolgd. Hij woonde vlak bij het Père-Lachaise, in een flatgebouw dat kennelijk aan politiemensen werd verhuurd. Ik had zijn appartement, de verdieping en de deur gevonden. In het telefoonboek had ik onder de naam Laurent, L. zijn nummer gevonden. Had hij een vrouw en kinderen? Ik had geen idee. Ik had niemand van mijn plan op de hoogte gesteld. Noch Emma, noch Andrew. Het was trouwens eigenlijk geen plan, het was een oplossing. Een idee. Iets waardoor ik voortgang kon boeken. Elke ochtend kon opstaan en hoop hebben. Iets wat me moed gaf, wat maakte dat het minder moeilijk was om dag na dag naar het wasbleke gezicht van mijn zoon te kijken. Het was mijn geheim.

Na een week voelde ik dat ik klaar was. Ik ging terug naar het politiebureau en vroeg of ik hem kon spreken. Er werd gezegd dat hij zo zou komen. Tot zover was het gemakkelijk. Hij kwam vrij snel. Ik zag aan zijn blik dat hij me herkende. Een oppervlakkige glimlach. Zijn ogen nog steeds even helder. Ik zei dat ik hem moest spreken. Hij nam me mee naar een gang, naast een wankel koffiezetapparaat. Hij bood me koffie aan. Ik zei nee. Ik wist niet hoe ik het gesprek moest beginnen. Ik zocht naar woorden. Maar hij begon als eerste te praten.

'Is het met de jongen nog steeds hetzelfde?'

Ik knikte.

Hij zuchtte.

'Geen nieuws hier, mevrouw. Het duurt lang.'

Daar was ik op voorbereid.

'Ik wil graag het dossier zien. De verklaringen van de getuigen. Kunt u me die laten zien?'

Hij leek niet verbaasd. Even later bevond ik me in dezelfde kamer als die eerste dag, die onvergetelijke dag dat Andrew en ik hierheen waren gekomen. De dag die zo ver weg leek. Laurent overhandigde me een dossier met onze naam en een nummer erop. Ik ging op de stoel zitten en begon te lezen. Het las als een roman. De persoonsgegevens van ons allemaal en vervolgens onze woorden. Onze verhalen. Drie personen hadden getuigd: twee voorbijgangers en een buschauffeur van lijn 91. Ze hadden het ongeluk gezien, en dat de wegpiraat doorreed. De buschauffeur had een Belgische naam. Vandenbossche. Hij woonde in een zuidelijke voorstad van Parijs. Hij had verklaard: 'Ik kon niet zien wie er achter het stuur zat. Maar ik meen dat het een vrouw was. Ik zag blond, krullend haar.'

Ik voelde mijn hart ineenkrimpen. Ik zwaaide met het vel papier naar Laurent. Hij sprong op.

'Hebt u dat gelezen? Een vrouw. De chauffeur van bus 91 denkt dat het een vrouw was.'

Een vrouw. Welke vrouw was in staat een puber op een zebrapad aan te rijden en dan niet te stoppen? Welke vrouw was tot zoiets in staat? Een vrouw. Afschuwelijk. Het kon niet. Voor mij was de wegpiraat een man. Je zei trouwens niet 'wegpirate'. Dat woord bestond niet.

Laurent zei niets. Hij las nog eens wat er op het vel papier stond geschreven. Ik wilde graag dat hij ging praten, dat hij iets zei, maar er kwam niets. Ik las verder. 'Een bruine Mercedes. Een oud model. Het nummerbord was vuil, stoffig. Ik kon de eerste cijfers lezen: 86 of 56, daarna LYR, en ik dacht dat het eindigde op 54, 64 of 84. Maar dat weet ik niet zeker. Maar ik weet zeker dat het geen 75 was.'

Ik zei: 'Luistert u eens. Ik wil graag opschieten. Met alles wat we nu hebben kunnen we tot actie overgaan. We hebben informatie. Het is niet zo dat we geen enkel aanknopingspunt hebben, begrijpt u. We hebben mogelijkheden wat het kenteken betreft, het is niet Parijs, dat weten we. We moeten voortgang boeken, telefoontjes plegen, het wordt ongetwijfeld ingewikkeld, maar het moet gedaan worden, toch?'

Hij luisterde beleefd naar me.

'We hebben hier een personeelstekort, mevrouw. Bovendien waren er een heleboel vrije dagen in mei. Dus. We zijn bezig de afdeling te reorganiseren, maar dat duurt lang. Je hebt tijd nodig om die telefoontjes te plegen en dat onderzoek te doen. We doen het nu handmatig, heb ik u gezegd. We hebben niet genoeg mensen. Maar we zijn ermee bezig. We moeten geduld hebben.'

Ik keek hem aan zonder iets te zeggen. Ik beet op de nagel van mijn duim, met een zenuwachtigheid die ik niet kon bedwingen.

Hij ging met dezelfde lusteloze, kalme stem door. 'Een collega is eraan begonnen. Hij heeft al informatie gekregen. Maar we hebben nog niks gevonden. U moet geduld hebben, mevrouw.'

Ik had gewild dat hij zich opwond, dat hij niet langer zo kalm was. Dat hij werkelijk zei hoe de zaak ervoor stond. Dat hij me vertelde dat niemand echt was opgeschoten omdat het niemand wat kon schelen, omdat er vrije dagen waren, vanwege de ATV, omdat er dringender zaken waren om je mee bezig te houden, terroristen, inbrekers, overvallers, en geen lafaards die op woensdagmiddag jongetjes aanreden op zebrapaden.

Ik boog me naar hem toe.

'Ik heb nou lang genoeg geduld gehad. Ik geloof dat u het niet hebt begrepen. Ik weet niet goed hoe ik het moet uitleggen, maar als u niet sneller tot actie overgaat, word ik gek. Helemaal gek. Hoort u me?'

Ik schreeuwde die laatste woorden. Hij stond op en kwam terug met een glas water. Dat reikte hij me aan. Ik dronk het in één teug leeg. Toen ging zijn telefoon. Hij excuseerde zich en nam op. Intussen liet ik mijn blik over zijn bureau dwalen. De getuigenverklaring van de buschauffeur met de Belgische naam. Zijn telefoonnummer. Zijn adres. De cijfers van het kenteken. Onopvallend haalde ik mijn pen en opschrijfboekje uit mijn tas. Terwijl Laurent aan de telefoon was, schreef ik alles op. Het telefoongesprek duurde voort. Ik stond op. Ik gebaarde naar hem dat ik moest gaan. Hij leek geagiteerd, wees naar de stoel opdat ik weer zou gaan zitten. Maar ik ging er razendsnel vandoor. Ik kon niet langer wachten.

Nu had ik wat ik wilde. Ik kon beginnen.

De uitgeefster was een sympathieke vrouw van mijn leeftijd. Ik kende haar niet goed, maar ze zag onmiddellijk dat er iets met me aan de hand was. Ik vertelde haar alles. Dat mijn zoon al twee weken in coma lag. Dat ze nog steeds niet wisten wie hem had aangereden. Dat ik er niet meer van kon slapen. Ze pakte mijn hand. De hare was warm en zacht. Zo bleven we even hand in hand zitten. Daarna zei ze: 'Hebt u zin om weer voor mij te werken? Als u niet wilt, als het te zwaar is op dit moment met uw zoon, dan begrijp ik dat.' Ik bedankte haar. Ik zei dat ik mijn zinnen moest verzetten, dat ik niet hele dagen in het ziekenhuis moest doorbrengen. En in ieder geval moest ik ook in mijn levensonderhoud voorzien. Terwijl ik die woorden uitsprak, bedacht ik hoe ironisch ze waren. Mijn leven was bezig in te storten, maar ik moest evengoed in het onderhoud ervan voorzien.

Ze vertelde me over het project waarmee ze bezig was. Een Amerikaanse roman die hét onderwerp van gesprek was, onder pseudoniem geschreven door een beroemde journaliste die haar identiteit niet had onthuld. Bepaalde scènes waren ronduit erotisch.

'Het kost me veel moeite om het boek vertaald te krijgen,' bekende de uitgeefster. 'Vooral de opwindende scènes. De resultaten zijn echt slecht. U bent mijn laatste hoop.'

Ze gaf me een manuscript in een rode kartonnen map.

'Kijk er maar eens naar.'

Ik zei: 'Waarom ik? U weet best dat ik daar niet goed in ben. Ik ben meer van de persdossiers en de marketing. Ik doe heel zelden boeken, laat staan romans.'

Ze glimlachte.

'Ja, dat weet ik. Maar ik heb vertrouwen in u. Kijkt u ernaar en vertel het me dan.'

Toen ik weer thuis was, bladerde ik het boek door. Vanuit politiek oogpunt was het interessant, het zat goed in elkaar en deed denken aan de zaak-Lewinsky. Vanuit erotisch oogpunt was het expliciet. Onomwonden taalgebruik. Ik zag mezelf dat nog niet vertalen. Vooral niet omdat het Amerikaans was. Ik beheerste het Engels beter. Waarom zou ik me op dat gladde ijs begeven? Waarom mezelf belachelijk maken? Ik had geld nodig, ja, maar niet zo erg dat ik het risico moest nemen zo'n lastige tekst te vertalen. *U bent mijn laatste hoop*. Een andere keer, op een ander moment, zouden die woorden me plezier hebben gedaan. Ik was jarenlang bezig geweest een reputatie op te bouwen, te weigeren voor een bureau te werken om freelancer te blijven, zodat ik ondanks een onregelmatig inkomen mijn onafhankelijkheid behield. Dat was niet makkelijk. Maar het was me gelukt door hard te werken en nauwkeurig te zijn. Ik was erin geslaagd me er niets van aan te trekken dat voor veel mensen vertalen geen hoogstaand beroep is.

Het is werken in de verborgenheid, zoals een ghostwriter of iemand die voor analfabeten schrijft. Een vertaler wordt altijd met een zekere neerbuigendheid bekeken. Als iemand die niet geslaagd is in een carrière als schrijver of journalist. Ik had me lange tijd tegen dit onrecht verzet. Nu was dat verleden tijd. Ik deed dit werk al tien jaar. Voor geen goud zou ik van beroep veranderen. Waarom schrijf je eigenlijk geen romans, werd me gevraagd. Boeken of essays? Waarom je beperken tot de creaties van anderen, alsof je je achter hun tekst verschuilt? Mijn vader zei altijd: 'Justine voedt haar kinderen op en ze "doet wat aan vertalen" om de eindjes aan elkaar te knopen.' Doet wat aan vertalen. Zijn minachting maakte me dol. 'Het is toch geen echt werk,' hield hij vol. 'Het is amateurswerk. Je gaat niet naar een kantoor zoals je broer bijvoorbeeld of je man. Je doet het zomaar, het is geen echte baan.' Ik probeerde hem zo geduldig mogelijk, wat bij mijn vader nooit makkelijk was, uit te leggen dat je om van vertalen te houden in de eerste plaats moest houden van lezen. Wat hij zelden deed. En verder moest je hartstochtelijk van twee talen houden en in staat zijn de verschillen, de overeenkomsten, verrassingen en valstrikken naar waarde te schatten.

Ik had me altijd aangetrokken gevoeld tot het Engels, dat toch niet mijn moedertaal was. Een taal die me aantrok door zijn tegenstellingen. Al vanaf het moment dat ik Daphne du Maurier in de oorspronkelijke taal kon lezen. Ik was bij toeval gestuit op een oude vertaling van *Rebecca* als pocket, die afgeraffeld en slecht was. Ik had met mijn dertien jaar getrild van verontwaardiging. Hele passages waren op een klungelige manier verminkt. Zelfs de eerste, legendarische zin, *Last night I dreamt I went to Manderley again*, was verworden tot: 'Ik droomde afgelopen nacht dat ik naar Manderley was teruggekeerd.' Slechter kon het niet. Het bracht me buiten mezelf van woede. De voltooid verleden tijd, wat een doodzonde! Woedend vertaalde ik nauwgezet de openingszin. Zo. Ik had Daphne recht doen wedervaren. En ik had een volkomen nieuw genoegen ontdekt. Het juiste woord zien te vinden en tegelijk vermijden letterlijk te vertalen. Niet te dicht bij de brontekst blijven, waardoor die onherstelbaar veel gewicht kreeg, maar hem op zijn eigen manier doen herleven. Er zorg voor dragen dat de tekst soepel liep. Graag willen spelen met de diepere betekenis van woorden. De geheimen ontraadselen van het Engels, de taal die me fascineerde door zijn schijnbare strengheid, door zijn verborgen rijkdommen. Het Engels met gelijke munt betalen. Over en weer. Tussen de twee talen heen en weer reizen.

In de loop der jaren en door mijn leven met een Engelsman voelde ik me steeds meer verwant met dat merkwaardige volk. Ik vond ze subtieler en grappiger dan de Fransen. Ik hield van hun humor, hun ongedwongenheid. Ik moest meer lachen om Monty Python en Peter Sellers dan om Louis de Funès of Bourvil. Ik vond het leuk dat ze een beetje mesjogge waren. En terughoudend. En toch had ik mijn schoonzus Isabella in het begin koel gevonden. Alsof ze een paraplu heeft ingeslikt, zoals Emma het botweg noemde. Maar daarna hoefde ik maar een avond in de pub onder haar flat in Islington door te brengen, met een paar vertrouwelijke mededelingen boven een pint lagerbier en chips met baconsmaak, of ik zag achter dat grote, strenge voorhoofd en die kleurloze grijze ogen een geestig meisje verschijnen met humor die even spits als origineel was.

Mijn telefoon trilde in mijn zak. Het was meneer Vandenbossche, de buschauffeur. Hij had de vorige dag mijn voicemailbericht ontvangen, maar kon me pas die ochtend terugbellen. Hij had een heel jonge stem.

'U weet, mevrouw, degene die uw zoon dat heeft aangedaan, die moet boeten. Die moet gearresteerd worden. Ik heb alles gezien, mevrouw. Het is schandalig om ervandoor te gaan wanneer je een kind hebt aangereden. Schandalig. (Zijn stem bromde van verontwaardiging.) Ik maak van alles mee sinds ik buschauffeur ben. Geen leuke dingen, weet u. Maar wat ze met uw kind hebben gedaan, dat is onvergeeflijk.'

Ik zei dat ik hem graag wilde ontmoeten. Het was dringend, belangrijk. Hij vroeg niet waarom. Hij sprak met me af in een café vlak bij het Gare Montparnasse, aan het eind van zijn dienst, om een uur of zeven. Ik vroeg hoe ik hem kon herkennen. Hij lachte: 'Een grote blonde Belg in een RATP-pak.'

De hele dag kon ik mijn ongeduld nauwelijks bedwingen. Ik vertelde niemand over de afspraak. Ik was niet in staat te werken.

Ik raakte de rode map op mijn bureau niet aan. Ik bleef achter mijn computer zitten kijken hoe de screensaver verscheen. Daarna bewoog ik dan mijn muis om hem te laten verdwijnen.

De tijd verstreek langzaam. Ik dacht aan mijn zoon. Aan dit nieuwe leven dat ik niet meer herkende. Aan alles wat zo abrupt was veranderd. Aan Andrew die dag na dag dieper in stilte verzonk. We praatten weinig met elkaar. Hij kwam moe en uitgeput thuis. Met een gesloten gezicht, zijn kleine mond stijf dicht. Hij hield voor onze dochter de schijn op. Daarna kroop hij in zijn schulp. We hadden sinds het ongeluk niet meer gevreeën. Het was alsof er een muur tussen hem en mij was ontstaan. Toch had ik behoefte aan zijn genegenheid en zijn liefkozingen. 's Nachts, wanneer hij sliep, nestelde ik me tegen hem aan. Zijn warmte, zijn kracht.

Maar hij werd nooit wakker.

Meneer Vandenbossche was waarschijnlijk voor in de dertig. Hij had een licht Belgisch accent en een steenrode gelaatskleur. Hij was heel geestdriftig: 'Ik weet zeker dat ik blond, krullend, tamelijk lang haar heb gezien achter het stuur. En een man op de passagiersplaats voorin. Maar ze reden zo hard voorbij. Ik ben als een dolle de bus uit gerend om voor het kind te zorgen. Ik heb alle mensen in mijn bus zó laten zitten!'

Maakte de politie geen haast? Maar dat was godgeklaagd. Schandalig. Ik vertelde hem dat ik had besloten de wegpiraat op te sporen. In mijn eentje. Ik had er niet over gesproken, noch met mijn man, noch met mijn ouders. Alleen met mijn zus. Zij werd net als ik gek bij het idee dat die persoon nog niet was aangehouden. Daarom was ik die avond naar hem toe gekomen. Om zoveel mogelijk informatie te verzamelen. Om mijn eigen weg te kunnen gaan. De politie zou er misschien 'mee aan de slag gaan', maar dat duurde naar mijn smaak te lang. Ik kon niet meer wachten. Ik kon niet meer.

De jonge chauffeur knikte. Hij zei dat hij me begreep. Dat hij in mijn plaats hetzelfde zou doen. Wanneer het om een kind ging, om je eigen kind, was je jezelf niet meer. Zijn vrouw had deze winter een dochtertje gekregen. Hij was er heel trots op. Zijn dochtertje was het middelpunt van zijn leven. Zijn hele leven. Hij zei: 'Degene die uw zoon heeft aangereden en ervandoor is gegaan, is superlaf. Probeer haar te pakken te krijgen, mevrouw. Doe wat u kunt om haar te pakken te krijgen. Het zal u lukken. Ik zie het aan uw ogen.'

Een vrouw. Daar moest ik steeds maar aan denken. Een vrouw? Was dat mogelijk? Ik had er niet met Andrew over gesproken. Ik had hem niets verteld over mijn ontmoeting met de buschauffeur, en met Laurent. Ik hield alles voor me. Ik sprak er alleen over met Emma. Zij moedigde me aan. Pushte me. Zei dat ik door moest gaan. Dat ik vorderingen moest maken. In mijn computer had ik alles opgeslagen wat ik wist over het kenteken. 86 of 56, en dan LYR en vervolgens 54, 64 of 84. Ik was op internet naar oude Mercedes-modellen gaan zoeken. De auto die Malcolm had aangereden was waarschijnlijk een 500 SE-model. Die zou dateren van het eind van de jaren tachtig. Hij was bruin. Bij Mercedes noemden ze die precieze kleur 'mokka'.

Coma, ongeveer dezelfde letters. Mokka. Coma. 54, dat was het departement Meurthe-et-Moselle. 64 was Pyrénées-Atlantiques, en 84 Vaucluse.

Wat deed die vrouw die woensdag in Parijs? Woonde ze hier in de hoofdstad met een kenteken uit een ander departement? Waar ging ze die dag heen? Waarom reed ze zo hard? Die vragen kwamen onvermoeibaar steeds weer terug. Ik zag de auto voor me. De weg die hij reed. De hoge snelheid. Hoe hij het rode licht negeerde. De klap. Malcolm languit op het asfalt. Hoe hij doorreed. Ik kon niet meer langs de plaats van het ongeluk. Ik maakte alle mogelijke omwegen om er niet langs te hoeven. Ik had gewild dat die plek niet meer bestond, dat hij van de kaart was geveegd. Voorgoed.

Volhouden was het moeilijkste. Volhouden. Het dagelijks leven inrichten naar het afschuwelijke dat ons was overkomen. En dan het wakker worden. Het moment waarop je je ogen opendeed dacht je nergens meer aan en voelde je je zorgeloos, dat geloofde je althans. En dan kwam alles weer terug. De druk die je weer voelde en die verstikkend was. Je wist weer dat je een zoon had die in coma lag in het ziekenhuis. En dat je moest opstaan en doorgaan. Ondanks alles je eigen leven leiden. Volhouden voor Georgia. Volhouden voor jezelf. Volhouden. Naar de supermarkt gaan, tussen de schappen door dwalen terwijl je je karretje voortduwde. De radio waarop oude liedjes van Mylène Farmer te horen waren. De klanten die zonder erg *'Je suis libertine, je suis une catin'* zongen. Niet kijken naar de ontbijtgranen en de chocoladebroodjes die je altijd in grote hoeveelheden moest inslaan voor Malcolm. Ze niet zien. Erlangs lopen. Zin hebben om ze toch te kopen. Volhouden. De vriendelijke man van de kiosk, die niet op de hoogte was, antwoorden dat het goed ging met Malcolm. Op de terugweg huilen. In de lift je tranen wegvegen. Volhouden.

Omdat ik mezelf op de een of andere manier moest uitputten, die wanhoop te lijf moest gaan die aan me knaagde, ging ik zwemmen in het gemeentebad, waar het rook naar chloor en voeten, ik trok baantjes, het ene na het andere, crawl, schoolslag, rugcrawl, een soort vlinderslag, baantjes om buiten adem van te raken. Nooit had ik zo woest en doortastend gezwommen, mijn handen met de vingers tegen elkaar doorkliefden het water met een nieuwe kracht, ik zwom maar door, de ene baan na de andere, en nog een, mijn armen en benen bedwongen het water, vochten ertegen, en ik kwam er bloedeloos uit, met een verrimpelde huid, rode ogen ondanks mijn speciale bril, en een elastisch, licht lichaam. Licht, voordat de druk weer terug was en bezit van me nam.

Een andere manier om het vol te houden was door me op mijn werk te storten. Ik had de vertaling van het Amerikaanse boek aangenomen. Dat was ongetwijfeld een vergissing, maar in mijn situatie had ik geen keus. Het boek was bondig en veelomvattend. Ik zou er maanden over doen het te vertalen. Ik had nog nooit een tekst vertaald waarin expliciete seksuele handelingen voorkwamen. Het schrok me niet af. Ik had er behoefte aan de lat heel hoog te leggen. Ik had er behoefte aan in de problemen te duiken. De dingen niet meer te begrijpen. Me te verdiepen in iets duisters dat eindeloos duurde. De eerste erotische scène maakte geen indruk op me. Het waren tenslotte maar woorden. En woorden, dat was mijn werk. Maar ik kon niet nalaten te glimlachen vanwege die woorden. Ze waren heel anders dan de woorden die ik meestal vertaalde. Het waren woorden die je niet zei. Woorden die je niet uitsprak. Toch stonden ze daar zwart op wit op het scherm van mijn computer. *Cock. Fuck. Dick. Asshole. Cunt. Pussy. Twat. Blow-job*. Leken ze in het Engels minder obsceen? Minder sterk en minder krachtig omdat ze niet in mijn moedertaal waren geschreven? Ik moest er achter mijn toetsenbord niet van blozen. Waar ik van moest blozen, dat waren de mannen die ik om tien uur 's ochtends tegenkwam in de Rue de la G. en die gehaast naar buiten kwamen uit de seksshops met de glittergordijnen (etalages die Georgia fascineerden: 'Mama, wat zijn dat toch voor winkels met die leuke gordijnen waar je alleen mannen ziet?'). Mannen als Andrew, als mijn broer of mijn vader, mannen met steelse blikken, beschaamd, met een attachékoffer in de hand, mannen die mij niet durfden aan te kijken. Ik stelde me voor hoe ze, met een tissue in hun hand, in hun kleverige hokje naar die films met schreeuwende kleuren zaten te kijken, een kwartiertje zelfbevrediging voordat ze gingen werken of terugkeerden naar hun dagelijks leven en hun vrouw. Vreemd genoeg moest ik blozen van die mannen, van hun gêne, hun gevoel van onbehagen, de manier waarop ze zich met gebogen hoofd uit de voeten maakten. Hun schaamte deed mij blozen.

Mijn dagen werden opgedeeld tussen het ziekenhuis elke ochtend, vervolgens mijn terugkeer naar huis en Georgia, en 's avonds mijn vertaalwerk. Andrew had niet echt een plaats meer in dit nieuwe tijdschema. Hij ging aan het begin van de avond bij Malcolm langs. We zagen elkaar bij het eten met onze dochter. Daarna ging ik achter mijn computer zitten en hij in de slaapkamer voor de televisie. We praatten weinig met elkaar. Alleen wederzijdse mededelingen over de toestand van onze zoon die dag. Of soms een commentaar op een verpleegster van 's ochtends die we leuker vonden dan die van 's avonds, of op de dokter en wat hij een van ons beiden misschien had verteld.

Andrew stelde nooit vragen over het politieonderzoek. Ik begreep niet waarom. Hij leek zich tevreden te stellen met de feitelijke situatie. Hij had vertrouwen in ze. Dat bracht me buiten mezelf van woede. Door zijn passiviteit kreeg ik zin om te gaan schreeuwen. Soms moest ik hem mijn rug toekeren of ergens anders naar kijken om mijn walging niet te laten merken. Ik had behoefte aan praten. Met hem de angst te delen die me buikpijn bezorgde. Het ergste onder ogen te zien. De woorden tegen hem te zeggen die zo moeilijk waren uit te spreken. Maar ik kon het niet. Hij sloot zich af. Hij wilde me niet horen. Hij beschermde zichzelf. Dus praatte ik met mijn vriendinnen. Ik praatte hele avonden en nachten met hen. Zij luisterden naar me. Zij gaven me wat Andrew me niet gaf. Hun steun en hun empathie. Vaak kneep ik ertussenuit na het eten, nadat ik één of twee uur had zitten vertalen. Ik liet hem alleen achter voor zijn televisie, met Georgia die in haar kamer lag te slapen. Ik ging naar Laure, Catherine of Valérie, in een van de cafés bij ons in de buurt. In het lawaai en de rook, in de vorderende nacht, in de warmte van hun vriendschap voelde ik me weer opleven.

Het was een korte adempauze. Op de terugweg begon ik de druk op mijn borst weer te voelen. Ik had moeite met ademen. Met lopen. Iemand had lang geleden tegen me gezegd dat bij beproevingen bleek wat je als stel aan elkaar had. Bij verdriet. Dan hield een stel stand, of niet. Avond na avond voelde ik in onze woonkamer, waar de afwezigheid van Malcolm steeds schrijnender werd, dat Andrew zich van me verwijderde.

Toch zat hij, op een paar meter afstand, in dezelfde kamer als ik. Maar ik voelde dat hij steeds verder weg was. En ik deed niets om hem tegen te houden.

In de weekends gingen we altijd met het gezin naar Saint-Julien-du-Sault, een dorpje vlak bij Sens, waar we aan het begin van ons huwelijk voor een habbekrats een oud huis hadden gekocht. Sinds het ongeluk waren we er niet meer geweest. Op een ochtend kreeg ik zin om er na het ziekenhuis heen te gaan. Zonder gezelschap. Ik reed over een ongewoon lege snelweg. Het huis rook muf en vochtig. Ik zette alle ramen open en liet het licht binnenkomen.

Ik dacht terug aan het laatste weekend voor het ongeluk. Malcolm was een hele tijd in de tuin bezig geweest een soort hut te bouwen van oude stukken hout en golfplaat. Het was 's ochtends al mooi weer geweest. Andrew had het grasveld voor het huis gemaaid. Georgia had haar vriendinnetje Stéphanie uitgenodigd. Ik zag ons weer zitten. Een volmaakt gezin. Een gelukkig gezin. Een gezin dat, toen het zondagavond na het huis te hebben afgesloten weer op weg ging, niet had gedacht dat woensdagmiddag alles anders zou worden. Ik liep door de kamers als een vreemde die ergens voor het eerst komt. Van dat oude, donkere krot had mijn man, de architect, met veel geduld iets wonderbaarlijks weten te maken. Vijftien jaar geleden had hij zijn bedrijf nog niet opgezet. Hij had alles zelf gedaan, met hulp van een Nederlandse vriend, een aannemer die een stelletje Poolse zwartwerkers kende die maar al te graag voor een tijdje naar Frankrijk kwamen om een huis op te knappen. De Polen spraken Engels noch Frans, maar glimlachten voortdurend. Ik maakte sandwiches met paté voor ze en deelde bier rond. In een paar maanden onderging het onvriendelijke bouwseltje een metamorfose. Het was een licht, eenvoudig en gezellig huis geworden. Het had niet echt een bijzondere stijl. Daarom vond ik het zo sympathiek. Ons huis had geen naam. We zeiden: we gaan naar Saint-Julien. Dat huis was ons gezin. Dat waren wij.

Toen ik die dag door de kamers liep, voelde ik me treurig en niet op mijn gemak. Ik had niet moeten komen. Het was alsof ik naar een stuk van mijn verleden keek. Niets zou voortaan nog als vroeger zijn. Zouden we hier weer zoals gewoonlijk de maand augustus doorbrengen? Zouden we elk weekend terugkomen als Malcolm... Als Malcolm. Nee. De woorden niet zeggen. Die woorden niet meer zeggen. Toen ik de trap op liep, liet ik mijn handpalm over de oude, gladde leuning glijden. Een gebaar dat ik zo vaak had gemaakt. Hoe kregen mensen het voor elkaar om het verleden te laten rusten? Mensen die ellende te verduren hadden? Mensen die het ergste hadden meegemaakt? Hoe pakten ze het aan? Misschien lieten ze het verleden nooit rusten. Misschien kon je zo'n zwaar en vreselijk verleden niet laten rusten. Moest je ermee leren leven. Maar hoe?

In de eetkamer zag ik de feestmaaltijden weer voor me. De verjaardagen, de kerstavonden, de onverwachtse etentjes. Mijn vader toen hij nog niet de oude man was die hij tegenwoordig per se wilde zijn, toen hij nog grappig was, een droogkomiek. Mijn zus vóór haar Marseillaan. Mijn broer, een joch met bolle wangen. Mijn moeder stralend voordat mijn vader haar hoorndol maakte. En mijn schoonouders, beminnelijke mensen, die elke zin kracht bijzetten met '*marvellous*', '*splendid*' en '*wonderful*', hun glas wijn in de hand, reuzen met zilverwit haar en enorme voeten, altijd heel blij dat ze bij ons waren. En dan verscheen Andrew, met zijn Sex

Pistols-schort voor, triomfantelijk zwaaiend met zijn *rhubarb crumble*. Ik herinnerde me de eindeloze spelletjes 'Ambassadeur' en het geduchte team gevormd door Malcolm en Andrew. Ze hadden aan een blik, een vaak miniem gebaar, genoeg om elkaar te begrijpen.

Alles kwam weer terug, een boemerang vol emoties en herinneringen. De eerste stapjes van Malcolm op het grasveld, zijn opgetogenheid toen hij de eerste narcissen zag, die hij had geprobeerd op te eten. De eieren die in de tuin werden verstopt met Pasen, en een jaar dat het regende en Georgia in tranen was omdat haar broer alles eerder vond dan zij. Een caleidoscoop van geluk dat voorbij was. Van iets wat was verdwenen. Weg. Voorgoed. De moeilijke momenten. Dat mijn oma dood was, had ik hier gehoord. En ook dat een vriend ziek was. De twee opeenvolgende inbraken, onze geschoktheid, onze consternatie bij de aanblik van het elke keer weer vernielde huis. En in het zevende jaar van ons huwelijk had Andrew me een liefdesavontuurtje bekend. Het eerste. Wat het meest pijn doet. Ik was ingestort, daar, op deze bank. Een avond van gehuil en geschreeuw. De kinderen, nog klein, sliepen en hadden niets gehoord.

Ons laatste weekend. Het overhaaste huiswerk op zondagmiddag aan de keukentafel. De gebogen nek van mijn zoon, lang en bleek, met een blond donslaagje. Georgia bezig met haar tekeningen. Andrew die op zijn computer de *Sunday Times* las. De aan studie gewijde stilte. Het knetterende vuur in de open haard. Ik wilde niet Malcolms kamer in gaan. Ik liep erlangs zonder mijn hoofd om te draaien. Het was te heftig. Ik bleef in Georgia's kamer staan, ik ging zitten op haar bedje vol knuffeldieren en daarna keek ik uit het raam tot voorbij de tuin, de bomen en het bos, tot aan de velden met koolzaad in de verte. Sinds ons laatste bezoek had de lente haar intrede gedaan. Alles was groen, alles ontluikte. Mijn favoriete seizoen. Maar dit jaar had ik geen zin me te verheugen over groeiende planten of over de eerste koekoek die je uit het bos hoorde komen. Andrew maakte de kinderen wijs dat wanneer je de eerste koekoek van het jaar hoorde, je het op een lopen moest zetten. Een Engelse gewoonte. Dat bracht geluk, schijnt het. Ik wilde hem vertellen dat hij zich had vergist, dat het ons geen geluk had gebracht, maar ongeluk.

In onze slaapkamer met het spitse dak, een kleine ruimte onder de oude balken, voelde ik mijn hart samenkrimpen. Andrew en ik hadden zo vaak gevreeën in dat grote witte bed. Malcolm en Georgia waren hier verwekt. In Parijs lag onze slaapkamer te dicht bij die van de kinderen, we waren vaak bang dat ze ons hoorden. Hier waren we boven alleen, op ons eigen plekje. Ik deed mijn ogen dicht. Ik dacht aan het lange, warme lichaam van Andrew, aan zijn tederheid, aan zijn handen, aan zijn mond. Ik miste dat allemaal, ik hunkerde ernaar. Ik had hem wel willen bellen en zeggen dat ik daar was, dat ik dacht aan ons, aan onze liefde. Maar ik deed het niet.

Mijn telefoon ging over in mijn tas. Het was Laurent, de agent.

'We zijn iemand op het spoor. U moet komen.'

Op het politiebureau vroeg ik hem: 'Hoezo kunt u me geen naam opgeven?'

Hij sloeg zijn ogen neer.

'Zo is het nu eenmaal, mevrouw. Het enige wat ik u kan zeggen, is dat de persoon in kwestie in de Vaucluse woont.'

Ik liet het er niet bij zitten.

'Maar wat gaat u precies doen? Wat gaat u doen om deze persoon te pakken te krijgen? Gaat u haar bellen, gaat u er iemand heen sturen om haar aan te houden? Morgenochtend?'

Hij keek me aan met een ironische, maar vriendelijke glimlach.

'Nee, morgenochtend nog niet, mevrouw. We moeten eerst haar nummer vinden. Als het een geheim nummer is, duurt het langer, want zelfs als politie hebben we toestemming nodig, dat soort dingen, maar maakt u zich niet ongerust, we gaan ermee aan de gang, we gaan er alles aan doen. We hebben de informatie van het dossier aan het bureau in Orange overgedragen. Zij moeten nu die persoon verhoren. Zij zijn nu belast met het onderzoek. Het zal dus even duren, dat zeg ik u van tevoren. Dat is normaal.'

Ik stond te stampvoeten. Ik wilde dat het sneller ging. Toen ik het bureau uit kwam, belde ik Violaine, mijn vriendin, de advocate. Ze zei: 'Ik kom die naam wel te weten. Het is niet helemaal zoals het hoort, maar ik kan het doen. Ik bel je terug.'

Ik ging zitten wachten in een café tegenover het bureau. Mijn hart bonsde en deed pijn. Ik had een droge mond. Eindelijk zou ik het weten. Ik zou weten wie mijn zoon had aangereden. Ik dacht er niet aan Andrew te bellen. Of mijn zus. Ik zat onbeweeglijk te wachten, starend naar de boulevard. Ik wachtte vrij lang, geloof ik.

Toen ging mijn telefoon. Het was Violaine. Ze had de naam weten te achterhalen. Een gepensioneerd echtpaar, woonachtig in de Vaucluse.

De heer en mevrouw Jacques Secrey. Ze woonden in Orange, bezaten een bruine Mercedes, een oud model. Het kenteken klopte. 56 LYR 84. Ik schreef alles op, bedankte Violaine en ging naar huis.

Andrew was even kalm als de agent. Hij knikte. Dat is mooi, ze zijn iemand op het spoor, dat is mooi, we moeten ze hun gang laten gaan. Ik kon er niet meer tegen dat hij dat zei. Ik had zin om hem een klap te geven. Hoe kreeg hij het voor elkaar om zo kalm en onverstoorbaar te blijven? Ik begreep het niet. Hij kwam van een andere planeet. Alleen Emma begreep mijn opgewondenheid en deelde die. Emma, die aan de andere kant van de lijn, achter haar computer gezeten, tegen me zei, terwijl ze zachter ging praten zodat haar slapende baby niet wakker werd: 'Secrey, Jacques, zei je? Wacht, ik kijk in de telefoongids, ik klik het aan, wacht... Justine, hier heb ik het, we hebben ze. Ze hebben geen geheim nummer. Rue de P. 28, Orange. We hebben ze te pakken.'

De heer en mevrouw Secrey, Rue de P. 28, 84100 Orange.

De hele avond moest ik denken aan hun naam en adres. Terwijl ik aan mijn vertaling werkte, terwijl ik de tafel dekte, lasagne klaarmaakte en Georgia haar gedicht overhoorde, kwam hun naam, als een refrein, steeds in mijn hoofd terug. Ik stelde me hen voor in een keurig huis, met geraniums en een goed verzorgde tuin, de bruine Mercedes in de garage. Mevrouw, blond met krullen en elegant. Meneer, dik en kaal, maaide het gazon, een keffende yorkshireterriër achter hem aan. Misschien hadden ze kleinkinderen van de leeftijd van Malcolm en Georgia, kinderen die hen opa en oma noemden en in het weekend thee bij hen kwamen drinken. Een rustig leventje, partijtjes bridge, middagslaapjes in de schaduw van een prieel, uitstapjes naar Avignon voor het festival wanneer het niet te warm was. Mevrouw achter het stuur. Blond, had de buschauffeur gezegd. Menopauzaal blond, zoals Emma zou zeggen. Ik had enorm veel zin om ze op te bellen en met een afschuwelijke fluisterstem te zeggen: 'Zo, nou is het afgelopen met jullie rustige, gemoedelijke leventje, het is afgelopen, morgenochtend zal de politie jullie bellen en vragen wat jullie deden op woensdag 23 mei om halfdrie 's middags, op de Boulevard M. in Parijs. En jullie zullen de waarheid vertellen, jullie zullen vertellen dat jullie haast hadden en dat jullie het jongetje niet hebben gezien en dat jullie bang waren om te stoppen. Dat zullen jullie allemaal vertellen, en ze zullen jullie inrekenen, en dan is het afgelopen met jullie leventje van pensionado's.'

Wat deden ze die dag in Parijs? Mevrouw achter het stuur. Gehaast. Waren ze met de auto uit Orange gekomen? Een verdomd eind weg voor twee ouden van dagen. Hadden ze familie in Parijs? Ik tikte 'Secrey' in op de site van de telefoongids van de regio Parijs. Verscheidene resultaten. Waaronder een Estelle Secrey, Avenue S. 12, in het 15de arrondissement. Dat was misschien hun dochter. Ze waren die dag naar Parijs gekomen om haar op te zoeken. En mevrouw was door het rode licht gereden. Waarom was ze niet gestopt? Een moeder. Een grootmoeder. Het was afschuwelijk. Onbegrijpelijk. Ik keek naar de huid rond mijn rechterduim. Die had ik helemaal weggebeten. De rode velletjes hingen erbij. Het zag er lelijk uit.

Ik moest denken aan die film met Andy Garcia. *Oceans 11*. George Clooney heeft zojuist ingebroken in het casino van Garcia en gaat er met miljarden dollars vandoor. Garcia gelooft het niet, heeft nog niet door dat hij het slachtoffer is van een ingenieuze, gewetenloze diefstal. Garcia bedreigt de handlanger van Clooney, Brad Pitt, door de telefoon. Hij fluistert: '*Run and hide, asshole, run and hide.*'

Ik zag weer voor me hoe hij zijn bovenlip optrok en in een dierlijke en tegelijkertijd sensuele grimas zijn tanden ontblootte. Ja, ik had zin om dat tegen ze te zeggen, tegen die twee onbekenden die ik nu al haatte, tegen die twee oude sokken wier gezicht ik niet eens kende, maar wier leven ik me zo goed kon voorstellen: '*Run and hide, assholes*, maak dat je wegkomt, hufters, maar het is al te laat, jullie komen niet ver meer, want morgenochtend is het afgelopen, morgenochtend is het voor jullie afgelopen. Voorbij. *Over.*'

Andrew had zich over mijn schouder gebogen. Hij was geluidloos dichterbij gekomen.

'Wat ben je aan het doen, *darling*?'

Ik was bezig met mijn vertaling. Ik had er niet met hem over gesproken. Hij legde zijn kin op mijn hoofd. Hij las hardop de zinnen in de Engelse brontekst. Ik kon niet nalaten te lachen. Dat BBC-accent van hem waarmee hij die obscene woorden uitsprak. Zijn handen op mijn schouders en in mijn nek. Ik lachte niet meer, ik was in de war. Andrew zei zachtjes: 'Hoe zou je *dick* vertalen, Justine? Zou dat "lul" worden, of "pik"? En dat *pussy*? Dat is toch "poes"?'

Andrews stem in mijn oor. Zijn adem. Ik deed mijn ogen dicht. Hij hield op met lezen. Zijn mond bij mijn haarwortels, in mijn nek. Ik probeerde minder aan het ongeluk en het coma te denken. Het ziekenhuis. Malcolm in dat witte bed. Ik liet Andrews lippen en handen bezit van me nemen. Ik liet mijn waakzaamheid verslappen. Het was alsof ik een bekende weg terugvond die ik lange tijd kwijt was geweest. Andrews lichaam, zijn kracht, zijn troost. Zijn geur. De textuur van zijn huid. Zijn speeksel. Zo vertrouwd en lekker. De manier waarop hij me aanraakte, bezit van me nam, die zo bijzonder was, die typisch voor hem was. Zo lang geleden, het was zo lang geleden. Een paar wonderbaarlijke momenten lang kon ik vergeten wat er met ons aan de hand was. Er was niets anders meer dan onze lichamen, tegen elkaar aan, onze adem, onze drang, onze handen die weer vertrouwd met elkaar werden, onze armen die elkaar met geweld vastklemden, gulzige kussen en precieze, verrukkelijke liefkozingen. Andrews stem.

'You beautiful girl. Beautiful girl. Love my beautiful girl.'

Zijn stem maakte me open, penetreerde me. Vergetelheid. Ontspanning. Mijn lichaam als een vuist die opengiing. Maar op het moment waarop het genot zich aankondigde en ik het in de verte voelde naderen en wist hoe ik het kon grijpen en paaien, verscheen plotseling het gezicht van mijn zoon voor mijn ogen. Zijn bleke huid, zijn gesloten ogen.

Ik klapte helemaal dicht. Als een waanzinnige vocht en worstelde ik me los. Ik duwde Andrew met geweld van me af. Ik barstte in snikken uit. Hete tranen langs mijn wangen. Andrew zwijgend naast me. Roerloos. De stilte in de slaapkamer. Mijn gesnik. En toen zijn ernstige stem.

'Life must go on, Justine. Life must go on.'

Ik wilde niet naar hem luisteren. Hij had het mis. Niets kon doorgaan. Niets kon nog doorgaan zoals vroeger. Het leven kon niet doorgaan zoals vroeger. Hij vergiste zich. Ik kon niet doen alsof ik klaarkwam. Ik kon niet meer vrijen alsof er niets aan de hand was, alsof Malcolm niet in coma lag. Nog een verschil tussen mannen en vrouwen. Tussen een vader en een moeder. Hij kon onder zulke omstandigheden vrijen. Ik niet. Zolang Malcolm niet uit zijn coma was ontwaakt, kon ik me niet laten gaan, kon ik me niet laten penetreren. Zolang die wegpiraat niet was gevonden, kon ik niet klaarkomen, kon ik geen genot ervaren. Mijn lichaam had zich afgesloten. Het was verhard, als een vesting. Het beschermde me. Vrijen betekende mijn waakzaamheid laten verslappen. Vrijen betekende niet meer aan mijn zoon denken.

Ik stond op en liep naar de badkamer. Ik bleef er een hele tijd, tot het huilen ophield. Andrew kwam niet. Toen ik terug naar bed ging, lag hij te slapen.

De volgende dag was er geen nieuws van Laurent. Ik keek de hele ochtend op mijn horloge en mijn telefoon. De tijd verstreek. De telefoon bleef stil. Aan het eind van de dag, nadat ik Malcolm in het ziekenhuis had opgezocht, Georgia had opgehaald en een flink stuk was opgeschoten met mijn vertaling, belde ik naar het politiebureau. Laurent was er niet. Ik zei: 'Waar is hij dan? Waarom is hij er niet? Hij zou me op de hoogte houden van iets heel belangrijks.' Ik vroeg of ze me met iemand anders konden doorverbinden, iemand die mijn dossier kende. Maar ik kreeg als antwoord dat er niemand was. Iedereen hield zich op dit moment bezig met een heel dringende zaak, dreigingen van een aanslag in de metro. Ze zouden me terugbellen, tot ziens, mevrouw. Geërgerd hing ik op.

Georgia zat in de keuken haar middagbroodje op te eten. Heel zoet en stil. Ze miste haar broer. 'Zeg mam, als Malcolm op een dag wakker wordt, is hij dan net als vroeger? Is hij dan hetzelfde?' Ik had niet geweten wat ik moest antwoorden. Vanuit mijn werkkamer zag ik de bovenkant van haar blonde hoofd, haar paardenstaart. De magere, tengere schoudertjes. Andrew was degene die haar naam had gekozen. Naar het liedje van Ray Charles. 'Georgia on my mind.' Ze was heel trots dat ze haar eigen liedje had. Ze neuriede het vaak. *'A song of you comes as sweet and clear as moonlight through the pines.'* Maneschijn tussen de pijnbomen door.

Ik weet niet wat me bezielde. Ik greep de telefoonhoorn en toetste het nummer in van de familie Secrey, dat vóór me stond genoteerd op een gele Post-it die ik op mijn werktafel had geplakt. De telefoon ging een paar keer over. Daarna een opgewekte vrouwenstem met een zuidelijk accent.

'Hallo, dit is het nummer van Jacques en Mireille, maar we zijn er niet! Laat een berichtje voor ons achter en we bellen u snel terug. Ga uw gang na de pieptoon!'

Stilte. Ik kon niet praten. Ik kon niet tegen hen zeggen: u spreekt met Justine Wright. Ik bel u omdat ik weet dat u drie weken geleden op de Boulevard M. in Parijs mijn zoon hebt aangereden. U hebt hem aangereden en bent ervandoor gegaan. Mijn zoon ligt in coma. We weten niet of hij erbovenop zal komen. Ik weet niet of de politie al contact met u heeft opgenomen, maar ik bel u om te zeggen dat ik weet dat u het bent. Ik weet het.

Ik legde de hoorn weer neer. Ik wreef in mijn ogen, ze jeukten. Ik bleef een hele tijd zo zitten, zonder me te verroeren.

De avond strekte zich voor me uit, saai en treurig. Hoe kon ik het stilzwijgen van Andrew verdragen? De vragen van Georgia? De lege kamer van Malcolm? De avondlijke telefoontjes, het voortdurende 'En, hoe gaat het met hem?'. De vriendinnen, de familie, de vriendjes, steeds maar weer antwoorden: 'Geen nieuws sinds gisteren. Helemaal geen nieuws.'

De telefoon ging, waardoor ik opschrok.

'Hallo?'

Een onbekende mannenstem.

'Dag, u spreekt met Jacques Secrey, u hebt geprobeerd mij te bereiken.'

Ik was vergeten dat dankzij de moderne technologie tegenwoordig bij ieder telefoontje het nummer van de beller te zien was. Meneer Secrey had een korte stilte op zijn antwoordapparaat gekregen en op zijn display: 'Wright Andrew', gevolgd door ons nummer.

Ik bleef volkomen kalm. Ik had kunnen gaan stamelen, maar nee. Mijn stem haperde niet. Ik zei: 'Ik denk dat het een vergissing is.'

Mijn hart bonsde als een wilde.

'O. Maar u hebt naar mijn huis gebeld,' drong hij aan.

Nog steeds even kalm (wat me verbaasde, hoe was het mogelijk?) antwoordde ik: 'Dat kan zijn, maar ik heb me vergist in het nummer. Sorry, meneer.'

Met trillende handen hing ik op.

Sorry, meneer. Sorry tegen de vent die mijn zoon had aangereden! Ik had sorry gezegd! Terwijl ik in één keer mijn hart had kunnen uitstorten. Ik had zin om te schreeuwen, te stampvoeten. Een bangerik, dat was ik. Een schijterd. Een zielig schepsel, met angst in haar lijf. Een onbenul. Een waardeloze figuur. Een mislukkeling. Emma, die zou alles eruit gegooid hebben tegenover die Jacques Secrey, Emma, die was nergens bang voor. Toen we nog klein waren, was zij degene die risico's nam, die in de hoogste bomen klom, die op ski's voortraasde, recht naar beneden, terwijl ik er met een schijterige 'sneeuwploeg' achteraan kwam. Emma, die zou alles gezegd hebben tegen die Jacques Secrey. Ze zou flink tekeer zijn gegaan. Ik legde mijn hoofd op mijn armen en verborg mijn tranen. Ik wilde niet dat mijn dochter me zag.

Mijn broer aan de telefoon. Hij durfde niets te vragen. Niets te zeggen. Lief en vol respect. Te lief, te respectvol. Als kind en als puber liet hij zich afsnauwen door mijn vader en bewieroken door mijn moeder. Nu nog keek mijn moeder anders naar haar zoon. Ze keek niet naar hem zoals ze naar Emma en mij keek. Haar zoon. Olivier was 'haar zoon'. Ze had hem op een voetstuk geplaatst. Nu hij in de dertig was, kon hij er niet meer tegen. Maar dat had hij nooit tegen haar gezegd. Mijn broer had niet de felle daadkracht van Emma. Hij liet zich door het leven meevoeren. Hij was zachtaardiger en gevoeliger. Ik hield van zijn ronde gezicht, dat ondanks zijn eerste grijze haren een babyface was gebleven. Hij stelde voor elkaar vanavond na het eten te zien. Hij zou bij ons in de buurt zijn, hij wilde bij ons langskomen. Ik zei ja, natuurlijk. Geen woord over Malcolm. Maar ik wist dat hij er dag en nacht aan dacht. De enige keer dat hij naar het ziekenhuis was gegaan, was hij wit weggetrokken. Zijn knieën hadden het begeven. Hij had zich bij het bed op een stoel laten vallen en zijn gezicht in zijn handen verborgen. Geluidloos, zonder tranen. Roerloos. Net als ik had Olivier hele nachten achter zijn computer zitten zoeken naar informatie over coma. Net als ik wist hij er nu bijna te veel van. De risico's, de gevolgen, de duur. Andrew had daar niets van willen weten, hij luisterde gewoon naar de dokter, daar nam hij genoegen mee, terwijl Olivier en ik op jacht waren naar informatie en alles lazen. We waren te weten gekomen dat de eerste week van een coma beslissend was. Als die zeven dagen voorbij waren, had Malcolm misschien een kans er goed af te komen. En ze waren voorbij. Bijna drie weken. Al drie weken in coma. Maar dan... Maar dan? Wat de meeste indruk op me maakte, was de chronische vegetatieve toestand waarin een patiënt in coma zijn ogen kon openen en zelfstandig kon ademen terwijl hij nog steeds niet wakker was. Dat maakte me bang, Malcolm als een vegeterend wezen, leeg, zonder stem, als een ledenpop. Ik had ze in het ziekenhuis gezien, mensen die schijnbaar wakker waren, met open, starende ogen, maar een krachteloos gezicht en een levenloze blik. Er werd luid en duidelijk tegen hen gesproken, zoals je tegen oude mensen praat. Ze reageerden niet.

Ik zei tegen Olivier dat de politie op grond van het kenteken een echtpaar had gevonden. De familie Secrey in Orange. Ik zei dat ik nog geen nieuws had van de politie, dat het wachten ondraaglijk lang duurde. Daarna kwam alles er in één keer uit. Een stortvloed aan de telefoon. Ik huilde. Ik zei tegen Olivier dat ik het gevoel had dat ik gek werd, dat ik niet wist wat ik moest doen om het vol te houden. Dat mijn huwelijk op springen stond. Ik had zin om ervandoor te gaan, maar ik wist best dat ik het nooit zou doen. Als er niet heel snel iets gebeurde, zou het afgelopen zijn. Dan was alles afgelopen. Ik had nog nooit zo tegen mijn broer gesproken. Hij was een terughoudend iemand. Hij werd waarschijnlijk in verlegenheid gebracht. Maar hij toonde geen gêne. Hij zei dat hij heel veel aan ons dacht, aan Malcolm, Andrew, Georgia en mij. Dat hij van ons hield. Ik herinnerde me Olivier op het moment waarop onze Titine een beroerte had gekregen. Van de ene dag op de andere was ze een kasplantje geworden, aan haar rechterkant verlamd, haar rechteroog uitgedoofd, haar mond scheef. Mijn zus en ik wisten niet wat we tegen haar moesten zeggen. Kon ze ons wel horen? Waar was onze Titine gebleven, die flamboyante, grappige oude dame die ons zo aan het lachen maakte en die ons als haar eigen kinderen beschouwde? De vrouw die Emma en mij de chachacha had leren dansen, en ons had geleerd kohl aan de binnenkant van ons onderste ooglid aan te brengen, en met woordenboeken op ons hoofd te lopen tegen een kromme rug. We hadden stomverbaasd en geschokt aan het voeteneind van het bed gezeten. Mijn vader keek naar zijn schoonmoeder zonder een woord te zeggen. Mama hield zich goed in het bijzijn van wat er restte van haar moeder. Maar dan Olivier. Hij was de enige die de verschrompelde, gevlekte, oude hand pakte en die drukte en naar zijn lippen bracht.

De volgende dag stond ik in een drukke straat plotseling oog in oog met een goede vriendin van vroeger. Florence. Ik zag meteen aan haar blik dat ze ervan wist. Ze glimlachte te veel, ze kneep haar kaken op elkaar. Haar ogen ontweken mij. Ze was niet in staat wat dan ook over Malcolm tegen me te zeggen. Ze had vreselijke haast, was al te laat, moest met haar kinderen naar de tandarts, ze stond te trappelen: 'Kom, twee zoenen, doe je man de groeten, tot gauw, Justine, ciao ciao.' Ik wilde haar vastgrijpen, haar bij haar arm pakken en door elkaar schudden, vragen waar ze bang voor was. Ik had het bijna gedaan. Ik had het moeten doen. Ik keek hoe ze er zo snel mogelijk vandoor ging. *Like a bat out of hell.* In vertaling zoiets als: met een rotgang. Ze dacht waarschijnlijk dat ik ongeluk bracht. Of ze wist echt niet wat ze tegen me moest zeggen. Maar was het dan zo moeilijk om zachtjes te zeggen: ik heb het gehoord van je zoon, ik leef met jullie, met jou mee. Was het zo lastig om die woorden uit te spreken? Zou ik het in haar plaats hebben gedaan?

Ik moest denken aan bepaalde dierbare vrienden die ons sinds het ongeluk niet meer durfden te bellen. Ongeluk, dat moest het zijn. We brachten ongeluk. Maar ik dacht ook aan onze trouwste vrienden, die ons schreven, die elke dag e-mails stuurden, die 's avonds kwamen aanwaaien met een fles wijn, zomaar, omdat ze toevallig in de buurt waren en bij ons licht hadden zien branden. Andrew en ik hadden hen door, maar we waren blij hen te zien. We hadden hen nodig. Ook al spraken we de hele avond de naam van onze zoon niet uit, we voelden ons gesterkt door deze vriendschap, door deze aanwezigheid.

Ik kon Malcolms afwezigheid niet langer verdragen. Zijn lege bed. Zijn stille kamer. Ik haalde de oude fotoalbums weer tevoorschijn, ik bladerde ze door met een soort pijnlijke fascinatie. Hier zag je ons hele leven, tentoongespreid op deze kartonnen bladzijden, gewaarmerkt door het kleine, ronde handschrift van Andrew. Data en plaatsen. Vakanties, verjaardagen, kerstdagen. Malcolm beurtelings lachend, mokkend, vrolijk, dromerig, met zijn blauwe ogen en zijn piekharen. Een veelomvattende, onbegrijpelijke afwezigheid. Ik lag vaak als een bolletje opgerold op het bed te kermen als een gewonde hond. Was ik dat die die kreten van pijn slaakte? Ja, dat was ik. Ik was op zoek naar het kleinste spoortje van hem, zijn kaarten, zijn mails, zijn briefjes, zijn sms'jes. Ik was als een wanhopig Klein Duimpje, verdwaald op een weg van tranen. Ik moest niet naar die dingen kijken, ze niet overhoophalen. Het was te heftig, te moeilijk. Maar ik kon niet anders. Alles voerde me terug naar Malcolm, naar zijn afwezigheid. Een puber met lange armen en benen die ik op straat tegenkwam, met dezelfde nonchalante manier van lopen: als een messteek in een zere plek. Een nummer van Supertramp op de radio: als alcohol van 90% op een wond. Malcolm was dol op 'Breakfast in America', 'School', 'Fool's Ouverture', vooral op het moment waarop je tegen een achtergrond van geluid de stem van Churchill hoort. Malcolm trok dan een ontevreden gezicht, blies zijn wangen op als een buldog, ging over op dat perfecte Engelse accent dat hij van zijn vader had geërfd en declameerde: *'We shall never surrender.'*

Churchill had me op een idee gebracht. Ik pakte mijn oude discman en zocht de cd van Supertramp op. In het ziekenhuis vroeg ik aan de verpleegsters of ik mijn zoon muziek kon laten beluisteren. Dat kon, zeiden ze. Voorzichtig zette ik een koptelefoon op zijn oren en regelde de geluidssterkte. 'Fool's Ouverture', zijn favoriete nummer. Het was vreemd, zijn voorliefde voor Supertramp. Het had Andrew en mij altijd geamuseerd. We dachten niet dat een jongen van zijn leeftijd er zo voor zou vallen. Al zijn vriendjes luisterden naar rhythm and blues.

History recalls how great the fall can be
When everybody's sleeping, the boats put out to sea
Borne on the wings of time
It seemed the answers were so easy to find...

Malcolms gezicht bleef onbewogen, als marmer. Ik hield mezelf voor dat het niet erg was en dat hij vast wel iets moest horen in de sluimertoestand van dit eindeloos durende coma, dit ondoordringbare, ongrijpbare, ontoegankelijke *no man's land* waar ik dag na dag op stuitte. Merkwaardige woorden. Ik had er nooit echt naar geluisterd. Vanuit een beroepsdeformatie, omdat ik niet anders kon, begon ik ze te vertalen.

De geschiedenis vergeet niet hoe diep ze zijn gevallen
Terwijl iedereen slaapt, kiezen de boten zee
Gedragen door de vleugels van de tijd
De antwoorden leken zo voor de hand te liggen...

Ik liet het nummer verscheidene keren horen. Nog steeds dat spitse gezichtje zonder beweging, zonder reactie. Maar wat verwachtte ik dan? Dat hij zou glimlachen, dat hij de maat zou slaan met zijn vingers, dat hij zou zeggen: 'Dank je wel, mam'? Ik liet de koptelefoon op zijn oren zitten en draaide me om naar mijn vertaling, met mijn laptop op schoot. Hele series woorden op het scherm, woorden die ik niet las. Laurent. De agent. Nog steeds geen nieuws van hem. Hoe ver was hij met de familie Secrey? Waarom had hij niet gebeld? Waarom dat stilzwijgen? Waarom duurde het zo lang en was het zo ingewikkeld? Waarom kostte het zoveel tijd? Wat deed de politie van Orange? Ik had al heen en terug kunnen reizen naar Orange, ik had 's ochtends vroeg bij de familie Secrey kunnen aankloppen, hen uit hun slaap halen en vertellen wat hun te wachten stond. Ja, dat had ik kunnen doen, allemaal binnen een paar uur. Wat deden die agenten nou eigenlijk? Wat deden ze nou, verdorie? Ik hoorde mezelf praten als mijn vader. Ik gebruikte dezelfde woorden als hij.

Op het nachtkastje van Malcolm lag zijn Quicksilver-portefeuille. Die had hij op de dag van het ongeluk op zak. Aan het begin van het nieuwe schooljaar had ik er een van mijn visitekaartjes in gestopt, met daarop de woorden: 'bij ongeval te waarschuwen persoon'. En tussen haakjes had ik erbij geschreven: 'moeder'. Wanneer je zulke woorden opschrijft, denk je nooit aan een ongeval. Je schrijft het razendsnel, het geeft geen prettig gevoel. Je wilt vooral niet denken aan een eventueel ongeval. Vooral niet. Maar dankzij dat kleine crèmekleurige kaartje, dat ik altijd heel elegant had gevonden en dat ik met zorg had uitgekozen, had de politie me die dag zo snel kunnen bereiken.

Het nummer speelde onafgebroken. Ik hoorde het maar net, heel zacht, via de koptelefoon van Malcolm. Maar ik kende het uit mijn hoofd. De plechtige klokslagen van de Big Ben. Aanzwellend rumoer van een menigte. De stem van Churchill, trillend van gezag. *'We shall go on to the end. We shall fight on the seas and the oceans.'* We zullen volhouden tot het eind. We zullen strijden op zeeën en oceanen. *'We shall defend our island, whatever the cost may be. We shall never surrender.'* We zullen ons eiland tegen elke prijs verdedigen. We geven ons nooit over.

Ik keek naar Malcolm.

Ik gaf een schreeuw. Hij had zijn ogen wijd opengesperd. Blauw, heel blauw. Ik was vergeten hoe blauw zijn ogen waren.

Door mijn geschreeuw kwam er een verpleegster aangelopen. Ik liet bijna mijn laptop vallen, die van mijn schoot gleed. Mijn hart bonsde als een bezetene. Mijn handen trilden, mijn benen ook. Zijn ogen, heel blauw en heel groot, zonder enige uitdrukking. Ik riep: 'Malcolm, hier is je moeder, hoor je me, kun je me horen, schatje?' Ik durfde hem niet aan te raken. Hij maakte me bang met zijn witte gezicht en die uitpuilende ogen.

De verpleegster stelde me gerust. Ze zei dat het normaal was, dat het wel vaker gebeurde. Het betekende niet dat Malcolm uit zijn coma was ontwaakt. Maar hij had ergens op gereageerd. Churchill, zei ik zachtjes. Hij reageerde op Churchill. De verpleegster glimlachte ongemakkelijk. Ze wist niet wat ze moest zeggen. Ze was heel jong, twintig of zo. Ik liet haar de koptelefoon zien en de cd van Supertramp. Ik legde haar uit wat in het nummer Malcolms favoriete moment was, het moment waarop Churchill zegt dat hij zich nooit zal overgeven. Ze knikte vriendelijk. Ze had waarschijnlijk medelijden met me, met mijn vermoeide gezicht en mijn trillende handen. Ze had misschien nog nooit van Supertramp gehoord en wist vermoedelijk niet wie Churchill was en waarom hij zich niet wilde overgeven.

Malcolm deed langzaam zijn ogen dicht. Ik was tegelijkertijd gerustgesteld en verdrietig. Ik had graag nog een paar keer zijn blauwe irissen willen zien. Maar die vreselijke starende blik was onverdraaglijk voor me. Ik ging bij hem zitten en pakte zijn zachte handje, en voor de zoveelste keer zat ik stilletjes te huilen.

Alles raakte me. Ik moest overal om huilen. Alsof het ongeluk van mijn zoon een al eerder aanwezige overgevoeligheid had aangewakkerd. Een dakloze die op het trottoir zijn kleren zat te verstellen, naald en draad in zijn grote, lompe, paars aangelopen handen, en ik voelde mijn hart ineenkrimpen. Toen ik bij het overstappen van metrolijn 10 op 13 bij Duroc de jonge man zag die daar viool speelde, kreeg ik de neiging te blijven staan, met hem te praten en hem te vertellen dat hij mooie muziek maakte. Hij legde zijn vioolkist altijd voorzichtig op een vel overtrekpapier om hem niet te beschadigen. Ik weet niet waarom, maar de aanblik van het overtrekpapier en de cd die in de vioolkist lag en waarop je een te bleke fotokopie zag van de jonge man met zijn viool, waarbij met nijvere hand '15 euro' stond geschreven, maakte dat ik tranen in mijn ogen kreeg.

Om nog maar te zwijgen van wat ik dagelijks in het ziekenhuis zag. Malcolms kamer keek uit op de Eerste Hulp. Ik had geleerd mijn gezicht af te wenden wanneer er een ambulance arriveerde. Ik keek niet meer naar het leed en het verdriet van anderen, want dan werd het mijn eigen leed en verdriet. Ik werd erdoor overweldigd. Erdoor beheerst. Ik had ook begrepen dat ik met neergeslagen blik langs de wachtkamer moest lopen, want ik voelde me niet meer in staat die uitgeputte ouders aan te kijken die onder groene plastic planten ineengedoken op de metalen stoelen zaten, met hun witte gezichten waarop de afschuw om het verlies van hun dierbare te lezen stond.

Het ziekenhuis en zijn gangen, trappen en koffieapparaat waren even vertrouwd geworden als mijn flat. Maar ik kon er niet meer tegen. De lucht, de sfeer, de dagelijkse drama's, ik kon er niet meer tegen. Ik had Malcolm er graag weg willen halen en meenemen, ver weg, naar een strand, een uitzicht op zee. De wind in zijn haren, de zon op zijn bleke gezicht. Sommige verpleegsters lieten me onverschillig. Maar andere, een of twee, zou ik nooit vergeten. Het gebeurde weleens dat ik op hun schouder huilde. Ik had ook weleens met hen gelachen en dan voelde ik me vervolgens schuldig en nam het mezelf kwalijk.

Er was er met name een, Eliane. Ze was jong, een jaar of dertig. Ik keek graag hoe ze Malcolm waste. Ze behandelde hem met moeiteloze genegenheid. Ze praatte tegen hem. Ze zei: 'Dus je bent half Engels, grote kerel van me?' En ze keek me heel serieus aan, met een opgetrokken wenkbrauw en pretogen, terwijl ze de lange, melkwitte rug van mijn zoon inzeepte.

'Maar hoe komt iemand nou toch op het idee om met een Engelsman te trouwen!'

Ik antwoordde gevat dat ik die opmerking al zo vaak had gehoord dat ze maar wat anders moest bedenken, dat was nou toch niet erg origineel, Eliane. Dan keek ze naar Malcolm alsof hij kon antwoorden, alsof hij haar uitstekend kon horen, ze streek zachtjes door zijn haar en fluisterde in zijn oor: 'Moet je je moeder nou eens horen! Je zult haar moeten uitleggen, beste jongen, dat de Engelsen en wij gezworen vijanden zijn, de Honderdjarige Oorlog, Jeanne d'Arc, weet je wel, je moeder heeft er niks van begrepen, het zal de liefde wel zijn, ze is helemaal gek van die mooie, lange, *so British* vader van je, hè schat, wat zeg je daarvan?'

Ik wilde mezelf er graag van overtuigen dat Malcolm haar hoorde, dat hij hield van de enigszins hese stem van die jonge vrouw, van haar genegenheid, haar vriendelijke woorden. Wanneer ik instortte, wat me toch vaak gebeurde, te vaak, liep ze om het bed heen en legde haar hand boven aan mijn rug, met een resoluut, trefzeker gebaar dat kenmerkend was voor haar beroep, en zei ze tegen me: 'Sterkte, mevrouw, sterkte, hou vol, hou vol voor hem, voor uw zoon en voor uw dochtertje.' En ik rechtte mijn rug, glimlachte door mijn tranen heen en bedankte haar.

Mijn dochtertje. Hoe beleefde Georgia deze storm? Georgia die zo rustig en stil was. Omdat ze weinig zei, had ik de vergissing gemaakt haar niet al mijn aandacht te schenken. Op een avond had ze haar schoolrapport voor me meegebracht. Daarin zat een briefje van haar juf, die me wilde spreken. Het was dringend. Waarom wil je juf me spreken, liefje? Gesloten gezichtje.

'Ik weet het niet, mama.'

De volgende dag ging ik tussen de middag naar de school. De juf vertelde me dat Georgia er helemaal de brui aan had gegeven. Ze was niet meer geconcentreerd, haar cijfers maakten een vrije val. Ze zat in de klas te kletsen, wat ze vroeger nooit deed. Ik luisterde verbijsterd. De juf vroeg me met een zekere schroom of alles thuis wel goed ging. Ik vertelde haar van Malcolm. Al een maand in coma. We hadden het meisje meegenomen naar het ziekenhuis en bij de aanblik van haar broer was ze bleek en stil geworden, misschien hadden we het niet moeten doen.

De juf was sprakeloos.

'Maar dat had u me moeten vertellen, u had meteen de directrice moeten waarschuwen. Wat een treurig verhaal, mevrouw, wat een ellende.'

'Ja,' antwoordde ik, 'ja, ja. Ik ben vergeten het u te vertellen. Sorry. Op Malcolms school trekken ze het zich allemaal heel erg aan. Ik heb er niet aan gedacht het u te vertellen, er met de school over te praten. Sorry.'

Beschaamd keek ik naar mijn handen op mijn schoot. Sorry, Georgia. Sorry dat ik niet aan jou heb gedacht, aan jouw verdriet en angst. Sorry, mijn blonde engeltje, sorry, schoonheid van me. Sorry. Een waanzinnige behoefte haar te omarmen.

'Kan ik naar mijn dochter toe, mevrouw?'

'Ja, natuurlijk, ze is in de kantine, kom, ik breng u wel even.'

Die dag begreep ik hoeveel aandacht ik moest besteden aan Georgia, hoe bedrieglijk haar stilzwijgen was, hoeveel verdriet ze met haar negen jaar had, evenveel als haar vader, evenveel als ik.

'Georgia on my mind.'

'Mevrouw Wright? U spreekt met Laurent.'
Eindelijk. Tien dagen gewacht en eindelijk belde hij.

Ik zuchtte alleen maar. Hij hoorde me waarschijnlijk ademen. Hij zei niets. Ik begreep het meteen.

Ik schreeuwde, een gesmoord keelgeluid.

'Zij zijn het niet... Klopt dat?'

'Ja, dat klopt. Ze zijn het niet.'

Ik deed mijn ogen dicht. Ik hield de telefoon zo stevig vast dat mijn vingers er pijn van deden. Andrew keek me bezorgd aan.

'Maar weet u dat zeker? Hoe weet u dat? Hoe kunt u daar zo zeker van zijn?'

Mijn stem schoot uit, werd snerpend.

Zijn kalme, enigszins lijzige stem.

'Het bureau in Orange heeft er mensen heen gestuurd. Het echtpaar is langdurig verhoord. De collega's hebben alles geverifieerd. Deze mensen zijn op de dag van het ongeluk Orange niet uit geweest.'

'Maar dat kan niet! Dat kan gewoon niet!'

Andrews hand op mijn schouder. Hij nam de hoorn van me over.

'Ja, goedenavond, met Andrew Wright.'

Zij waren het niet. De Secreys waren het niet. We moesten weer van voren af aan beginnen. Ik liep naar de keuken, hield mijn polsen onder de koudwaterkraan. Wat zei Laurent tegen Andrew? Het deed er niet toe. Zij waren het niet. We moesten weer opnieuw beginnen. Afwachten. Hoe deed je dat? Hoe? Ik wist het niet. Het water stroomde over mijn handpalmen en ik bleef onbeweeglijk staan, met mijn blik op de gootsteen gericht. Zij niet. Zij waren het niet.

Die tien dagen wachten waren het ergst geweest. Tien dagen. Tien slapeloze nachten. De dokter met het lange gezicht die ons had willen spreken. We hadden elkaar ontmoet in die kleine werkkamer die ik zo langzamerhand wel kon dromen. Zijn voorzichtige stem, zijn ernstige blik. We moesten ons voorbereiden. We moesten sterk zijn, had hij gezegd. Malcolms toestand was niet best. Hij vertelde het ons liever meteen. Het was een diep coma. We moesten maar sterk zijn, voor onze zoon. We luisterden naar hem zonder iets te zeggen. Verpletterd gingen we naar huis.

Zodra we over de drempel waren, nam Andrew me in zijn armen. We huilden samen in stilte. Die avond voelde ik dat mijn leven langzaamaan afbrokkelde, als een klif dat door de zee wordt aangetast. En alsof dat nog niet genoeg was, alsof iemand daarboven er plezier in had ons hardnekkig op de huid te zitten, kwam vervolgens het telefoontje van Violaine, de advocate. Ze wilde ons waarschuwen dat eind juni de rechterlijke macht op reces ging. Ook al zouden we de wegpiraat morgen vinden, dan nog zou er voor september niets gebeuren.

Zomer. Vakantie. Niemand durfde ons te vragen wat we met de vakantie gingen doen. Welke vakantie? Ik wist niet meer wat dat woord betekende. Vakantie. We hadden er onderling trouwens niet eens over gepraat. Toch moesten we aan Georgia denken. Morgen de laatste schooldag. Ze kon de zomer niet in Parijs doorbrengen, tussen ziekenhuis en thuis. We moesten een oplossing voor haar vinden. Mijn ouders? Mijn schoonouders?

Vorige zomer waren we met z'n vieren naar Italië gegaan. We

hadden een huisje gehuurd in een plaatsje in Ligurië, San Rocco, tussen Portofino en Genua. We moesten parkeren op een ver weg gelegen parkeerterrein en een heel stuk met onze koffers lopen voordat we bij het huis kwamen dat boven de baai uitstak. Het was van een primitieve eenvoud die ons meteen al was bevallen. Vier grote kamers met een vloer van oude, ongelijke, koele plavuizen. Om bij de zee te komen moest je naar beneden langs een lang, onverhard pad, waarlangs de klim omhoog, naar we vermoedden, beklemmend zou zijn in de toenemende hitte, en je kwam uit bij een verlaten inham, waar een groot aantal grijze, glibberige rotsen oprees. Geen strand. We moesten over de rotsen klimmen en er aan het uiteinde af springen om te kunnen zwemmen. De kinderen, gewend aan het zand van onze stranden, en gewend stapje voor stapje de zee in te gaan met nog steeds vaste grond onder hun voeten, waren bang. De rotsen maakten grote indruk op hen, vooral op Georgia. En Malcolm was bang dat het heldere water heel diep zou zijn. In de diepte zagen we vaag nog meer rotsen, donker en mysterieus, en scholen reflecterende vissen. Andrew en ik hadden eindeloos veel geduld moeten hebben. Hun laten zien dat ze geen enkel gevaar liepen, dat we de enigen waren op deze paradijselijke plek, dat ze ons moesten vertrouwen. En toen ze dan eindelijk, eenmaal in het water, opgetogen waren over de schoonheid en de milde warmte van de blauw-met-groene zee, hadden ze het uitgekraaid van vreugde en plezier.

Deze zomer zouden we niet naar San Rocco terugkeren.

Andrew was nog aan de telefoon. Ik luisterde niet meer naar hem. Eindelijk hing hij op. Ik bleef heel kalm. Hij verwachtte waarschijnlijk een hysterische huilbui of een felle aanval. Er kwam niets. Ik was kalm en een beetje afstandelijk. Ik voelde zijn ogen en die van Georgia op me gericht. Ze zouden zich wel afvragen wat er met me aan de hand was. Waarom ik zo weinig zei. Waarom mijn gezicht volkomen uitdrukkingsloos was.

Terwijl ik het avondeten klaarmaakte, vroeg ik me af waar ik de kracht vandaan moest halen om door te gaan. Erin te blijven geloven. Te geloven dat de wegpiraat zou worden aangehouden, te geloven dat Malcolm uit zijn coma zou ontwaken. Die twee dingen leken gigantisch en onoverkomelijk. Toen Andrew mij een paar jaar geleden zijn liefdesverhouding had opgebiecht, had ik gedacht dat dat het naarste moment van mijn leven was. Hij had die bekentenis uit eigen beweging gedaan, want hij voelde zich te schuldig, hij wilde hoe dan ook niets meer voor me verborgen houden, en ik had het ervaren als een aardschok. Toen ik er die avond, terwijl ik de keukentafel schoonveegde, aan terugdacht, kon ik niet nalaten bitter te lachen. Het naarste moment van mijn leven. Het ondraaglijke gevoel bedrogen te zijn. Het stelde zo weinig voor vergeleken met wat ik nu voelde. Toch had ik die nacht, die nacht van de bekentenis in Saint-Julien, gedacht dat niets zo pijnlijk en zo moeilijk kon zijn. Ik had me vergist. Maar hoe had ik dat kunnen weten? We hadden besloten bij elkaar te blijven. Het was me gelukt het verleden te laten rusten. We hielden van elkaar. Het was een onaangename, pijnlijke herinnering geworden, waar ik zo weinig mogelijk aan dacht. Maar nu. Nu was alles anders. Malcolms coma had ons leven veranderd. Alles was anders geworden. Alsof een onzichtbare hand alles zwart had geschilderd.

'*You okay?*' vroeg Andrew.

Een ongeruste blik in zijn ogen.

Ik zei: 'Ja, ja, het gaat wel.'

Ik keek hem niet aan. Ik ging Georgia naar bed brengen. We moesten ons gebedje opzeggen voor Malcolm. Dat vond ze heel belangrijk. We knielden allebei neer voor het bed en baden voor Malcolm.

Tijdens het bidden, terwijl ik naar Georgia's stemmetje luisterde, begreep ik het. Begreep ik alles.

Ik begreep dat ik niet meer stilzwijgend kon gaan afwachten. Ik begreep dat ik geen geduld meer zou hebben. Ik begreep dat ik alles zelf ter hand moest nemen. Mijn lot en dat van Malcolm ter hand nemen. Als Andrew stilzwijgend kon afwachten, des te beter voor hem. Als de anderen het konden, des te beter voor hen. Maar ik kon het niet. Ik kon niet passief zijn. Het was zo duidelijk, zo vanzelfsprekend dat ik bijna moest lachen. Ik had het gevoel dat er een last van me af viel. Iets dat me bevrijdde.

Nadat ik Georgia naar bed had gebracht, zag ik mijn gezicht in de spiegel in de hal, en vreemd genoeg was het alsof ik naar iemand anders keek. Een vrouw die ik niet kende. Een vrouw met een harde, vastbesloten blik.

Een vrouw die niet langer stilzwijgend ging zitten wachten op een telefoontje.

'Djoestine, met mij.'

De stem van mijn schoonmoeder aan de andere kant van de lijn. Arabella Wright. Een lage, hese stem. Ze stond op het Gare du Nord. Ze zou binnen een halfuur bij ons zijn. Ze kwam *the little one*, de kleine, opzoeken.

Ik was altijd gefascineerd geweest door de lange gestalte van deze vrouw, door haar distinctie, de houding van haar hoofd, haar dichte bos zilvergrijs haar dat ze nooit had willen verven en dat ze op heel jonge leeftijd al had, te oordelen naar de foto's die ik van haar had gezien van omstreeks haar vijfentwintigste of dertigste. Ze had iets van een zeer elegante struisvogel, met een spitse haviksneus, een klein hoofdje en een eigenaardige manier van lopen, met naar binnen gerichte voeten en langs elkaar wrijvende knieën, maar wel heel gracieus. Ze bleef in het Frans tegen me praten. Dat was haar trots en vreugde. Ze sprak het vrij goed, kwam er niet toe me te tutoyeren, maar gaf zich nooit gewonnen wanneer ze het bedoelde woord niet kon vinden. Wanneer ze mijn voornaam uitsprak, zei ze: Djoestine. De Engelse J, veel harder en korter van klank dan onze Franse J, die zo zacht en al te meegaand is.

Ze had me vanaf het begin gemogen. Meteen al het eerste weekend bij hen thuis in Londen, waar ik met Andrew een paar dagen was komen logeren. Alles was makkelijk met Arabella. Een gesprek voeren, koken, tuinieren, boodschappen doen. Ze vond het heerlijk om met me te gaan winkelen, vroeg in alles naar mijn mening, over kleuren, stoffen en vorm, alsof alleen al het feit dat ik Parisienne was betekende dat ik vanzelfsprekend alles van mode wist, wat beslist niet het geval was. Ze had me hedendaagse Engelse romanschrijfsters leren kennen voor wie ik bijna net zoveel waardering had als voor Daphne du Maurier: Penelope Lively, Rose Tremain, Joanna Trollope en A.S. Byatt. Ze had me zelfs 'British' leren koken, tot stomme verbazing van mijn Franse omgeving. Van nu af aan beheerste ik tot in de perfectie de *kedgeree*, de *Coronation chicken* en zelfs de vreselijke *Christmas pudding* met zijn zes uur baktijd, die je twee maanden van tevoren maakt.

Ik voelde me prettig bij hen in hun oude Londense maisonnette, waar nooit werd opgeruimd, en waar het een vrolijke, kleurrijke rommel was van *Sunday papers* die niet werden weggegooid, grote wandelschoenen die in de hal rondslingerden en stapels van allerlei soorten hoeden, en waar Jasper, de oude, zwarte labrador, altijd zijn grijzende snuit op mijn schoot legde zodra ik ergens ging zitten. Harry zat onafgebroken naar de *Messiah* van Händel te luisteren. Terwijl ze in haar grote, rommelige keuken een *cottage pie* of een perensalade met stilton stond te maken, zong Arabella verrukkelijk vals. '*O daughter of Jerusalem, rejoice!*' Ik mocht graag naar haar kijken terwijl ze, met een mannenschort voor, waarbij een zilvergrijze haarlok in haar ogen hing, druk in de weer was met een paar handige bewegingen haar oude Aga-fornuis aan haar wil te onderwerpen.

Elke ochtend wanneer ik bij hen logeerde, perste Arabella sinaasappels voor me uit en vroeg ze of ik liever eieren of bacon had of de favoriete ontbijtgranen van Malcolm en mij, de Grape-Nuts, waarvan kleine stukjes tussen je tanden bleven zitten. Harry las in vrome stilte zijn krant. We moesten altijd het bovenste van de melk, het romigste, vettigste deel, voor hem bewaren (van de fles die elke ochtend door de *milkman* werd neergezet). Na het ontbijt moest Jasper uitgelaten worden, die zodra hij zijn riem zag weer een jonge hond werd. Arabella praatte tegen honden alsof het mensen waren. Aan het eind van de straat lag een particuliere tuin. Alle bewoners van Queensgate Place hadden er een sleutel van. Alles was er keurig onderhouden. Jasper mocht alleen in een deel van de tuin komen en je moest natuurlijk zijn uitwerpselen opruimen. *'Come on, old boy,'* riep Arabelle tegen de hond, die hijgend rondsnuffelde, *'such a lazy fellow.'* Jasper keek me met vermoeide blik aan en begreep heel goed dat ze hem voor luiwammes uitmaakte. Sinds de Eurostar reed, nam ik de kinderen vaak mee naar hun grootouders. Vroeger was het een lange, ingewikkelde reis. Maar nu waren we in een paar uur tijd in hartje Londen.

'Ik zou wel eerder zijn gekomen, weet u, Djoestine,' zei ze toen ze arriveerde, terwijl Georgia zich op haar stortte, 'maar Andrew leek echt te geloven dat *the little one* zou ontwaken. Dat geloofde ik ook. Maar toen vond ik dat het lang duurde en dus ben ik gekomen.'

Ik nam haar roze sjaal en haar tas aan. Georgia danste om haar oma heen terwijl ze kwetterde als een mus. In de keuken zette ik water op voor de thee. Dus dat dacht Andrew, zo zo. Andrew was veel positiever dan ik. Andrew wilde zijn moeder niet ongerust maken. Maar de scherpzinnige Arabella had tussen de regels door weten te lezen.

Ik zei: 'Andrew beschermt zichzelf, weet u. Ieder doet het op zijn manier.'

Ze legde haar grote, benige hand op mijn onderarm. De geur van Blue Grass. Ze zei niets, maar haar stilzwijgen omhulde me als een liefkozing. Arabella wist hoe ze haar liefde moest schenken. Dat had ze altijd gedaan. Het scheelde niet veel of ik had me omgedraaid, mijn gezicht in de holte van haar hals gevlijd, was in huilen uitgebarsten en had alles laten gaan, maar ik deed het niet, ik bleef letten op het water in de ketel, waar je niet op hoefde te letten. Toch had ik haar graag alles willen vertellen.

Vertellen over mijn dagen met hun pijn en hun last. Over de ritjes die ik in de metro was gaan maken zonder ergens heen te gaan, de hele route van lijn 6 of 4 of 13, heen en terug, knikkebollend en met glazige ogen. Tochtjes zonder bestemming en zonder doel. Ik hoefde alleen maar in de wagon te stappen, een stoeltje neer te klappen, te gaan zitten en te wachten. Verder hoefde ik niets te doen. Alleen maar wachten. De langsschuivende stations. De gezichten van de onbekenden die zich met hun eigen leven bezighielden. Het geluidssignaal. Het geratel van de deuren die open- en weer dichtgingen. Het vuil op de vloer. De eentonige stem van de daklozen die een krant kwamen verkopen of bedelden. Bij het eindpunt uitstappen, naar het andere perron lopen, weer instappen en wegrijden. Wanneer er een jonge jongen instapte, sloeg ik mijn ogen neer. Ik keek alleen naar oude mensen, vrouwen van mijn leeftijd, mannen en kinderen. Ik kon niet kijken naar alles wat in de buurt kwam van Malcolm. Soms zat ik te huilen. Stille tranen. Ingehouden gesnik. Verbaasde en vervolgens onverschillige blikken. De mensen wendden hun gezicht af om me niet te hoeven zien. Anderen staarden me aan met een ongezonde opdringerigheid. Er was maar één keer een vrouw, iets ouder dan ik, naar me toe gekomen om te vragen of ik hulp nodig had.

Ik had Arabella graag willen vertellen over mijn nachten. De slaap wilde niet meer komen. Om Andrew niet te storen ging ik op de bank in de woonkamer liggen en wachtte tot de nacht voorbij was. Het duurde eindeloos. De dokter stelde me voor kalmerende middelen en slaappillen te nemen, maar die wilde ik niet. Wanneer ik eindelijk in een zware, ondoordringbare slaap viel, werd ik een paar uur later plotseling wakker, kortademig, met een enorme druk op mijn borst die me het ademhalen belemmerde. Het afschuwelijke gevoel te stikken, te verdrinken. Mijn rondtastende vingers konden de lichtschakelaar niet vinden. Mijn hart bonsde als een bezetene. Ik had de neiging om te schreeuwen en Andrew te roepen, want ik wist zeker dat ik zou stikken en doodgaan.

Ik had Arabella dit allemaal willen vertellen en me bevrijden van de last die ik alweer voelde als ik eraan dacht. Terwijl ze haar thee dronk, met Georgia op haar schoot, keek Arabella aandachtig naar me. Vreemde, lichtblauwe ogen met gele vlekjes. Ik liet mijn kin zakken. Ik wist heel goed wat zij, die zo elegant was, dacht. Dat haar schoondochter zichzelf verwaarloosde. In de gauwigheid nonchalant opgestoken haren. Een onopgemaakt gezicht. Afgekloven nagels. Verkreukelde kleren. Maar in haar blik was liefde en bemoediging te lezen.

'Geef de moed niet op, Djoestine. Geef niet op, *darling*.'

Ik herinnerde me op dat moment alles wat ik van mijn schoonmoeder wist, zonder dat ik er ooit met haar over gepraat had. De ziekte die ze op jonge leeftijd had gekregen en waarvan ze op het nippertje was genezen. Een moeizaam huwelijk vol conflicten met Harry, een verbintenis waar ik niet veel van wist, behalve dat ze toen ze ouder werden de strijdbijl hadden weten te begraven en dat de jeugd van Andrew en zijn zus Isabella onder die langdurige onenigheid had geleden. En, last but not least, het overlijden van hun jongste kind, Mark, toen Andrew acht jaar was en Isabella zes. Niemand sprak erover. In de grote flat aan Queensgate Place waar Andrew was opgegroeid, te midden van de foto's van hem en zijn zus aan de muur van de hal, hing een foto van een mysterieuze baby die liefdevol werd vastgehouden door Arabella en Harry. Andrew had tegen me gezegd: 'De dag waarop Mark doodging ben ik helemaal vergeten.' Ik had geen vragen durven stellen. Doodging waaraan? En hoe? Waar? Ik was er nooit achter gekomen. *Never explain*, enzovoort.

Ik herinnerde me mijn eerste kerst bij mijn schoonouders, vlak na ons trouwen. De ijzige temperatuur van het appartement, die niemand scheen op te vallen behalve mij. Het vrolijke ceremonieel van de hulst die bij iedere schilderijhoek en in iedere hoek van de deuropening was opgehangen. De mistletoe waaronder ze elkaar liefdevol kusten. Het blauwe gietijzeren fornuis dat de hele dag brandde en waarop allerlei smakelijke gerechten stonden te sudderen. Het proeven van de *mince-pies*, kleine, warme koekjes van zanddeeg, gevuld met jam, die je met oudejaar at. Je mocht niet praten terwijl je er een in je mond had, want dat bracht ongeluk. Isabella en Andrew deden hun uiterste best om hun moeder aan het lachen te maken, maar Arabella hield stand, negeerde hen en kauwde in een stoïcijns stilzwijgen op haar mince-pie.

Terwijl ik mijn thee dronk en mijn schoonmoeder de tekeningen van Georgia bewonderde, keek ik aandachtig naar haar lange Virginia Woolf-achtige gezicht, haar enorme aristocratische handen en haar armen als van een gedistingeerde waadvogel. Arabella straalde een kalme energie uit, een harmonie die me tot rust wist te brengen. Ze was echt de enige persoon in mijn omgeving die dat vermogen bezat. Waarom was ze niet eerder gekomen? Waarom had ik op die sombere, moeilijke momenten niet aan haar gedacht?

Ze reikte me een pakje kaarten aan. Een heel hartelijk briefje van Harry. Een lange brief van Isabella, zo lief en gevoelvol dat ik er tranen van in mijn ogen kreeg. En ook de andere familieleden hadden geschreven, Auntie Lilias, de zus van Arabella, die in Bath woonde, Uncle Humbo, de broer van Harry, vanuit zijn nevelige Schotland, en een paar nichten en neven van Andrew: Sarah, Virginia en Lawrence. Allemaal wensten ze ons veel sterkte en stuurden ze hun *love*. Ja, de Engelsen sturen hun liefde. Dat had ik altijd fantastisch gevonden. *Send you lots and lots of love. Send you all my love. Send Malcolm all our love.* En kruisjes – xxx – om zoenen aan te geven.

Later, aan Malcolms bed, toen Arabella met haar arm om mijn schouders naast me zat, drong haar opmerkelijke kracht in alle hevigheid tot me door. Ik klampte me er uit alle macht aan vast. Arabella prikkelde me en dwong me alle passiviteit te vermijden, mijn hoofd op te richten en mijn schouders te rechten.

Zachtjes vroeg ze me hoe het onderzoek ervoor stond. Ik vertelde haar alles. Dat we op het verkeerde spoor hadden gezeten. Dat we niet hadden gekregen wat we hadden verwacht. Dat de politie zo traag was. Dat de rechterlijke macht op zomerreces ging. Dat ik gek werd van Andrew met zijn geduld.

Arabella zat kaarsrecht, haar scherpe profiel tekende zich af tegen de muren, die te wit en te glad waren. Ze zei niets, maar zoals altijd wist ik dat ze in gedachten bij me was.

Haar hand lag zwaar op mijn schouder, en voor de eerste keer putte ik kracht uit haar, om mezelf daarmee te voeden, om samen met haar te groeien.

Hij was thuis. De geur van sigaretten kwam onder de deur door. Op de achtergrond was een voetbalwedstrijd te horen. Hij was alleen. Af en toe beantwoordde hij de telefoon. Gesprekken. Gelach. Geluid van de koelkast die openging, van een biertje dat werd opengewipt. Binnenkort vakantie. Hij zou over een paar dagen naar 'Sophie in Hossegor' gaan.

De avond viel in de stoffige, smerige stad. Ik was ver van huis. Ik wachtte al een hele tijd. Ik had het warm. Dat was niet erg. Ik was er klaar voor. Nu moest het gebeuren. Hij was druk aan het praten, hij zei nog eens dat hij 'Sophie in Hossegor' ging opzoeken, en ik belde aan. Langdurig. Hij zweeg. Ik stelde me voor hoe hij een snelle blik op zijn horloge wierp en zich afvroeg wie dat op dit uur kon zijn. Hij mompelde iets, ik hoorde het geluid van de hoorn die hij neerlegde, daarna opende hij meteen de deur, zonder te vragen wie er op de overloop stond. Meteen, zonder meer, alsof hij niet bang was voor wie daar zo laat voor de deur op hem kon staan te wachten.

Toen hij mij zag en herkende, verstarde zijn gezicht. Hij wist niet wat hij tegen me moest zeggen. Hij dacht waarschijnlijk dat ik gek was omdat ik zijn adres had gevonden en op dit late uur zomaar bij hem aan kwam zetten. Hij droeg een zwart T-shirt en een versleten spijkerbroek. Hij was op blote voeten. Hij leek jonger dan op het bureau, wanneer hij zijn uniform droeg. Achter hem zag ik een grote zitslaapkamer, een boekenkast en een televisie die aanstond. We bleven even zonder iets te zeggen naar elkaar staan kijken. Daarna deed hij een stap naar achteren en liet me binnenkomen. Ik liep langs hem heen en ging zitten op een bankje tegenover de televisie. Hij krabde vertwijfeld aan zijn oor. Hij deed kalm de deur weer dicht en zette toen de televisie zachter zonder hem uit te doen.

Ik zei: 'Ze weten niet zeker of mijn zoon het haalt.'

Hij knikte, nog steeds met zijn hand aan zijn oor, en bood een enigszins onbeholpen aanblik. Ik haalde diep adem en ging door: 'U gaat ongetwijfeld tegen me zeggen dat ik niet zomaar hier bij u thuis mag komen. Dat het volslagen krankzinnig van me is en dat u me eruit kunt zetten. Maar ik ben hier om met u te praten. U dingen te vertellen, begrijpt u?'

Hij knikte opnieuw.

'De tijd verstrijkt en we hebben die wegpiraat nog niet gevonden. Mijn man kan daarmee leven. Hij heeft op de een of andere manier vertrouwen in jullie, hij denkt dat het even zal duren, dat het niet anders is, en hij is bereid te wachten. Maar ik kan dat niet. Dat wou ik u hierbij zeggen. Ik kan niet langer wachten.'

Stilte. Hij keek naar zijn blote voeten.

'Ik weet dat u op vakantie gaat. Naar "Sophie in Hossegor".'

Hij nam me wantrouwend op, in verwarring gebracht.

'Luistert u aan deuren?'

Ik glimlachte zonder het te willen.

'Ja. Ik weet dat u binnenkort vertrekt. Iedereen heeft vakantie. De mensen gaan weg, nou ja, bijna iedereen gaat weg. Ik ga niet. Ik blijf hier. U weet wel waarom.'

Weer stilte.

'Ik ben gekomen om u iets te vragen. Luistert u alstublieft.'

Hij zette de televisie uit. Hij draaide zijn gezicht naar me toe. Hij maakte een sombere indruk en leek niet erg op zijn gemak.

'Ik kan niet veel doen, mevrouw.'

'Jawel. Dat kunt u wel, meneer Laurent. U moet die naam voor me vinden voordat u op vakantie gaat. Ook al duurt het lang, ook al hebt u ATV, ook al wilt u graag weg, u moet hem vinden. Alstublieft. Want u weet best dat er met dat gedoe van de rechterlijke vakantie vóór het nieuwe schooljaar niets wordt gedaan. Dat weet u.'

Hij stond op en stak een sigaret op. Hij ging voor het open raam staan. Het was nu donker. Iets minder warm. Je hoorde het geluid van de straat, van auto's en voorbijgangers. De geluiden van de zomer in Parijs, gelach, deuren die dichtslaan, voetstappen op het trottoir. Lange tijd zei hij niets. Hij stond zwijgend te roken, waarbij hij zich af en toe omdraaide om de as op een schoteltje af te tikken. Ik wachtte af. Ik keek om me heen en probeerde even me het leven van deze jonge man voor te stellen. Op de boekenkast stond een foto van een jonge, donkerharige vrouw. Vast en zeker 'Sophie'. Een paar boeken, de werken van Marc Levy, van Mary Higgins Clark en een serie van Agatha Christie.

Hij zuchtte.

'U bent een koppig vrouwtje.'

'Zeker.'

'En die naam, als ik die vind, wat dan? Ik mag hem u niet geven, dat weet u heel goed.'

Hij verloor zijn geduld.

'Ik vind wel een manier om erachter te komen.'

'Via uw advocaat?'

Spottend glimlachje.

'Bijvoorbeeld.'

'En wat gaat u daarna dan doen? Eigen rechter spelen? Die mensen opzoeken, zelf een onderzoek instellen? Zoals in de film?'

Ik liep naar hem toe en legde een hand op zijn arm.

'Nee, u hebt het niet goed begrepen. Het onderzoek en alles, dat is uw werk. Het werk van de politie. Ik wil het alleen weten. Weten dat die persoon is gevonden. Dat weten, begrijpt u?'

Terwijl ik dat zei, was ik me ervan bewust dat ik niet de waarheid sprak. Weten, alleen weten, was voor mij niet genoeg. Weten was maar het begin. Ik wilde alles weten. Weten waarom die vrouw die woensdag niet was gestopt. Weten hoe en waarom ze doorging met die last op haar geweten. Weten dat ze niet langer in veiligheid was.

Want ik zou haar komen opzoeken. Want haar leven zou niet meer hetzelfde zijn, zoals ook mijn leven en dat van Malcolm niet meer hetzelfde waren.

Maar ik zei er niets over tegen Laurent. Geloofde hij me? Hij leek perplex. Hij staarde me lange tijd aan met zijn lichte ogen. Hij leek in verlegenheid gebracht door mijn hand op zijn arm.

Plotseling voelde ik me belachelijk en pathetisch. Arme, pathetische moeder aan het eind van haar Latijn, arm, wanhopig schepsel. Hij had waarschijnlijk medelijden met me. Ik schaamde me.

Ik stamelde: 'Sorry dat ik u hiermee lastigval. Ik ga weg, neem me niet kwalijk, prettige vakantie...'

Ik wankelde naar de deur, mijn ogen gevuld met plotselinge tranen. Hij greep me bij mijn schouder en draaide me naar zich toe.

Wat vreemd om te huilen in de armen van een man die niet mijn echtgenoot, noch mijn broer was. In de armen van een vreemde. Een onbekende geur, een onbekende hals. Hij hield me stevig vast, zoals je een kind vasthoudt dat gewond is, of iemand die niet goed is geworden. Hij zei dat ik me niet moest laten gaan, dat ik heel dapper was, dat mijn zoon trots op me kon zijn. Ik luisterde, en huilde naar hartenlust. Zijn zwarte T-shirt raakte bij de schouder helemaal doorweekt.

'Ik beloof dat ik u zal helpen.'

Ik geloofde hem. Ik glimlachte, veegde mijn tranen af en ging vervolgens weg zonder hem aan te kijken.

Ik weet niet wat hij die nacht deed. Hij ging waarschijnlijk terug naar het bureau. Weer achter zijn computer zitten. Zijn code intypen om op het veelbesproken STIC-bestand te komen. Ik was op onderzoek uitgegaan om te achterhalen wat STIC betekende. *Système de traitement informatisé de l'information criminelle.* Mocht hij dit doen? Ik wist het niet. Riskeerde hij iets? Hij kon altijd beweren dat hij voor zijn vakantie overwerkte. Hoe lang was hij daar gebleven? Hoe lang had hij erover gedaan het te vinden? Ik zou er nooit achter komen. Terwijl ik thuiskwam in de stille flat in de Rue D., had hij er waarschijnlijk vaart achter gezet, had hij zijn sleutels gepakt en was hij naar het bureau gegaan. Terwijl ik op de bank in de woonkamer ging slapen, zat hij achter zijn scherm en was hij al begonnen met zijn werk. Terwijl ik wegzonk in de moeizame halfslaap die me nacht na nacht opwachtte, liet hij elke pagina, elk kentekenbewijs dat overeenkwam met de bekende informatie aan zich voorbijtrekken. Oud model Mercedes. In de kleur 'mokka'.

Toen ik met pijn in mijn rug wakker werd, was Andrew al de deur uit. Georgia zat te spelen met haar PlayStation. Arabella zou zo komen, ze logeerde in een van de hotelletjes in onze straat.

Ik zette mijn mobieltje aan, zoals ik elke ochtend deed. Een paar sms'jes, van mijn zus, die me veel liefs toewenste, en van een vriendin die op vakantie ging en me veel sterkte wenste.

En toen dit, om vier uur 's nachts verstuurd, met een mobiele telefoon met een onbekend nummer:

Marville Eva
Villa Etche Tikki
Promenade des Basques
64000 Biarritz

Ik voelde mijn hart ineenkrimpen. Ik had moeite met ademen en moest erbij gaan zitten.

Marville, Eva. De blonde vrouw achter het stuur.

Zij was het. Daar was ik absoluut van overtuigd. Als Laurent me dit sms'je had gestuurd, was hij dat ongetwijfeld ook. Zij was het.

En nu wist ik het.

3

In de spiegel van de badkamer leek mijn gezicht gladder dan anders. Mijn oogleden minder verkreukeld en mijn blik helderder. Alsof alleen al door haar naam en adres te weten, een deel van mij, een verborgen, onbekend deel, tot rust was gekomen. Ik kleedde me aan alsof er niets aan de hand was. Ik belde niemand op, Andrew niet en Emma niet. Waarom niet? Ik had geen idee. Ik genoot van mijn geheim.

Eva Marville. Eva Marville.

Terwijl ik met smaak mijn thee dronk, kwam haar naam als een bekend deuntje steeds terug. Ik kende Biarritz niet. Ik was er nooit geweest. Ik dacht dat er een mooi hotel was, het Hôtel du Palais, aan het strand. Een vuurtoren. Golven. De Rocher de la Vierge.

Eva Marville. De blonde vrouw achter het stuur. De vrouw die was doorgereden. Ik mocht er niet met anderen over praten. Want dan zou het net zo gaan als met het echtpaar Secrey. Dan had je kans dat het niet werkte. Nee, ik mocht niets zeggen.

Ik ging naar het ziekenhuis nadat ik Georgia bij de kinderopvang had afgezet. Bij mijn zoon zittend fluisterde ik in zijn oor: 'Ik weet wie het is, lieve schat. Ik weet wie het is.' Ik had heel even de indruk dat hij mijn vingers drukte. Wat drong er tot Malcolm door van mijn stem, van mijn huid tegen de zijne? Hoorde hij me daar waar hij was? Hoe moest ik me zijn coma voorstellen? Dacht hij? Droomde hij? Of bevond hij zich in de duisternis, zonder licht? Ik vroeg me af in welke taal zijn dromen en zijn gedachten tot hem kwamen. Malcolm had me eens verteld dat hij het lastig vond dat hij volledig tweetalig was. Hij had geen moedertaal. Hij had de twee talen tegelijkertijd geleerd: Engels van zijn vader en Frans van mij. Hij had ook geklaagd dat hij geen vaderland had en dezelfde emotie voelde bij het horen van de 'Marseillaise' en 'God Save the Queen', en dat hij een voetbalwedstrijd van Frankrijk tegen Engeland als een kwelling ervoer. *'I have the cul entre deux chaises,'* mocht hij graag roepen. 'Half *Frog*, half *Rosbif*. De slechtste mix! Het bewijs dat twee volken die elkaar graag haten verliefd op elkaar kunnen worden en baby's maken. *Amazing*, toch?'

Later had hij zijn vader gevraagd waarom de Engelsen en de Fransen elkaar zo hartstochtelijk minachtten. Andrew had met een ironische glimlach geantwoord: 'De Engelsen haten de Frogs omdat zij hun Prinses hebben vermoord.' Malcolm had lachend geroepen: *'Bollocks!'* Zijn vader had hem niet eens op z'n kop gegeven om dat lelijke woord. Maar ik had die avond wel begrepen dat het niet makkelijk voor hem was om met die twee culturen behept te zijn. En dat er misschien een moeilijke tijd voor hem zou aanbreken als hij een puber was, de leeftijd waarop alles waardoor je afwijkt soms een hel kan worden.

Toen ik het ziekenhuis uit kwam, viel mijn oog op een grote reclameposter. Er stond een donkerharige vrouw met een goudbruine huid op, die op een bed met verkreukelde lakens lag. Ze was naakt. In enorme letters het woord CHARNELLE. En daarna deze woorden: 'Een zinnelijke betovering die bezit van u neemt.' Het was het bewuste parfum, waarvan de vertaling van de persmap me zoveel moeite had gekost. Het parfum dat naar kamfer, naar een inhalatiemiddel rook en waarvan mij alleen de codenaam was meegedeeld. Het kwam me surrealistisch voor, die vrouw die loom over een heel stuk muur lag uitgestrekt, zwelgend in haar geweldige onbeduidendheid, en achter mijn rug het ziekenhuis, de treurige kamer en mijn zoon in coma.

Beelden die een schril contrast met elkaar vormden. De poster hing op elke straathoek. Er viel niet aan te ontkomen. In de etalage van parfumerieën strekte de vrouw zich in haar volle lengte uit. Op bushokjes. Ik wilde er niet meer naar kijken. Ik kon er niet meer naar kijken. Ik was buiten mezelf van woede. Ik voelde dat een soort wanhoop, een soort woede zich van me meester maakte. Mijn armen en benen begonnen zenuwachtig te trekken. Mijn blik vermeed hardnekkig de poster terwijl ik het ziekenhuis verliet.

Maar nu. Nu moest ik voortgang boeken. Wilde ik het heft in eigen hand nemen? Dan moest dat nu gebeuren. Niemand zou in mijn plaats een poot uitsteken. Niemand.

Eva Marville. Biarritz.

Het was alsof de tijd stilstond. Alsof hij rekbaar was. Hij had geen tempo, geen ritme meer. Hij was slap en los geworden. Het was vreemd, ik kreeg er hoofdpijn van. Ik haalde kaartjes op het Gare Montparnasse. Drie enkele reizen naar Biarritz, per TGV. Voor Arabella, Georgia en mij. Zij hadden geen idee van mijn plan. Ik had nog niets gezegd. En toch was het heel eenvoudig. Reserveren, betalen, de kaartjes aannemen. Vertrek donderdagochtend. Naar Biarritz. En dan? We zouden wel zien. Wat het hotel betreft, zouden we wel zien als we aankwamen.

Toen ik thuiskwam, vertelde ik nog steeds niets. Er lag wel werk op me te wachten. Rekeningen en andere post. Ik zette de computer niet aan en maakte de brieven niet open. Ik bleef zwijgend achter mijn bureau zitten. Ik was net zo stil geweest toen Andrew me zijn verhouding had opgebiecht. Ik had er niet over gepraat. Ik had de schaamte en het verdriet niet willen delen. De stilte beschermde me. Ik kon mijn hart niet uitstorten bij mijn zus of mijn vriendinnen. Maar ik had alles willen weten van die vrouw, hoe ze eruitzag en waarom mijn man het met haar deed.

Het had me nog meer pijn gedaan. Andrew had niet geweten wat hij moest antwoorden. Hij was onbeholpen en verward geweest. Ik kreeg de details te horen, in al hun armzaligheid. De vrouw was niet belangrijk, het was een stomme streek. Hij bekende alles omdat het een stomme streek was. Maar het had me pijn gedaan. Ze was in alles mijn tegendeel. Ze was roodharig en klein. De textuur van haar huid. Haar geur. Andrews handen op haar. Andrew in haar. Hun verhouding had een jaar geduurd. Daarna had Andrew het plotseling uitgemaakt. Ze hield van hem. Maar hij zei dat hij van mij hield. Achter mijn bureau, met mijn handen plat op tafel, dacht ik bij mezelf dat ik graag dat vroegere verdriet had teruggehad, die momenten van ontzetting toen Andrew zich verplicht had gevoeld hun liefdesspel te openbaren, en de plaats waar ze elkaar ontmoetten en de kleren die zij droeg. Het was een verdriet dat ik kende, dat me vertrouwd was. Ik wist hoe ik het in toom kon houden. Ik wist hoe ik het tot een bal kon samenproppen en onder het bed vegen.

Het was iets heel anders dan het afgrijzen dat nu in me leefde. Dat op de dag van het ongeluk bezit van me had genomen. Ik wilde mijn zoon terug. Ik wilde hem ongeschonden terug, niet dood en niet als een kasplantje dat op een apparaat was aangesloten. Ik wilde mijn Malcolm terug, met zijn lage stem, zijn blauwe ogen en zijn schuiten van voeten maat 44. Ik wilde hem terug met zijn verleden, zijn heden en de toekomst die hem te wachten stond, de toekomst van een knorrige puber, die zijn kamer niet wilde opruimen, de computer niet uitzetten, niet douchen of zijn huiswerk maken. Ik wilde hem terug met zijn oorspronkelijke gebreken, zijn brutaliteit, de wrat op zijn voetzool, het litteken op zijn onderarm, zijn tanden met een spleetje ertussen en de beugel, waarvoor de offerte bij de tandarts lag. Ik wilde Malcolm terug en de hele stoet herinneringen die hem op de voet volgden zoals loodsmannetjes achter een haai aan zwemmen: Malcolm, met twee jaar, onverstoorbaar op de pot, die met de stem van een premier verklaarde: 'We moeten wachten'; Malcolm die voor de zoveelste keer moest nablijven omdat hij commentaar had durven geven op het accent van de leraar Engels; Malcolm die, toen hij vijf was, bij de dood van zijn overgrootvader tegen me had gezegd: 'Kijk eens naar boven in de lucht, mama, zie je dat vliegtuig? Dat is het vliegtuig van opapa's ziel, geef hem een kusje!'; Malcolm die op zijn tiende in Florida zwom met de dolfijnen, terwijl hij zich met zijn handen aan hun rugvin vasthield, dronken van geluk. Ik wilde mijn zoon terug, verdomme, ik wilde hem kunnen zien opgroeien, zien hoe hij vrolijk mijn een meter drieënzeventig inhaalde om de besneeuwde toppen van zijn vader te bereiken. Ik wilde dat kind terug, de vrucht van mijn schoot, onveranderd, precies zoals hij was, die unieke Frans-Engelse combinatie, die mengeling van Andrew en mij: het langgerekte gezicht van Andrew, zijn blauwe ogen, en mijn wenkbrauwen, mijn kin. Ik wilde mijn kleine Franglais terug.

Een zomer, vijf of zes jaar geleden, kwamen we op een vrijdagavond in Saint-Julien aan en ontdekten een groot wespennest in Malcolms kamer. Het nest hing als een lichtgele bal voor het raam. Tientallen wespen hadden zich in het vertrek verspreid. Andrew had aangedrongen de brandweer te bellen. Met wespen moest je niet spotten, zei hij. Twee steken achter elkaar, en het was afgelopen.

De brandweermannen waren gekomen, uitgedost met imkertenues die grote indruk maakten op Georgia, toen nog een peuter. We waren alle vier in onze kamer gebleven, terwijl zij intussen het nest opruimden. Het was een kwestie van een halfuur. We hadden staan staren naar het nest, dat ontdaan was van zijn bewoners en opengebroken in een vuilniszak lag. Een verbazingwekkend bouwsel, volkomen symmetrisch, duizenden ruitvormige hokjes in een spiraal, vol larven. Malcolm, zeven jaar oud, had geen woord gezegd. Van alle kamers in het huis hadden de wespen zijn kamer uitgekozen. En nu hadden we hun mooie nest dat ze met zoveel geduld hadden gebouwd kapotgemaakt en hadden we ze gedood en weggejaagd. Hij was gaan huilen van woede en verdriet en had niet willen luisteren toen we hem vertelden hoe gevaarlijk deze diertjes waren.

Waarom kwamen die brokstukken van herinneringen weer bij

me op? Scènes uit mijn verleden met mijn zoon, die onverwacht opdoken en me aan het wankelen brachten. Maakte Andrew hetzelfde door? Hij praatte er niet over. Hij praatte niet met mij. Hij had zich teruggetrokken op een geheime plek waar hij niet wilde dat ik kwam. Daar had hij al met al het recht toe. Ieder reageerde op zijn manier. Ieder beschermde zichzelf op zijn manier. Sommige mensen bleven eindeloos wachten. Andere boekten voortgang op eigen risico. Ik wist dat Andrew ervoor had gekozen af te wachten. En ik om actie te ondernemen. Het treurige was dat ik hem nodig had. En ik was niet in staat dat tegen hem te zeggen.

Dertien jaar. Kon je je voorstellen dat je leven eindigde op je dertiende? Welnee, kom op zeg, natuurlijk niet. Dertien jaar, dan ben je een veelbelovende volwassene in de dop. Dertien jaar, dan gaat de zon voor het eerst schijnen. Je mag niet doodgaan op je dertiende. Geen sprake van.

In een plotselinge ingeving begon ik te zoeken in oude papieren. Ik kon me van mijn puberteit weinig echt herinneren. Een lastige, moeizame periode. Naar binnen staande voeten, complexen, een knappere zus. Met enige moeite viste ik uit een stoffige, vergeten map mijn klassenfoto's op, en brieven en schoolrapporten. Daar stond ik, zo oud als Malcolm nu was. Ik had hem dit nooit laten zien. Een tiener die er veel innemender uitzag dan ik me herinnerde. Lang, kastanjebruin haar, ondeugende blik. Een MacKeen-spijkerbroek. Een UCLA-sweater. Zwarte Zweedse klompen. Een badge met Björn Borg erop. Een parfum, Green Apple. Tot mijn verbazing herinnerde ik me de dag van die klassenfoto heel goed. Madeleine, links van mij, met te zwaar opgemaakte ogen. Roxane met haar decolleté. Antonella met haar strakke Levi's. Christine met haar laagjeskapsel. We waren al kleine vrouwtjes. Achter ons stonden stokstijf de jongens, met duidelijk zichtbare adamsappel en onder de puisten.

Toen ik naar deze foto keek, waarvan alleen de randen een beetje vergeeld waren, begreep ik dat ik mezelf met dertien jaar helemaal niet als een klein meisje beschouwde. Ik las *Lolita* van Nabokov, ik had een aanbidder – hoe heette hij ook alweer... Ludovic –, en ik was me volkomen bewust van de wereld om me heen, van waar het in de liefde om draaide, van de vergankelijkheid van het leven. Deze ontdekking bracht me van mijn stuk. Malcolm wist dus al heel veel dingen. Ik had maar naar deze foto van mezelf op zijn leeftijd hoeven te kijken om hem te kunnen plaatsen. Hij was misschien niet zo volwassen als meisjes, die vaak vroeger rijp zijn, maar ook hij was op weg naar de puberteit, naar die grote omwenteling.

Eva Marville, de blondine aan het stuur van haar oud model mokkabruine Mercedes, had dit allemaal kapotgemaakt omdat ze op een woensdagmiddag haast had. Ze had een opgroeiende jongen aangereden, ze was ervandoor gegaan en ze leefde onbezorgd verder in Biarritz, terwijl Malcolm wegzonk in de duisternis, met mij erbij.

De telefoon ging. Ik liet het antwoordapparaat het bericht opnemen. Mijn ouders. Ze waren Malcolm gaan opzoeken in het ziekenhuis en dachten mij daar nog aan te treffen. Mijn moeders stem klonk niet best, huilerig en beverig. 'Schatje, we denken heel veel aan je, arme meid, en aan je arme jongetje. Je vader en ik zijn heel verdrietig om je. Hoe hou je het vol, mijn liefje, mijn meisje...'

Ik werd er niet goed van. De tweede keer die dag, na die poster. Ik liep de kamer uit, ik kon het niet langer aanhoren. Die stem, die woorden. Hoe ik het volhield, mama? Nou? Wat dacht je? Omdat ik niet anders kon, mama. Omdat het buigen of barsten was, mama. Dat wist je toch zeker wel?

Als gal kwam er een vreselijke minachting voor mijn moeder in me naar boven. Dat gebeurde dus als je veertig was: dat je je ouders kon minachten zonder je schuldig te voelen? In je tienerjaren minachtte je ze niet, nee, dat gebeurde veel later, wanneer je met een soort blije ontzetting besefte dat je onder geen beding wilde eindigen zoals zij. Dat je onder geen beding later op hen wilde lijken.

Mama, waarom heb je niets van de distinctie van mijn schoonmoeder, van haar intuïtie, haar houding, haar kracht, waarom moet je alles eruit gooien, alles tonen, de moed verliezen en jammeren? Waarom zitten papa en jij bij de pakken neer, zitten jullie te grienen en leggen jullie het hoofd in de schoot? Ik hou vol, mama, ik hou vol, je arme meisje houdt vol. Ik hou vol omdat ik donderdag vertrek om die vrouw op te zoeken. Haar met de feiten te confronteren. Haar in de puree te helpen. Vertrekken. Opzoeken. Begrijpen. Dat of creperen, mama.

Je bent zelf een arme, zielige huilebalk van een moeder. En je arme, zielige, verschrompelde echtgenoot is mijn vader.

E-mails die ik niet beantwoordde. Opdrachtgevers die het niet meer begrepen. Ik, Justine Wright, keurig op tijd met deadlines, nooit te laat met het inleveren van werk. Ik, Justine Wright, nam de telefoon niet meer op als ze belden, reageerde niet meer. Ik wachtte tot het donderdag was.

Andrew 's avonds voor mijn vertrek.

'Wat is er aan de hand ? Ik vind dat je vreemd doet. Ben je ziek?'

Ik keek hem aan met een scheve glimlach.

'Ziek? Nee, niet ziek, Andrew.'

Hij leek verbijsterd. Hij begreep het niet meer. Ik had me volgens hem teruggetrokken in mijn eigen wereldje.

'Ik zou van jou anders hetzelfde kunnen zeggen, Andrew! Jij leeft ook in je eigen wereldje. We leven twee parallelle levens, die alleen in elkaar schuiven aan het bed van onze zoon. Zie je dat niet?'

Nee, dat had hij niet gezien. Volgens hem kwam het door mij. Ik was degene die me terugtrok. Ik was degene die niet meer praatte. Ik moest aan hem en aan Georgia denken. Ik moest mijn best doen. Ik moest ook iets aan mijn uiterlijk doen; ik verwaarloosde mezelf volgens hem. Mijn haar en mijn kleren. Het zag er niet uit. Ik moest eens in de spiegel kijken. Niet bij de pakken blijven neerzitten.

Ik werd witheet van woede. Hoe durfde hij? Hoe kon hij zoiets tegen me zeggen? Ik kon hem wel slaan, zoals laatst ook bij mijn moeder. Maar ik werd overspoeld door een enorme vermoeidheid. Wat had het voor zin? Wat had het voor zin ruzie te maken met mijn man? Ik draaide me om. Ik wendde hem mijn rug en mijn nek toe.

Een muur. Dat waren hij en ik geworden, een muur. Met de ruggen tegen elkaar. Hij in zijn verdriet, ik in het mijne. Niet in staat het te delen. Niet in staat elkaar te helpen. Incompetent. Andrew was er op moeilijke momenten altijd voor me geweest. En ik had altijd naar hem geluisterd en hem raad gegeven. We waren een team. Ze zeiden over ons: Justine, de kwebbel, de ondeugende, de grappenmaakster, en Andrew, de rots in de branding, Andrew de stille. Een prima team. Een team dat stand zou houden. Terwijl alle vrienden om ons heen om de beurt gingen scheiden, ruziemaakten om de voogdij van de kinderen en strijd voerden over de alimentatie, hielden wij stand. De rots in de branding en de lachebek. De kracht en de levensvreugde. De Wrights. Justine en Andrew, dat was stevig. Justine en Andrew, dat was voor het leven. Ja, er was een roodharige vrouw geweest, ja, een onbelangrijk slippertje, ze waren in staat geweest het verleden te laten rusten, Justine als een wonder van waardigheid, en Andrew van openheid, en de bui was overgedreven. Justine en Andrew, het bewonderenswaardige stel. Met de ruggen tegen elkaar. Een muur. Ik in de woonkamer. Hij in ons bed. Wij, het bewonderenswaardige stel.

In het halfduister van de woonkamer keek ik naar het plafond. Morgen moest ik met Arabella gaan praten. Hoe moest ik het haar vertellen? Hoe viel het uit te leggen? Ik neem jullie mee naar Biarritz om de vrouw te gaan opzoeken die Malcolm heeft aangereden. Om haar op te zoeken voor de politie het doet. Zodat ik het kan begrijpen. Georgia gaat met ons mee. Onzinnig? Dwaas? Nee, ze zou meegaan. Arabella zou meegaan. Dat wist ik. Morgen.

Morgen. 'Morgen, in alle vroegte, op het uur dat de velden wit zien, zal ik vertrekken.' Een gedicht dat Malcolm vorig jaar had geleerd. Victor Hugo. De dood van zijn dochter Léopoldine, die met haar verloofde was verdronken. Malcolm die het gedicht voor me opzei in de keuken, met zijn cavia op schoot. 'Ik ga door het bos en ik ga door de bergen.' Malcolms stem die nog zo aanwezig was. Het gesnor van het diertje. Ik met het schrift met gedichten in de ene hand, en in de andere een houten lepel om in de pasta te roeren. 'En wanneer ik er ben, leg ik op je graf een boeket van groene hulst en bloeiende heide.'

Morgen, in alle vroegte. Het begin van de reis. Eva Marville die niets vermoedde. Ze lag om deze tijd waarschijnlijk te slapen. Ze wist niet dat ik morgen in een trein zou zitten en dat ik met elke kilometer die ik aflegde dichter bij haar zou komen. Ze sliep rustig. Slaap maar, mevrouw. Slaap maar als een roos.

Arabella zei alleen: 'Zal ik een picknick klaarmaken, Djoestine? En iets voor de kleine?'

Ik had haar zojuist aangekondigd dat we naar Biarritz zouden vertrekken. Voor een paar dagen. Om er even tussenuit te gaan. Ze vroeg verder niets. Vertrok geen spier. Ze glimlachte naar me. Heel goed. En toen: weet Andrew ervan? Ik stamelde van nee, ik had Andrew nog niet ingelicht. Pregnante stilte.

Ik had het haar heel graag willen vertellen, vertellen hoe moeilijk en ingewikkeld het was geworden met haar zoon, vertellen dat hij en ik in twee verschillende werelden leefden, dat we nauwelijks met elkaar praatten, of het moest zijn om elkaar kwetsende dingen naar het hoofd te slingeren, dat we elkaar niet meer kusten, dat we niet meer gevreeën hadden sinds die bewuste dag waarop ik het niet had gekund en had gehuild. Ja, haar dat allemaal opbiechten, haar in vertrouwen nemen, alles zeggen. Met haar praten over mijn werk, dat me geen bal meer kon schelen, over de opdrachtgevers die ik kwijtraakte, over de geldproblemen die er zaten aan te komen. Over de uitgeefster die vriendelijk en beleefd begrip probeerde op te brengen (maar hoe lang zou ze nog vriendelijk en beleefd blijven?), waarom ik ermee was opgehouden mijn vertaalde teksten bij haar in te leveren. Haar vertellen over mijn vriendinnen met wie ik niet meer wilde praten, bij wie ik de deur voor hun neus had dichtgeslagen omdat hun stille geluk (dat zoveel weg had van het geluk dat ik had gekend) maakte dat ik dood wilde. Haar vertellen over mijn zus, die toch zo dicht bij me stond, maar die, arme Emma, ook niet wist van Eva Marville en van wat ik ging doen. Haar vertellen over mijn neerslachtigheid, mijn walging en mijn plotselinge afkeer van het leven.

Het hoefde niet. Arabella legde haar hand op mijn schouder en hield die even stevig vast. Ze wist het. Ze begreep het. Ze veroordeelde me niet. Ik keek toe hoe ze met haar gebruikelijke handigheid en kalmte sandwiches met komkommer klaarmaakte. Ik stopte in een grote tas wat spullen voor Georgia en mij, genoeg voor twee of drie dagen. En ik liet op ons bed een briefje voor Andrew achter. 'Ik vertrek voor een paar dagen naar zee, met je moeder en Georgia. Per mobiel bereikbaar. Maak je geen zorgen. J.' Ik was niet in staat eraan toe te voegen: ik hou van je, *darling*. Niet eens in staat onder aan het papier neer te krabbelen: pas jij voor mij op onze Malcolm. Snel de deur achter ons dicht, snel de korte wandeling van de Rue D. naar het station. De kaartjes afstempelen. Fluitsignaal, vertrek. Georgia die breed lacht. Een onverwachte reis met mama en Granbella. Het strand, de zee. Het was lang geleden dat ik die glimlach op het gezicht van mijn dochter had gezien. Het deed me goed.

De trein was stampvol. Waar gingen al die mensen heen? Op vakantie? Hun familie of hun kinderen opzoeken? Waarschijnlijk wel. De gelukzalige aanblik van mensen die op reis gaan. Ik keek ernaar met een treurige blik. Hadden ze in de gaten wat ik ging doen? Natuurlijk niet. Voor hen was ik een gewone huismoeder zoals ieder ander. Ze wisten niet dat ik een zoon had die in coma lag en dat ik de confrontatie zou aangaan met de vrouw die daar de oorzaak van was. Het stond niet op mijn voorhoofd geschreven. Je kon het niet zien aan mijn gezichtsuitdrukking. Een vrouw van in de veertig, als ieder ander, in gezelschap van haar dochter en de oma, op weg naar Biarritz. Niemand wist het. Niemand had een vermoeden.

Ik had lang niet met de trein gereisd. Het deed me denken aan de zomervakantie wanneer ik als tiener met mijn moeder, Olivier en Emma naar onze oma vlak bij Angers ging. Er was toen nog geen TGV. Je deed er de hele middag over. Mijn moeder zat in een hoekje van de coupé Modiano te lezen. En ik Daphne du Maurier. Mijn vader kwam ons in de weekends opzoeken. Olivier en Emma schopten herrie en ik kreeg op mijn kop omdat ik de oudste was. Ook al had ik niets gedaan. Ik moest het goede voorbeeld geven. Dat maakte me woedend. In Beaufort, bij Titine, gedroeg mijn moeder zich volgzaam.

Mijn oma was zo autoritair dat ze niet anders had gekund. Autoritair, maar fantastisch. Origineel. Koppig. Een beetje getikt. Ik miste haar. Ik had graag gewild dat ze nu naast Arabella tegenover me zat. Toen ik me met Andrew had verloofd, had ze tegen me gezegd wat mijn vader en moeder niet hadden gedurfd: 'Zo, je trouwt met een Engelsman! Hoe kom je op het idee. Dus de Fransen zijn voor jou niet goed genoeg?' Maar ik had wel gezien dat ze stond te glunderen. Later had ze in mijn oor gefluisterd: 'Hij is niet gek, die Prince Charming van je. Een beetje Engels natuurlijk, maar helemaal niet gek.' Ze had grote liefde opgevat voor Malcolm, haar eerste achterkleinkind. Ja, ik miste haar. Ze zou Malcolms coma niet hebben verdragen. Ze zou dat wachten en die onzekerheid niet hebben verdragen. Het was maar beter dat ze niet meer leefde.

Wat ging ik doen als we eenmaal waren aangekomen? Ik had op een plattegrond al de Promenade des Basques gevonden. Ik zou naar het huis van Eva Marville gaan. Zou ik aanbellen? Misschien. Het leek me krankzinnig en ondenkbaar. En wat moest ik tegen haar zeggen? Ik wist het nog niet. Het was vaag. Onduidelijk. Het belangrijkste was dat we in deze trein zaten en dat we op weg waren. Het belangrijkste was dat ik die stap had genomen.

Meer dan eens betrapte ik Arabella erop dat ze naar me zat te kijken. Aandachtig en nieuwsgierig. Alsof ze het wist. Alsof ze alles wist.

We speelden Old Maid, het Engelse schoppenboer. Georgia had geleerd haar gezicht in de plooi te houden terwijl ze uit alle macht ons de schoppenvrouw in de maag probeerde te splitsen. Het lukte Malcolm nooit zijn mond in bedwang te houden, noch zijn neusvleugels, die trilden als die van een zenuwachtig veulen. Je had meteen door dat hij de bewuste kaart in handen had. Bij mahjong daarentegen beheerste hij zich beter en nam hij een voorbeeld aan zijn vader, die in staat was de houten staafjes met één onverschillige vingerbeweging op tafel te leggen, terwijl hij met neutrale, maar soevereine stem sprak: 'Kong mahjong.'

Niets aan te doen. Alles voerde me voortdurend terug naar Malcolm. Hij was aanwezig. Permanent. Hij was heel anders dan de puber met het wasbleke gezicht daar in die ziekenhuiskamer. Hij was zoals hij altijd was, hij zat op zijn plaats, hij rekte zich uit, hij hield me bezig. Hij nam het ervan. Hij huisde in me als in de tijd dat hij groeide in mijn buik.

Andrew belde toen we op het station van Dax waren.

'What the hell are you doing, Justine?'

Ik had hem toch zeker kunnen waarschuwen? Was ik gek geworden, of hoe zat het? Sinds wanneer deed ik zulke dingen achter zijn rug om? Waarom liet ik Malcolm in de steek? Hoe durfde ik zoiets te doen? Zijn stem kraakte, woedend. Arabella en Georgia keken me ongerust aan.

'Papa is boos omdat hij mee wilde, klopt dat?' fluisterde Georgia.

Arabella nam de telefoon over. Ze stond op, liep naar het gangpad en sprak met haar zoon. Ik heb nooit geweten wat ze tegen hem zei. Toen ze terugkwam, waren haar wangen roze geworden en beet ze zachtjes op haar bovenlip, wat ze altijd deed wanneer ze ontstemd was. Ze lachte naar me en gaf me mijn telefoon terug.

'Andrew lijkt veel op zijn vader, weet u. Soms... (Ze leek naar woorden te zoeken, maakte met haar grote handen een paar gebaren en haalde toen haar schouders op:) Ze begrijpen ons, moeders, niet altijd. Moeder zijn, dat kunnen mannen niet begrijpen, dat is onmogelijk, bedoel ik.'

Ik kreeg de indruk dat ze nog veel meer wilde zeggen, dat er een verborgen leed op haar langgerekte gezicht te lezen stond en vorm aannam in haar ogen, maar ze hield haar mond. De trein begon weer te rijden. Georgia was tegen haar oma aan in slaap gevallen. We waren er bijna.

In Bayonne vroeg Arabella me, zachtjes om haar kleindochter niet te wekken, of ik een hotel had geregeld. Ik raakte in verlegenheid. Ik had helemaal niets geregeld. Ik dacht dat dat in één moeite door zou gaan, vanzelf, met een magisch soort gemak. Ik schaamde me dat ik dat moest bekennen. Ze glimlachte, haar grappige, typisch Engelse glimlach met een vleugje plagerige ironie.

'Weet u, Djoestine, ik heb een heel goede vriendin in Biarritz, Candida Saxton. We waren in Londen tijdens de blitzkrieg. Als u me uw *phone* geeft, zal ik haar dan even bellen?'

Candida Saxton was *thrilled, over the moon*, toen ze haar oude vriendin aan de lijn kreeg. We mochten onder geen beding naar een hotel. Ze verwachtte ons alle drie bij haar thuis, in haar flat in de stad. *How absolutely marvellous!*

In de taxi ging mijn telefoon weer. Afgeschermd nummer. Het was Laurent, de agent. De man die in 'Hossegor, bij Sophie' zou zijn. Hij klonk ongemakkelijk. Hij zei dat hij zojuist was gebeld door mijn man. Andrew stelde hem allerlei vragen. Laurent had zich verplicht gevoeld hem te vertellen dat hij een naam had gevonden die overeenkwam met het kenteken. Eva Marville in Biarritz. Vervolgens vroeg Laurent: 'Klopt het dat u in Biarritz bent? Dat heeft uw man me verteld. Waarvoor ben je naar Biarritz gegaan, Justine?' Het was de eerste keer dat hij me Justine noemde. Niet mevrouw, of mevrouw Wright, maar Justine.

Ik aarzelde, maar zei toen zacht: 'Ik ben met mijn dochter en schoonmoeder. We gaan voor een paar dagen naar een vriendin van mijn schoonmoeder, gewoon om er even tussenuit te zijn, even op adem te komen.'

Stilte aan de andere kant van de lijn. Hij trapte er niet in.

'Geen stommiteiten, Justine. Laat ons ons werk doen. Denk na bij wat je doet.'

Ik zei niets. Maar ik had zin om hem in zijn gezicht uit te lachen: denk je dat ik met een geweer bij haar voor de deur verschijn, dat ik haar ga bedreigen? Waar zie je me voor aan? Ik mompelde 'tot ziens' en hing op.

Weer de telefoon. Andrew. Hij was rustig, bijna koel. Hij sprak Frans tegen me, met een beheerste stem als een leraar.

'Waarom Biarritz, Justine? Omdat de bewuste dame daar woont? Je hebt haar naam te horen gekregen en je gaat haar opzoeken. Klopt dat? Waarom doe je dat? Zonder mij iets te vertellen, weggaan zonder mij iets te vertellen, zonder uitleg. Waarom? Omdat je denkt dat ik het niet begrijp? Omdat je denkt dat ik er niet onder lijd? Ik lijd er niet onder zoals jij, niet zo erg als jij?'

Zijn stem sloeg over. Ik had alles verwacht, behalve Andrews verdriet. Het kwam net op tijd, maar het verpletterde me, het viel me zwaar. Wat moest ik zeggen? Hoe kon ik het uitleggen?

Hij begon weer opnieuw: 'Ik wil dat je terugkomt, Justine, zo snel mogelijk. Ik heb je nodig. *I need you*. Malcolm ook, we hebben je allebei nodig. Kom gauw terug alsjeblieft. Neem Georgia mee, ik heb ook haar nodig, jullie alle twee.'

Ik draaide me naar het portier, terwijl Arabella haar kleindochter de zee aanwees. Mijn man zei niets meer. Hij had zich gehuld in treurnis en onbegrip. Ik fluisterde tegen hem: '*I love you*', maar ik wist niet zeker of hij me had gehoord. De verbinding werd verbroken. De taxi stopte voor een moderne flat aan zee.

Terwijl ik uitstapte, vroeg ik me voor de eerste keer af of ik er verstandig aan had gedaan om hierheen te komen. Of ik de zaken niet ging overhaasten. Of ik niet overal spijt van zou krijgen.

De avond was gevallen over Biarritz. Staand op het balkon boven het strand van Le Miramar keek ik naar de zee. Krachtige golven, en golfjes met romige schuimkoppen die vanboven omkrulden. Zilte wind. De witte vuurtoren streek met zijn lichtgevende blik over de stad met zijn ongelijke huizen, moderne blokkendozen zonder charme naast oude, grillig gevormde villa's. Achter me, in de woonkamer met gedempt licht, de opgewekte stemmen van Arabella en Candida.

Candida had een heerlijke maaltijd voor ons gemaakt, een kipsalade, rijst met tomatenchutney en een *crumble* die het kon opnemen tegen die van Arabella. Nog een Engelse die verrukkelijk kon koken. Ik vroeg me vaak af waar die minachting van de Fransen voor de Engelse keuken vandaan kwam. Ik had toch lang genoeg in Londen gewoond en met Andrew door Engeland gereisd om te kunnen vaststellen dat de gastronomie van de Engelsen niet onderdeed voor die van hun erfvijand. Ze kookten natuurlijk anders, maar even lekker. '*You know how the French are,*' zei Andrew vaak zuchtend, 'de Fransen denken dat ze oppermachtig zijn in alles wat met eten en wijn te maken heeft. Ze vinden het erg leuk om met luide stem te verkondigen dat de Britten rommel eten...' Droogkomisch lachje.

Candida was een klein, blond vrouwtje met blauwe ogen, die

wel iets weg had van Camilla Parker-Bowles. Ze kende Arabella al vanaf hun tiende jaar, ze waren bevriend geraakt op de East Haddon Hall-kostschool voor *young girls*, in Northamptonshire. Daarna hadden ze in 1941 de blitzkrieg meegemaakt, waarbij Londen te vuur en te zwaard werd verwoest. Candida was de weduwe van een welgedane, joviale man uit Biarritz wiens foto in bijna alle kamers van het appartement troonde.

Ik ademde dezelfde lucht in als 'zij'. Als Eva Marville. Ze woonde niet ver weg, ik kon vaag het begin van de Côte des Basques zien. Candida had me geantwoord dat het daar was, een kwartier lopen, meer niet, voorbij het puntdak van een eigenaardige villa in gotische stijl die Villa Belza heette, daar, vlak achter de Rocher de la Vierge.

Negen uur. Wat was 'zij' aan het doen? Had ze een man en kinderen? Ik herinnerde me de woorden van de buschauffeur. *Ik weet zeker dat ik blond, tamelijk lang, krullend haar achter het stuur heb gezien. En een man op de passagiersplaats voorin.* Een man. Een echtgenoot? Een vriend? Een minnaar?

'Zij' zat misschien televisie te kijken, alleen of met haar gezin. Ze wist niet dat ik in de stad was, een paar straten van haar vandaan. Ze had die woensdag waarschijnlijk uit haar geheugen gewist, met die jonge jongen die ze heeft aangereden, de Mercedes die weer gas geeft en wegstuift, de vlucht dwars door Parijs. Hadden haar handen getrild op het stuur? Dacht ze er nog steeds aan wanneer ze in haar auto stapte?

Wachten tot morgen. Tot vrijdag. Ik wilde maar één ding: er nu heen gaan, rondhangen bij haar huis, dingen ontdekken en vaststellen. Maar het was al laat. Het was donker en een beetje fris. Ik was moe. Ik moest wachten tot morgen. Af en toe wierp Arabella een blik in mijn richting, ik voelde het met mijn rug naar haar toe. Ze hield een oogje op me, maar ze had wel een aantal vragen. Ook zij vroeg zich af wat ik hier kwam doen. Andrew had het haar waarschijnlijk verteld. Wat vond ze ervan? Ze zou het me algauw laten weten.

Mijn ouders, gewaarschuwd door Andrew, hadden vermanende berichten op mijn voicemail ingesproken. Wat mankeerde me? Mijn zoon die in coma lag en mijn man achterlaten om met mijn schoonmoeder naar Biarritz te gaan? Ze wisten kennelijk niet van Eva Marville. Andrew had het hun niet verteld. Des te beter. Maar Emma had iets vermoed. Zij had ook gebeld.

'Zeg eens, Juju, je bent toch niet bezig iets voor me te verbergen? Biarritz, dat is toch Pyrénées-Atlantiques, 64? Ben je soms iemand op het spoor?'

Ik zei ja, een echt spoor deze keer, ik wist zeker dat zij het was, de blonde vrouw achter het stuur, de politie zou contact met haar opnemen, maar van Parijs naar Biarritz heen en weer, dat kostte veel tijd, en iedereen was met vakantie. Dus was ik erheen gegaan. Emma zuchtte. Ik hoorde haar jongste kind, dat nog steeds niet in bed lag, op de achtergrond krijsen.

'Weet je, Juju, ik weet niet of het een goed idee is dat je naar Biarritz bent gegaan. De politie weet wat ze moeten doen. Ik begin bij mezelf te denken dat je een stommiteit begaat, uiteindelijk.'

Dezelfde woorden als Laurent zonet. Een stommiteit, toch geen stommiteiten, hè? Ik zei tegen mijn zus dat ze zich geen zorgen moest maken. Ik redde me wel. Ik zou morgen wel zien wat ik ging doen. Of niet doen. Dat zou ik morgen allemaal wel zien.

Ik had slecht geslapen. Het geluid van de zee, een vreemd dof gebulder, had de hele nacht mijn trommelvliezen bestookt. Ik stond vroeg op en kleedde me geruisloos aan. Iedereen sliep nog. Ik liet een briefje op de tafel achter: '*Gone for a promenade, back later.*' Het was mooi, fris weer. Nog niet veel mensen op straat. Ik liep snel, met grote stappen. Ik voelde me nerveus en opgewonden.

Lopen hielp, ik werd meegesleept in een beweging en daardoor kon ik niet denken aan wat ik aan het doen was. Ik keek om me heen naar de stad die ik niet kende. De kleuren, roze en wit, groen, rood. Le Palais, in zijn ouderwetse pracht. Platanen. Pijnbomen. Tamarisken. Vleugjes zilte zeelucht die binnendrong langs de trottoirs van vierkante beige steentjes. Een lang, rechthoekig plein, omzoomd door vlaggen die wapperden in de wind. Een warenhuis, Biarritz Bonheur, dat nog dicht was. Ik moest glimlachen om die naam.

Een omhooglopend straatje met banketbakkerijen, boetieks, restaurants en allerlei winkels. Ik bleef staan om een croissant te kopen. Hij was nog warm. Terwijl ik hem opat, dacht ik aan mijn zoon en mijn man. Aan Eva Marville, bij wie ik onverbiddelijk steeds dichter in de buurt kwam. Boven aan deze straat liep die van haar al, de Promenade des Basques. Boven aan deze straat woonde ze. Ik kreeg zin om terug te gaan, om me uit de voeten te maken. Opeens bleef ik staan, buiten adem. Een man passeerde me, draaide zich om en staarde me aan. Ik voelde dat ik rood werd. Om me een houding te geven, liep ik door om het uitzicht te bewonderen.

De zee strekte zich eindeloos uit. In de verte, naar het zuiden, zag je vaag een lange, donkere streep, het begin van wat ik dacht dat Spanje was. Links de Pyreneeën, omgeven door een dichte grijze nevel. Helemaal beneden lag het strand, dat langzaam werd opgeslokt door de vloed. Op het blauwe oppervlak zag je hier en daar zwarte stipjes. Bootjes? Nee, daar waren ze te klein voor. Toen begreep ik het omdat ik zag dat een stipje achter een golf aan ging. Surfers. Ik stond er even met bewondering naar te kijken. Achter me een grote bunker met graffiti, waarschijnlijk een overblijfsel uit de oorlog, verzonken in de steile kust. Vlak daarboven een rij flats en villa's. Daar moest haar villa zijn. Het was een van deze huizen. Maar welk? Ik herinnerde me dat ik het nummer niet wist. Alleen de naam. Etche Tikki. Ik begon langs de villa's en de flats te lopen, op een manier die, naar ik hoopte, vanzelfsprekend leek, maar het natuurlijk niet was, want mijn hart bonsde hevig.

Elke keer als ik mijn gezicht naar de gevels draaide, stelde ik me voor dat zij op haar balkon stond en me zou zien. Dat ze me verdacht zou vinden. Vreemd. Dat ze ogenblikkelijk zou doorhebben wie ik was. Maar ik zag niemand. Een paar luiken stonden open, ik kon naar binnen kijken. Verlaten slaapkamers, onopgemaakte bedden, de ochtendzon op een badhanddoek, een broek. Vreemd zoals ouderwetse villa's en lelijke vierkante flats van een tiental verdiepingen naast elkaar stonden. Mar y Luz. Résidence Avelino. Irrinzenia. Ik liep verder langs de kust alsof er niets aan de hand was, alsof ik zorgeloos en achteloos mijn ochtendwandelingetje maakte. Waar stond haar huis? Waarom zag ik het niet? Had Laurent zich vergist?

Ik voelde dat ik steeds zenuwachtiger werd. Mijn al afgekloven nagel ging weer richting mijn snijtanden. Wat ging ik doen als ik het huis niet kon vinden? Ging ik terug? Naar huis? Nee, ik was niet voor niets hierheen gekomen. Ik had niet die hele reis gemaakt om terug te keren. Ook al verlangde ik ernaar. Ook al had ik stiekem graag de benen genomen, was ik ervandoor gegaan en weer de kleine schijterd geworden die in sneeuwploeg achter haar zus aan skiede. Twee keer liep ik langs de kust, twee keer heen en terug, en nog steeds geen Etche Tikki.

Toen kreeg ik een idee. Op de auto's letten. Kijken of er een mokkabruine Mercedes viel te ontdekken. Een oud model. Het duurde niet lang of ik vond hem. Hij stond op een kleine parkeerplaats achter een grote struik hortensia's. Mijn hart stond stil.

De bruine Mercedes. De auto die Malcolm bijna had doodgereden. Ik liep ernaartoe, vervuld van een mengeling van angst en fascinatie. Hij zag er goed onderhouden, ja zelfs glanzend uit. Ik controleerde het nummerbord. Hij was het. *66* LYR *64*. Op het spatbord rechtsvoor een kleine beschadiging. Klein, maar zichtbaar. Daar had ze mijn zoon geraakt. Ik begon te rillen.

Daar, precies op die plek, was ze met volle kracht tegen Malcolm aan gebotst. *66* LYR *64*. Ik keek naar binnen. *Psychologies Magazine*, ELLE en *Paris Match* op de achterbank. Een sporttas. Een vulpen. Een paar witkartonnen dozen, bestempeld met streepjescodes en diagrammen. Goudbruine Haute-Définition-Volume-Plus-Mascara. Pulpissimo-Framboise-Ecrasée-Lipgloss. Ik vroeg me af wat Eva Marville voor de kost deed dat ze dit soort artikelen meezeulde. Schoonheidsspecialiste? Grimeuse?

Ik draaide me om en stond plotseling tegenover een jongen. Ik schrok. Hij was een jaar of acht, negen. Blond. Met kleine schapenkrulletjes. Zijn neus bedekt met sproeten. Hoe lang stond hij me daar al zwijgend gade te slaan? Hij had zijn armen over elkaar geslagen, zijn kin stak arrogant naar voren. Hij droeg een beige short en een T-shirt met opdruk. Hij keek naar me zonder een woord te zeggen, met een duistere blik.

Ik glimlachte en mompelde: 'Hallo!'

Hij deed zijn mond open.

'Waarom kijkt u in de auto van mijn moeder? Dit is de auto van mijn moeder.'

Hij sprak luid, eentonig en langzaam, zonder modulatie. Ik wist niet wat ik moest antwoorden. Hij deed een stap naar voren, met een nog steeds even argwanende blik.

'Maar u ziet er niet uit als een dief, dieven hebben gereedschap om ruiten in te slaan, maar u hebt geen gereedschap om ruiten in te slaan.'

Zijn stem klonk vreemd en zelfvoldaan, als de stem van een robotje dat op de hardste stand stond. De zoon van Eva Marville. Ze had dus kinderen. Ze had Malcolm aangereden en was niet gestopt. Zij, moeder van een gezin.

'Woon je hier?' vroeg ik.

Hij keek me niet aan. Alleen in mijn richting.

'Dieven hebben speciaal gereedschap om auto's open te breken en de auto te starten, ze hebben geheime codes en ze hebben computers om in banken in te breken en soms kunnen ze zelfs inbreken in cyberspace.'

Ik stelde voorzichtig dezelfde vraag nog een keer. Maar hij draaide zich om alsof hij me niet meer interessant vond en sloop in de richting van een villa die niet direct op zee uitkeek en verborgen stond achter een modern flatgebouw. Ik kon nog net de naam op de gevel lezen.

Etche Tikki.

Ik keek het kind na. Ik was bang dat hij zijn moeder zou gaan halen en haar zou vertellen dat er een vreemde vrouw in de Mercedes naar binnen stond te kijken, maar hij ging de villa niet in, hij bleef voor de deur met een bal spelen. Hij praatte in zichzelf, waarbij hij af en toe in lachen uitbarstte.

De villa was groot en bouwvallig, maar nog steeds mooi, groen-met-wit, in Baskische stijl, met rode geraniums voor de ramen. Eva Marville zou wel een groot gezin hebben dat ze daar woonde. Terwijl ik onopvallend dichterbij kwam, zag ik dat er bij de ingang een intercom hing. De villa was opgedeeld in appartementen en werd bewoond door verschillende huurders. Het was waarschijnlijk een van de weinige huizen die niet in handen waren gevallen van projectontwikkelaars, mensen die alles met de grond gelijkmaakten om vervolgens afschuwelijke gebouwen neer te zetten. Omdat het niet op zee uitkeek, had het waarschijnlijk niet al te veel begeerte gewekt. Ik vroeg me af op welke verdieping het gezin van Eva Marville woonde. Het was nog vroeg, net acht uur. Misschien zat ze te ontbijten. De jongen met de krulletjes speelde met zijn bal, een tengere, eenzame figuur.

De villa leek stil en leeg. Hoe lang zou ik daar blijven staan wachten? En wachten waarop? Wat zou ik zeggen? Geen idee. Ik ging op een bank achter de parkeerplaats zitten. Ik moest nadenken, een plan smeden. Maar hoe meer ik nadacht, hoe leger mijn hoofd werd. De tijd verstreek. Ik voelde me machteloos en nutteloos. Uiteindelijk kwam er een man het huis uit. Hij was lang en stevig, met kort haar. Een jaar of dertig. Bontgekleurde zomerkleding. Een oorringetje, wat ik bij mannen altijd erg lelijk had gevonden. De wind voerde de geur van zijn aftershave mijn kant op, een mannelijke, misselijkmakende lucht. Hij riep iets naar het jongetje, dat kennelijk van hem op zijn kop kreeg. Het kind liep sloffend de villa in. De man vertrok naar de kust, zijn mobieltje tegen zijn slaap geklemd. Wie was hij? De echtgenoot van Eva Marville? De man die op de dag van het ongeluk bij haar was?

Ik bleef nog een tijdje op de bank zitten. Een bejaard echtpaar kwam het huis uit met een boodschappenmand. Een donkerharige vrouw van een jaar of vijftig ging op het balkon van de tweede verdieping zitten en stak een sigaret op. Was zij het? Nee, Eva Marville was blond met krullen volgens de verklaring van de Belgische buschauffeur. Het was deze vrouw niet. Ik was tegelijkertijd teleurgesteld en opgelucht.

Ik zat er al een uur. Een verloren uur. Zonder iets op te schieten. Zonder Malcolm. Ik had opnieuw het gevoel dat ik door de afwezigheid van mijn zoon werd uitgehold. Ik legde mijn handen op mijn buik, daar waar ik hem had gedragen. Daarna ging ik weg, ik nam de kustweg naar de Rocher de la Vierge. Ik liep langzaam, zonder te weten waar ik heen ging, met een bezwaard hart. Moest ik naar de villa teruggaan? Me aan haar vertonen? De politie zou over een paar dagen of een paar weken bij haar binnenvallen. Maar ik had er eerder willen zijn. Ik had het willen begrijpen voordat zij kwamen. Ik had alles willen weten van die woensdag. Het uit haar eigen mond willen horen. Dat voorrecht had ik, maar het was ook een kruis dat ik moest dragen.

Ik liep over het Grande Plage. Het strand stroomde zo in het begin van het zomerseizoen langzamerhand vol. Toeristen, mensen uit de stad zelf en vakantiekolonies. Een geroezemoes van muziek, gelach en huilende kinderen. Het geraas van de golven. De geur van crêpes en suiker. Ik trok mijn sandalen uit om de zee aan mijn voeten en enkels te voelen. Koud, maar lekker. Terwijl ik verder liep langs de zee, kwam ik voorbij het Palais, waar een paar van de happy few onderuitgezakt bij het zwembad lagen, en vervolgens kwam ik uit bij Hotel Miramar, een monsterlijk bouwwerk uit de jaren zeventig, een soort witte piramide die als een ponton in de richting van de zee uitstak. Candida, die al veertig jaar in Biarritz woonde, had ons verteld hoe het oude Hotel Miramar voor haar ogen was afgebroken en hoe aangeslagen ze daardoor was geweest. Met grof geweld hadden ze ingebeukt op een mooi, goudkleurig bouwwerk, een van de vele verdwenen beroemde gebouwen uit Biarritz. De vorige avond had Candida ons een album laten zien met door de tijd vergeelde foto's van die oude villa's met suggestieve namen, die in de jaren zestig en zeventig waren afgebroken. De villa's Marbella, Pélican, La Tour Genin, Le Chalet Nadaillac en het Carlton Hotel en het D'Angleterre. Allemaal gesloopt om plaats te maken voor onaantrekkelijke grijze blokken.

Ik keek op naar Candida's flat, naast het hotel, en ik zag Georgia en haar oma zij aan zij over de balustrade hangen, kennelijk op mij wachtend. Ik gebaarde naar hen dat ze naar me toe moesten komen.

We keerden terug in de richting van de Rocher de la Vierge. Georgia at met smaak een abrikozenbeignet. Er zat een dun laagje suiker op haar bovenlip.

Arabella was stil en in gedachten verzonken. Ze liep naast me te slenteren met haar merkwaardige dansende tred. Ik voelde dat ze behoefte had aan praten, maar dat ze wachtte tot het juiste moment. Aan het eind van de voetgangersbrug braken de golven met een dreigend geluid tegen de dijk. Ik wees Georgia op de hier en daar op de rotsen opgerichte kruisen, voor de ingang van de haven. Ik stelde me voor dat talloze schepen hier schipbreuk hadden geleden en dat er mensen waren verdronken en omgekomen.

De zee was boosaardig en siste en kolkte. Ik hield mijn dochter tegen me aan. Ik was bang dat ze zou wegglippen en door de openingen in de balustrade zou glijden. Op dat moment zei Arabella in het Engels (wat bij haar ongewoon was): 'Toen Mark doodging, probeerde ik het te begrijpen. Terwijl Harry zich zwijgend terugtrok, zo ongeveer als Andrew nu; maar ik probeerde het te begrijpen.'

Georgia vroeg, eveneens in het Engels, met een klein stemmetje: 'Wie is Mark, Granbella?'

Vriendelijke glimlach: 'Dat was mijn zoon, mijn jongste zoontje. Het kleine broertje van jouw papa. Hij ging dood toen hij één was.'

Stilte. Alle drie stonden we naar de zee gekeerd, naar de golven die kwamen aanzetten, grote, compacte rollen met een rand van wit, luchtig schuim. Georgia keek me stomverbaasd aan. Ze had nooit over Mark gehoord. Arabella ging door, met neutrale, maar vastberaden stem.

'Hij is op een nacht gestorven in zijn slaap. Harry en ik werden wakker en vonden hem levenloos in zijn wieg. We hebben nooit geweten waaraan hij is overleden. Hij was kerngezond. Hij had net leren lopen, hij had enorm veel energie.'

Arabella keek voor zich uit, met haar handen op de schouders van mijn dochter. De wind had haar knot losgemaakt en haar zilverwitte lokken fladderden om haar hoofd. Georgia en ik stonden aangedaan naar haar te luisteren. Ze ging verder: 'Maar er viel helaas niets te begrijpen. Mark is een natuurlijke dood gestorven. Dat zijn vreselijke dingen die gebeuren. Het heeft lang geduurd voordat ik die bladzijde kon omslaan en er weer tegenaan kon gaan. Het heeft lang geduurd voordat ik dat te boven was. Wat ik u probeer te zeggen, Justine, is dat partners bij een drama niet op dezelfde manier reageren. Bij Harry en mij had het ons huwelijk bijna kapotgemaakt.'

Ten slotte keek ze me aan en ik zag dat haar ogen vochtig glansden. Daarna zei ze heel zacht, zodat het kind het niet zou horen: 'Ik weet waarom u hier bent. Ik begrijp u. Ik denk dat ik in uw plaats precies hetzelfde zou hebben gedaan. Maar Andrew begrijpt het niet. Hij begrijpt er niets van.'

Acht uur 's avonds. Weer terug voor de deur van Etche Tikki. De villa gonsde van de geluiden, de begintune van het televisiejournaal, kinderen die ruziemaakten, het gebrom van een wasmachine. Ik had niet speciaal ergens over nagedacht. Ik was doodeenvoudig teruggegaan. Ik zou aanbellen en met haar praten. Dat was eenvoudig. De woorden lagen klaar op het puntje van mijn tong.

Goedenavond, u weet niet wie ik ben, ik ben Justine Wright. Een maand geleden hebt u op een zebrapad in Parijs met uw Mercedes mijn zoon aangereden. U was met een man. U bent ervandoor gegaan. Mijn zoon ligt in coma. De politie heeft u opgespoord. Die zal spoedig van zich laten horen. Maar ik ben hier niet om politieagent te spelen, mevrouw. Ik ben hier omdat ik wil proberen te begrijpen hoe u, zelf een moeder, want ik zag dat u moeder van een jongetje bent, hoe u mijn kind hebt kunnen aanrijden en dan wegrijden. Ik ben gekomen in de hoop dat u me dat uitlegt.

Ik stelde me voor hoe verbijsterd ze zou zijn. Ze zaten nog aan het avondeten. De geur van gebraden vlees en gebakken aardappels. De man met de misselijkmakende aftershave, zijn vork halverwege zijn bord en zijn mond. Het zoontje dat me verstijfd aanstaarde met zijn eigenaardige blik, die tegelijk ontwijkend en trefzeker was. Het eten dat koud werd. Eva Marville met een theedoek in haar hand, verstard op de drempel van haar deur. Wat zou ze tegen me kunnen zeggen? 'Kom toch binnen, mevrouw. Wilt u misschien iets drinken?' Of zou ze de deur voor mijn neus dichtslaan? Wat deed het ertoe. Ik stond daar. Ik was er. Wat wist haar man? Was hij bij haar op de dag van het ongeluk? Wat deden ze die dag in Parijs? En het jongetje, zat dat op de achterbank? Misschien was de man degene die had gezegd dat ze niet moest stoppen. Misschien was hij degene die bang was geweest. En ze hadden hun weg vervolgd alsof er niets aan de hand was. Ze hadden er nooit meer over gesproken. Niemand wist het.

Maar niet lang meer. Ik lachte in mezelf. Nee, niet lang meer.

Ik liep naar het huis en naar het paneel met de intercoms. Verscheidene namen. En op een stukje papier dat bij een van de bellen was geplakt stond in een groot, rond handschrift 'Marville-Bonnard'. Bonnard. Haar meisjesnaam? De naam van de man met het korte haar? Ik stak mijn vinger uit om aan te bellen. Toen zag ik dat de glazen toegangsdeur op een kier stond. Ik duwde ertegen en glipte de hal binnen. Ik deed het licht niet aan, maar bleef even in het halfdonker staan luisteren naar de geluiden van het huis en vroeg me af op welke verdieping Eva Marville woonde. Mijn buik voelde verkrampt en hard aan. Ik ademde moeizaam. Maar ik dacht aan Malcolm in zijn ziekenhuisbed en aan zijn lijkbleke gezicht, en mijn vastberadenheid nam weer bezit van me.

Ik bewoog me geruisloos voort en bukte bij elke deur om de naam bij de bel te kunnen ontcijferen. Stel dat ze me zouden zien? Stel dat er iemand naar buiten kwam? Ik liep nog steeds verder, met klamme handen, terwijl mijn hart in mijn keel bonsde. De eerste verdieping. Dikke vaste vloerbedekking op een authentieke trap. Dit was indertijd waarschijnlijk een mooie woning geweest. Voordat het uitzicht op zee werd versperd door een groot, grauw blok huizen en de villa als een ordinair driekoningenbrood werd opgedeeld. De trap was van donker eikenhout, met een bewerkte leuning. De eerste verdieping leek geen ramen te hebben. Aan alle kanten waren muren. De deuren van de appartementen waren klein en modern, van multiplex. Te ver verlaagde plafonds gaven het geheel ten slotte een prefab en onecht aanzien.

Toch sliep dertig of veertig jaar geleden de vrouw des huizes waarschijnlijk op deze verdieping, in een ruime, lichte kamer met uitzicht op de zee, de hortensia's en de tuin die er nu niet meer was. De kinderen hadden ongetwijfeld hun domein op de bovenste verdieping, onder het oranje pannendak. Een groot huis voor een gezin, met ontvangsten, verjaarspartijtjes en bals masqués. Een heel verleden dat was verdwenen. Vergeten pracht en praal. Ik vroeg me af of een lid van het gezin sinds de metamorfose nog in de villa was terug geweest. Wat had hij of zij gevonden van de verlaagde plafonds, van de roestkleurige vaste vloerbedekking uit een fabriek, van de tuin die in een parkeerplaats was veranderd? Als ik hem of haar was geweest, als ik hier was opgegroeid, zou ik erom hebben moeten huilen.

Aan het eind van de gang vond ik het appartement van Eva Marville. Hetzelfde grote, ronde handschrift bij de bel. Ik deed het traplicht aan. Ik wilde dat ze me zou zien, in het volle licht. Dat ze de moeder van Malcolm zou zien. Ik trok mijn spijkerjasje recht en streek mijn haar glad. Ik aarzelde niet en belde aan. Kortstondig. Ik wachtte. Er kwam niemand. Ik belde nogmaals, deze keer langer.

Stilte. Ze was niet thuis. Hoe kon dat nou? Ik was hier en zij was niet thuis. Ik had overal aan gedacht behalve daaraan. Mijn onverschrokkenheid en bravoure lieten me in de steek, ontsnapten als de lucht uit een kapotte ballon. Ik liet me langs de muur zakken en bleef gehurkt zitten, als een gewond dier. Waar was ze heen? Naar een etentje? Naar de film? Met haar man en kind?

Haar leven vol zorgeloosheid en lichtzinnigheid. Haar makkelijke leventje. Haar leven ver van ons, van mij vandaan. Ver van mijn zoon vandaan, die door haar gevangenzat in een eindeloze nacht.

Ik kon op haar wachten. Blijven tot ze terug was. Ja, dat kon ik doen. Maar ik had er de fut niet voor. Het traplicht ging uit. Het donker deed me goed. Ik voelde me onzichtbaar en beschermd. Af en toe drong hard gelach of het geluid van een dichtslaande deur tot me door.

Het was buiten donker geworden. Het licht van de vuurtoren drong door de duisternis in het ritme dat ik nu goed kende. Een lange flits. Twee korte flitsen. Ik kon hier niet langer wachten. Ik had pijn van de kramp in mijn dijen en onder in mijn rug. Het idee naar het huis van Candida terug te gaan was onverdraaglijk. Ik had het gevoel dat ik in een kringetje ronddraaide en mijn tijd verspilde.

Waarom maakte ik geen wandeling over de Côte des Basques, en kwam ik over een of twee uur hier terug? Dan zou ze wel thuis zijn. De jongen was nog klein, hij zou niet heel laat naar bed gaan. Ik moest weggaan en op een ander moment terugkomen. Ik stond ineens op, mijn hoofd duizelde.

Terwijl ik al in de richting van de trap liep, aarzelde ik. Ik draaide me om, bukte me en stak werktuiglijk mijn hand uit naar de deurmat. Ik tilde hem op. Een onverklaarbare daad.

Daar lag de sleutel, klein, zilverkleurig en fijn. Ik pakte hem op en stak hem razendsnel in het slot.

Een knarsend geluid en een geratel. De deur van Eva Marville ging wijd open en daarachter lag een piepklein halletje met beige behang. Ik bleef stomverbaasd op de drempel staan. Was er iemand in het appartement? Kon ik echt zo makkelijk haar huis binnengaan? Moest ik niet omkeren en me uit de voeten maken?

Ik belde opnieuw. Ik zei met een rare, beverige stem: 'Mevrouw Marville?' Niemand. Ik ging voorzichtig de kamer binnen, als een indringer, als een dief. Mijn hart bonsde hevig. Ik legde de sleutel weer onder de mat en trok geluidloos de deur achter me dicht.

Ik was in haar huis.

Een vrouwenparfum, weelderig en bloemig, een beroemde geur. Shalimar of Chanel No. 5. Links van de haldeur een grote kapstok, behangen met parka's, jasjes, hoeden en sjaals. Daartegenover een hoog matglazen tafeltje. Er lag post. Na een moment van aarzeling pakte ik met onvaste hand de brieven op. Mevrouw Eva Marville. De heer Daniel Bonnard. Rekeningen en reclame. Een lamp met een kegelvormige kap. Sleutels in een vierkante asbak van wit porselein. Links een deur en rechts een deur. Ik had alles tot mijn beschikking, alles stond voor me klaar. Maar ik aarzelde nog steeds. Stel dat ze terugkwam? En dat ze me in haar huis aantrof? Het was gekkenwerk. Ik moest rechtsomkeert maken, weggaan. Meteen. Nu, voor het te laat was.

Onmogelijk. Ik stond als aan de grond genageld. Als een kind dat een stomme streek uithaalt en beneveld is van schrik en angst. De deur rechts. Een woonkamer. Ik zag niets. Ik deed het licht aan. Het zag er heel aardig uit, weelderig, in een verfijnde stijl. Een tapijt met moderne motieven. Ivoorkleurige gordijnen, aquarellen aan de muren. Een grote kast met boeken. Wat las Eva Marville? Ik liep ernaartoe. Klassieken, Zola, De Maupassant, Victor Hugo. En ook romans van later datum: Sagan, Chandernagor, Pancol. *Rebecca* van Daphne du Maurier. Verbijstering. Mijn favoriete roman. Die stond daar, in een oude pocketuitgave, die van de slechte vertaling. Die stond thuis bij de vrouw die mijn zoon had aangereden. Ik pakte het boek en bladerde het door. Op het schutblad stond in het grote, ronde handschrift: 'Eva Marville, zomer '78'. Ze had het in dezelfde tijd gelezen als ik. Een paar passages waren onderstreept. Van mijn stuk gebracht zette ik het boek weer op zijn plaats.

Op de planken van de kast stonden verschillende foto's van het blonde jongetje met de donkere ogen. Maar geen enkele van Eva Marville of haar man. Op de salontafel lagen de televisiegids en *L'Equipe* en er stond een asbak vol peuken. Een rij cd's. Waar luisterde Eva Marville naar? Waarnaar luisterde die onbekende vrouw die ik haatte? Naar Mozart. Chopin. Michel Sardou. Elvis Presley. Barbara. Er waren ook Engelse bands uit de jaren tachtig bij: Depeche Mode, The Cure, Tears for Fears. De favoriete bands van Andrew. Het kon niet dat Eva Marville naar die muziek luisterde. Waarschijnlijk was het haar man.

Rechts van de woonkamer was een moderne, keurig opgeruimde keuken. Een grote achthoekige tafel. Huishoudelijke apparaten. Ik deed de koelkast open. Groenten, fruit, kwarkjes, een kip. Rosé. Ik schrok op van het schrille geluid van de telefoon. Een antwoordapparaat ging aan. De stem van een jonge vrouw vulde de kamer.

'Met mij, met Lisa, is daar iemand? Hallo! Goed, niemand. Jullie zijn kennelijk niet thuis en jullie mobieltjes staan niet aan. Nou, pech dan. Tot kijk!'

Ze hing op. Ik probeerde weer rustig te ademen. Dat was moeilijk. Ik kreeg geen lucht meer en voelde me opgejaagd. Misschien moest ik weggaan. Dat telefoontje was een teken. Het was waanzin om hier te blijven. Ik was gestoord. Roekeloos. Stel dat ze terugkwam en me in haar huis zou aantreffen, dan zou ze de politie bellen, zij of haar man, en wat zou er dan gebeuren? Ik stelde me voor wat de politie zou vragen en wat voor een armzalige antwoorden ik zou geven. Ik zou de waarheid wel moeten vertellen.

Wat ik hier was komen doen. Het medelijden in de ogen van de anderen. Mijn schaamte. Ik liep met vlugge passen naar de deur. Weggaan voordat ze thuiskwam, voordat het te laat was. Weggaan, en snel. Maar de deur links, de deur die ik nog niet had geopend, wekte mijn interesse.

Ik aarzelde. Het zou zo gebeurd zijn. Nog vijf minuutjes extra. Een gang en nog een paar deuren. De slaapkamers. Die van het kind. Speelgoed, knuffels, een onopgemaakt bed. Het vrolijke rommeltje van een jongetje van acht. Malcolm had toen hij zo oud was net zo'n kamer gehad. Tja, jongetje wiens naam ik niet ken, weet jij wel dat jouw mama een andere, grote jongen, mijn jongen, heeft aangereden? Dat ze is doorgereden? En dat mijn zoon in een diepe slaap verkeert waar hij misschien nooit meer uitkomt? Hé, wist je dat wel? Wist jij dat jouw lieve mama tot zoiets in staat was?

Ik voelde mijn haat jegens die vrouw als een elektrische schok door me heen gaan. Een absolute, wilde haat jegens dit rustige, elegante, vrouwelijke wereldje, dit kalme, onverstoorbare leven dat ze leidde, ondanks alles, ondanks het afschuwelijke dat ze gedaan had. Absolute, grenzeloze haat jegens haar onverschilligheid, die lafheid van haar die haar ervan had weerhouden uit de auto te stappen en naar mijn zoon toe te rennen.

Ik had alles hier wel willen vernielen, alles met mijn handen kapotmaken, langzaam, systematisch, de kussens openrijten, de schilderijen in stukken scheuren, het vaatwerk breken. Maar ik deed niets van dat alles. Ik balde uit alle macht mijn vuisten. Nog twee minuten en dan zou ik weggaan. Nog twee minuten en dan zou het afgelopen zijn. Dan zouden we verder wel zien. We zouden wel zien wanneer ik me weer in staat zou voelen terug te komen. En haar aan te spreken.

Nu hun slaapkamer. Hun intimiteit. Daar sliep ze. Daar bedreef ze de liefde. Dacht ze in dat bed 's nachts weleens aan mijn zoon? Had ze dat ten minste één keer gedaan? Dacht ze aan ons, ouders? Ze was zelf moeder, ze moest er wel aan gedacht hebben. Aan dat telefoontje van de politie: 'Hallo mevrouw, u bent toch de moeder van...?' Natuurlijk had ze eraan gedacht. Daarom haatte ik haar zo. Omdat ze moeder was en eraan had gedacht. En ondanks alles was doorgereden.

De aftershave was allesoverheersend. Shalimar gaf zich gewonnen. Een grote, grijze sprei. Plexiglas nachtkastjes. Ik streek er met mijn wijsvinger over. Geen stof. Aan 'haar' kant: de telefoon, een roman – Raphaële Billetdoux –, een antirimpelcrème voor de nacht en een handlotion. Aan zijn kant: een wekker, een lege asbak en een sporthorloge. Ik keek naar de kleren in de hangkast. Jurken en mantelpakjes. Pastelkleuren en klassieke modellen. Maat 46. Eva Marville was een dikkerd. Hoe oud was ze eigenlijk? Gezien haar kledingstijl en haar schoenen – pumps en sandalen die uit de mode en opzichtig waren – gaf ik haar vijfenveertig of vijftig jaar. Met een man die jonger was dan zij. Schoenmaat 36. Ze was waarschijnlijk heel klein. Klein en dik. Een dik vrouwtje. Ik vroeg me af of de kleren die ze op de dag van het ongeluk had gedragen er ook bij hingen. Natuurlijk. Tenzij ze die vanavond aanhad.

Een ladekast. Weer foto's van het jongetje met de krulletjes. Zijn merkwaardige, duistere blik. Een overdreven glimlach. Verder een vergeelde foto van een jonge, blonde, gezette vrouw, van opzij genomen op een strand. Ze was waarschijnlijk een jaar of twintig. Ongetwijfeld Eva Marville toen ze jong was. Ik bestudeerde de foto minutenlang. Je kon haar gezicht niet zien. Alleen een massa goudblonde krullen, en ronde, gebruinde schouders. Ik zette de ingelijste foto weer neer, want mijn vingers trilden. Andere, recente foto's van Eva Marville, zwaarlijvig, blond, met krullen en lang haar, en van haar man. Hun bruiloft. Een reis, een feest. Op alle foto's hield ze hem stevig vast, van heel dichtbij, met haar ogen als in aanbidding naar hem opgeslagen.

Op de ladekast stonden naast de ingelijste foto's ordners. Hypotheek, bankpapieren, brieven van een notaris. Een papier met het briefhoofd 'Biarritz Parfums', Rue M., lijsten met voorraden en bestellingen. Geen tijd om erin te snuffelen, jammer. Ik had het graag gedaan. Maar de angst kreeg me weer te pakken, het papier gleed uit mijn zenuwachtige vingers. Een laatste map van blauw plastic. Ik sloeg hem open. Krantenknipsels, aantekeningen, medische papieren, resultaten van bloedonderzoek, laboratoriumuitslagen.

Een term kwam verscheidene malen terug. 'Syndroom van Asperger'. Ik vroeg me af wat dat betekende. Ik had geen tijd om er meer over te weten te komen.

Een blik in de aangrenzende badkamer. Een overdaad aan parfums, flacons, flesjes, schoonheidscrèmes, make-up en badspullen. Dat deed ze dus voor de kost. 'Biarritz Parfums', in de Rue M. Ik hoefde alleen maar aan Candida te vragen waar de Rue M. was. Eva Marville had daar een winkel. Ik zou hier dus niet meer hoeven terug te keren. Ik zou haar rechtstreeks op haar werkplek opzoeken. Daar zou ik in ieder geval niet op haar hoeven te wachten.

Een laatste blik om me heen, alsof ik alles goed in me wilde opnemen. Of op mijn manier een spoor wilde achterlaten. Een spoor van mijn walging, van mijn haat.

Maar in het halletje, terwijl ik aanstalten maakte om het huis uit te gaan, hoorde ik stemmen aan de andere kant van de deur.

De stem van het jongetje, onmiddellijk herkenbaar aan de harde klank.

En een vrouwenstem.

Ik kreeg nauwelijks de tijd om me te verstoppen achter de kapstok en weg te schuilen onder een grote regenjas die nog naar Shalimar rook. Mijn hart bonsde verschrikkelijk, ik hoorde niets anders meer.

Ze kwamen binnen en de deur sloeg dicht. Ik wist zeker dat ze me zouden zien. Ik trilde van top tot teen. Ik voelde druppels zweet onder mijn armen en op mijn bovenlip. Ik deed mijn ogen dicht. Ik voorzag al kreten en de scène die zou volgen. Verwarring en paniek. Mijn wangen gloeiden. Ik was buiten adem. Maar ze zagen niets. Niets. Ze zagen de gympen niet die onder de regenjas uitstaken.

De jongen praatte met zijn vlakke stem heel hard, zoals hij gewend was. Ik kreeg de indruk dat ze rechtstreeks naar de keuken liepen. Ik hoorde geluiden van vaatwerk en stromend water. Ik had een droge keel en buikpijn. Wat ging ik doen? Hoe kwam ik hier weg? Ik stelde me Andrews gezicht voor als hij me hier zou zien. Hoe kon ik ontsnappen? En waar was de man? Was hij met hen mee naar binnen gegaan? Ik had zijn stem niet gehoord en zijn geur niet geroken.

Ze waren nog steeds in de keuken. Ik hoorde nu haar stem. Een nogal lage stem. Verrassend bij een dikkerdje. Ze zei: 'Neem je medicijn in en hou op met dat gewiebel.' Ze zette het antwoordapparaat aan en luisterde naar het bericht van 'Lisa'. Daarna hoorde ik haar aan de telefoon. 'Maar je wist toch dat ik vanavond uitging, Lisette? Waarvoor belde je? Nee, Dan is er niet, hij komt zo, hij moet beneden parkeren. Wat wilde je tegen hem zeggen? O, over het tennissen? Kom je morgen langs in de winkel? Oké, kindje.' Ik moest gebruikmaken van het feit dat ze in de keuken waren en niet in de richting van het halletje konden kijken, mij niet konden zien.

Het was nu of nooit. Ik begon zijwaarts vlak langs de muur naar de deur te schuiven. Stap voor stap. Het duurde een eeuwigheid. Toch had ik maar een paar tellen nodig om de deur te bereiken, die te openen en te maken dat ik wegkwam. En de man? Stel dat hij net de trap op kwam? Wat zou hij zeggen als hij me zijn huis uit zag komen? Die gedachte verlamde me. Ik bleef een paar tellen onbeweeglijk staan en dook toen weer onder de jas, rillend van afgrijzen. Door een groot knoopsgat in de halsopening zag ik een deel van de woonkamer met de salontafel en de cd's.

Plotseling verscheen er een gestalte in beeld. De jongen. Hij droeg een rode sweater en een spijkerbroek. Hij was op weg naar zijn kamer, fluitend en dribbelend. Hij liep vlak langs me heen. Mijn mobieltje begon te trillen in mijn achterzak. Een vreemd, luid gezoem. Het kind bleef stokstijf staan, met zijn rug naar me toe. Mijn hart stond stil. Het was afgelopen. Hij zou me zien. Hij zou zijn moeder roepen. Het was over en uit. De telefoon zoemde nog steeds tegen mijn rechterbil, als een groot insect. Ik was niet in staat hem uit te zetten of een beweging te maken. De jongen draaide zich langzaam en angstig om. Zijn gezichtje was wit geworden. Hij keek me recht aan met zijn donkere, verschrikte ogen. Ik zag dat zijn blik naar beneden ging en mijn schoenen ontdekte. Zijn mond ging open. Helemaal wijd open.

Ik dacht dat hij het op een brullen zou zetten. Ik bereidde me er inwendig op voor zijn schreeuw te zullen horen. Een doordringende schreeuw, een krankzinnige schreeuw, waardoor zijn moeder onthutst zou komen aanrennen. Maar hij schreeuwde niet. Hij kreeg een stuip waardoor hij van top tot teen door elkaar werd geschud, en hij holde weg, hij rende het gangetje door en stoof zijn kamer binnen. Ik hoorde zijn deur dichtslaan.

Ik kwam als de bliksem uit mijn schuilplaats tevoorschijn. Het scheelde niet veel of ik bleef met mijn voeten in de kleren haken en had de kapstok omvergetrokken. Op het laatste moment kon ik alles nog tegenhouden. Snel de deurkruk, snel openmaken. Trillende handen, onhandige bewegingen. Eindelijk stond ik op de overloop. Ik deed de deur voorzichtig dicht. Ik stormde op de trap af. Ik vloog naar beneden, zo geruisloos mogelijk. Ik was misselijk en buiten adem.

Beneden voor de glazen deur stond de man met het korte haar met zijn rug tegen de muur van het huis een sigaret te roken. Hij praatte zachtjes in zijn mobiele telefoon. Ik ging wat langzamer lopen. Ik liep vlak langs hem heen zonder naar hem te kijken. Ik hoorde zijn stem. Gefluisterde woorden die ik niet kon verstaan. Het kostte me moeite mezelf weer onder controle te krijgen en weer normaal te gaan ademen. Ik moest me niet naar buiten haasten, niet te snel lopen. Want dan zou ik opvallen. Ik dwong mezelf rustig aan te doen. Ik rook de geur van de sigaret, vermengd met zijn sterke parfum.

Toen ik aan het eind van de tuin, bij de parkeerplaats was aangekomen, ging ik nog wat langzamer lopen. Ik draaide me om. Hij stond er nog steeds, met zijn rug tegen de zijmuur van het huis geleund. Ik zag de punt van zijn sigaret rood opgloeien in het donker.

Twee korte flitsen van de vuurtoren. Daarna één lange flits. Hij zag me niet, ik stond in de beschutting van een dichte hortensia. Ik bleef vrij lang staan om naar hem te kijken en het huis in de gaten te houden. Het was een mooie nacht. Maan en sterren. Nachten voor geliefden, nachten voor de liefde. De liefde leek heel ver weg en ondoorgrondelijk. De liefde en Andrew. De liefde met Andrew. Onbegrijpelijk, als een vreemde taal met onbekende klanken. Nooit van mijn leven had ik me zo ver van mijn man verwijderd gevoeld. Ervoer hij hetzelfde? Hoe lang al? Het ongeluk had ons uiteindelijk niet nader tot elkaar gebracht; was het kwaad al niet aanwezig geweest, geniepig, als een tumor waarvan je het bestaan niet vermoedt? Sinds Malcolm in coma lag was er steeds meer wrok en onbegrip tussen ons ontstaan. Ik kon me niet eens meer herinneren dat ik gelukkig was geweest. Gewoon gelukkig. Voor lange tijd. Ik zag alleen maar zorgen op het gebied van werk en geld, de moeizame start van zijn architectenbureau. Zijn avontuurtje. De liefde die we steeds minder bedreven. Alles wat ons in de problemen had gebracht. Alles wat had gemaakt dat we langzamerhand, zonder dat we het beseften, ten onder gingen. En ik had nog wel gedacht dat we dat allemaal achter de rug hadden. Ik dacht dat we ons erdoorheen hadden geslagen, dat we buiten gevaar waren. Wat had ik me vergist. Het ongeluk met Malcolm had de verschillen tussen ons en ons stilzwijgen alleen nog maar benadrukt.

Ik stelde me voor hoe hij in de Rue D. in zijn eentje voor de televisie zou zitten. In zijn hand een glas sherry, dat hij met een afwezige blik liet ronddraaien. Zijn smalle gezicht gesloten. *The silent giant.* Vroeger lachte hij meer. Hij werd naarmate hij ouder werd steeds serieuzer. Waarom? Waar was zijn lach gebleven? Die lach van toen we net met elkaar gingen. Zijn Engelse humor, heel droog en hard, dat vermogen van de Engelsen om met zichzelf te spotten, wat de Fransen nooit doen. Wat was er overgebleven van onze zorgeloosheid? Ons ongecompliceerde leven. De langzaam verstrijkende tijd zonder wrijvingen en obstakels. Ik dacht terug aan ons eerste appartement, een donkere tweekamerflat met uitzicht op een lawaaiige straat in het Quartier Latin. We werden vaak vroeg in de ochtend gewekt door de vuilnismannen. De leidingen vertoonden gebreken. Wanneer het water door de buizen stroomde, hoorde je gepiep en gebonk. Of soms een soort vreemde muziek die ik als enige leek te kunnen ontcijferen. 's Zondags bleven we in bed. Dat was voordat we kinderen hadden. Herinneringen aan verkreukelde lakens en lang uitslapen. Andrew die, naakt, Shakespeare voordroeg. *'Shall I compare thee to a summer's day?'* Zijn smachtende, lieve stem. Heel anders dan zijn stem van nu.

Ik had niets zien aankomen. Ik had geen verandering gemerkt. De dingen waren langzaamaan op een verraderlijke manier gekomen, of verdwenen. Je verwaarloost jezelf, Justine. Je verwaarloost jezelf. Zijn enigszins afstandelijke blik gericht op het glas witte wijn dat ik zojuist voor mezelf had ingeschonken. Op mijn ingevallen wangen, mijn gezwollen oogleden. Mijn ongekamde haar, mijn afgekloven nagels. Je verwaarloost jezelf. Een zoon in coma, en dat was alles wat mijn man tegen me wist te zeggen.

De lucht om me heen was zacht en vol van geuren van zee en land. Het geruis van de golven beneden op het strand. De wind in de takken van de grote, gevlekte platanen boven mijn hoofd. Een claxon, het dichtslaan van een portier. En ik die daar in mijn eentje die onbekende man stond te bespieden. Ik haalde mijn telefoon uit mijn zak om te zien wie me had gebeld terwijl ik in 'haar' huis was. Geen bericht. Anoniem gebeld. Die agent misschien? Ik herinnerde me nog hoe krachtig zijn armen en schouders waren. Mijn tranen op zijn zwarte T-shirt. Kwam hij me waarschuwen? Hossegor was niet zo ver. Het kon me niet schelen. Na waar ik vanavond toe in staat was geweest, kon het me niet meer schelen. Denken aan morgen. De Rue M. Wanneer haar schoonheidssalon annex parfumerie openging. Dik blondje met te veel make-up. Grove vingers. Gelakte nagels. Voeten in te nauwe sandalen geperst. Shalimar. Wereld van prullaria, van schone schijn, van nutteloze, ijdele vrouwelijkheid. Alles waar ik een hekel aan had. Alles wat ik minachtte. Morgen zou ik haar gaan opzoeken.

'Morgen, in alle vroegte, op het uur dat de velden wit zien.' De dichtregels van Victor Hugo kwamen als een refrein steeds weer terug. Zoals de vuurtoren op gezette tijden met zijn lange witte vinger de donkere hemel doorboorde. Eén lange en twee korte flitsen. De nacht lag voor me. Ik had geen slaap. Ik was bereid daar te blijven kijken naar dat huis waar die vrouw woonde. Ik was bereid in mijn eentje de nacht daar door te brengen en te wachten tot de zon opkwam. Ik had geen honger of dorst. Ik had me helemaal ingesteld op wachten. Gestolde tijd. En toch draaide de vuurtoren nog steeds zijn rondjes en werd het steeds later.

De man schoot zijn peuk met een vingerknip in de richting van het grind. Daarna liep hij het huis binnen terwijl hij zijn telefoon in zijn zak stak. Hij ging naar hen toe, naar 'haar' en het kind. Ik ging zitten op het enigszins vochtige grasveld. Het was negen uur. Ik belde Arabella. Ik zei dat ik laat thuis zou komen, dat ze zich niet ongerust moest maken. Dat ik wist hoe en waar ik morgen die vrouw zou aanspreken. Wilde ze met me mee?

'*Yes*. Ik ga met u mee.'

Sliep Georgia al?

'Ja, allang.'

‘Geef haar in bed een kus van mij.’

‘*I will*, Djoestine.’

Arabella hing op en ik belde vervolgens naar het ziekenhuis. De dienstdoende verpleegster was een van mijn favorieten. Geen verandering wat Malcolm betreft. Zijn toestand was stabiel. Zijn vader was de hele dag bij hem geweest. Ik kreeg even een verdrietig gevoel toen ik me voorstelde hoe Andrew daar de hele dag had gezeten. Ik maakte aanstalten op toets 3 van mijn telefoon te drukken, het voorgeprogrammeerde nummer van thuis. Ik aarzelde. Wat moest ik tegen mijn man zeggen? Dat ik bij ‘haar’ thuis was geweest, dat ik overal had gezocht en gekeken, dat ik bijna was betrapt en dat ik nu voor de villa zat te wachten? Dat kon niet. Maar ik had er behoefte aan hem te horen, te vertellen dat ik hem miste. Dat ik hem vanavond miste als nooit tevoren. Ik drukte op de 3. De telefoon ging over, maar er werd niet opgenomen. Er was niemand thuis. Het antwoordapparaat met mijn stem, die ik verafschuwde. De pieptoon.

‘Andrew, *are you there?* Met mij. Geef eens antwoord.’

Hij was niet thuis. Ik probeerde zijn mobieltje. Voicemail. Ik hing op zonder iets te zeggen. Waar was hij? Bij wie?

Sinds zijn avontuurtje had ik niet willen weten of hij me nog bedroog. Ik had mijn ogen gesloten. Geen vragen meer gesteld. Ik beschermde mezelf. Ik had zelf geen avontuurtjes gehad. Het had wel gekund. Uit wraak of nieuwsgierigheid. Uit verveling. Maar nee, het was niet gebeurd. Had ik daar spijt van? Ik wist het niet. Het kon me niet schelen.

Sinds het ongeluk was alles veranderd. Voortaan was er alleen nog maar Malcolm met zijn coma. De rest – mijn dochter, mijn werk, mijn ouders, mijn man, mijn vriendinnen – telde niet echt meer mee. Alleen Malcolm telde, en die onbekende vrouw in het huis voor me, de vrouw die van niets wist, die niet in de gaten had dat ik hier zat, die er geen idee van had wat haar te wachten stond en voor wie morgen een dag zou worden om nooit te vergeten.

Een voor een gingen de lichten in de villa uit. En ook om me heen, op de Promenade des Basques, verdwenen de huizen in de duisternis. Alleen de vuurtoren draaide nog door in het donker. Ik ging op het vochtige gras liggen en wachtte af. Het was lang wachten tot de dag aanbrak. Vreemd en lang. Ik had zoiets sinds mijn tienerjaren niet meer gedaan. Met mijn broer op een zomernacht bij vrienden van mijn ouders in de Cevennen. Iedereen was al naar bed. Er was een vriendje, hoe heette hij ook alweer, een jongen die bevriend was met mijn broer, en die was verkikkerd op me. Een ouderwetse naam die uit de mode was. Aymar of Gaëtan. Zoiets. Ik vond hem dapper en tegelijkertijd pathetisch. Hij was nog te jong. Onhandig en zenuwachtig. Maar wel grappig. We hadden een fles rosé meegepikt en Camels, en we hadden ons verstopt in een pijnboombos achter het huis. We hadden fantastische vallende sterren gezien die ons oh's en ah's hadden ontlokt. Mijn broer was om een uur of drie, door slaap overmand, ingestort. Zijn vriend hield het langer vol. Hij had de grote zus zelfs durven zoenen. Zijn hoektanden tikten onhandig tegen de mijne. Zijn speeksel smaakte naar rosé. We hadden zitten giechelen en waren helemaal draaierig.

We waren jong, fris en onnozel. Zestien. We lieten ons voorstaan op onze blufferijtjes en onze eerste veroveringen. Het was lang geleden. De zomer dat ik zestien was, waren mijn ouders nog leuk, knap en levendig. Mijn vader maakte mensen aan het lachen, was aantrekkelijk en had te lange bakkebaarden. Mijn moeder klaagde nergens over, was druk bezig met bruin worden en praatte zachtjes met haar vriendinnen.

Een knap stel nog. Ze hadden nog twee decennia voordat de zestigjarige leeftijd hun een gevoelige slag toebracht en ze zeurderige gepensioneerden werden. Ik bedacht dat je met zestien jaar niets van het leven af wist. Niets van wat je te wachten stond wanneer je veertig werd. Niets van wat er rauw op je dak zou vallen. Niets van de ellende en het leed. Niets van de ouderdom die vervolgens in dat leed zou binnensluipen en waartegen je geen verweer had.

Wat verlangde ik die nacht terug naar mijn zestiende. Ik had het koud, de vochtigheid van het grasveld drong dwars door mijn T-shirt tot op mijn huid door. Een donkere, fluwelige hemel, bezaaid met sterren. Ik keek naar de sterrenbeelden. Ik dacht aan niemand. Ik wachtte af, met een soort innerlijke woede. Daarna zag ik de gezichten van Malcolm en Andrew tegen de hemel verschijnen als op een enorm, bewegend scherm. Malcolm in zijn gesloten, afgegrendelde wereld. Andrew, het huis uit gegaan met wie, en waarmee bezig? De twee gezichten wekten bij mij de hevigste, diepste vertwijfeling. Absolute droefgeestigheid en treurnis.

Ik kon me niet eens meer herinneren wanneer ik voor het laatst had gelachen. Luidkeels gelachen. Waarbij ik mijn buik moest vasthouden. Lachen leek me even onmogelijk en ongepast als seks. Lachen en vrijen, twee dingen die Eva Marville uit mijn leven had verdreven. Ik had me een paar dagen voor het ongeluk tranen gelachen, dat kwam me nu weer voor de geest. Mijn vriendin Laure had me verteld dat ze bij haar osteopaat was geweest voor een hardnekkige pijn onder in haar rug. Maar ze was vergeten voor de behandeling in plaats van haar string een gewoon broekje aan te trekken en had, verlamd van schrik, bijna naakt voor hem gestaan, terwijl hij door deze onverwachte verschijning ook van zijn stuk was gebracht.

Ik had ook gelachen met Malcolm, een meester in grappen met de telefoon. We haalden vaak grappen uit, onder de geërgerde blikken van Andrew en Georgia, die niet begrepen hoe we zo konden lachen. Met de twee huislijnen hoefden we alleen maar twee zorgvuldig gekozen nummers in te toetsen, de luidsprekers aan te zetten, de hoorns omgekeerd tegen elkaar te houden en de onverwachte conversatie tussen de twee gesprekspartners te laten plaatsvinden, waarbij elk van hen ervan overtuigd was dat hij werd gebeld door de ander. Het schitterendste resultaat die avond was de surrealistische dialoog geweest tussen mijn vader (buitengewoon hautain en onaangenaam, waarschijnlijk met trillende neusvleugels van verontwaardiging) en een firma voor ongediertebestrijding.

'Wat? U durft mij te bellen met de suggestie dat ik thuis kakkerlakken heb! U deinst kennelijk nergens voor terug, meneer. Het is een schande.'

Terwijl de ander spottend antwoordde: 'Nou ja, u bent toch degene die mij belt, nietwaar, dus als u thuis kakkerlakken hebt, mag u daar gerust voor uitkomen, hoor, daar zijn we voor, meneertje.'

Malcolm en ik hikkend van de lach, met onze handen tegen onze mond gedrukt. En die andere keer, nog niet zo lang geleden, toen ik met Andrew en een stel vrienden de slappe lach kreeg. We zaten op het terras van zo'n trendy en pretentieus restaurant waar de serveersters zich voortbewegen alsof ze op een podium lopen en waar de man die de auto's van de gasten parkeert met geringschattende blik naar je oude Golf kijkt. Terwijl we te midden van een elegant, verfijnd publiek zaten te eten en we op vierkante borden delicate gerechten met ingewikkelde namen kregen voorgeschoteld, was een platinablonde jonge vrouw in een avondjurk op onmogelijke hakken voor ons blijven stilstaan om haar mobiele telefoon te beantwoorden. Een windhond, die ze aan een goudkleurige riem had, kromde zijn broze rugje. De jonge vrouw sprak luid in gebrekkig Engels en zakte door één heup, dolblij dat ze zoveel publiek had. Ze besefte niet dat haar hond achter haar met uitpuilende ogen uit alle macht zat te hijgen omdat hij bezig was een enorme drol te leggen, die als een geurige spiraal op het trottoir terechtkwam. Andrew zat stilletjes te lachen met schokkende schouders en zijn ogen dicht.

De week voor het ongeluk had ik me tranen gelachen met een vriendin, Isabelle, die me heel serieus vertelde dat er geen normale mannen meer bestonden. Het waren allemaal, zoals zij dat noemde, 'heteromieten' geworden, mannen met wie er niets gebeurde, die niet meer vreeën en zich beperkten tot slap geflirt en te pas en te onpas hartstochtelijke sms'jes verstuurden.

Ik werd treurig als ik eraan dacht. Die weggestopte, verdwenen momenten deden me intens pijn. Er was alleen nog maar mijn heden, dat koud en troosteloos was als de ruwe, onherbergzame oppervlakte van een onbekende planeet. Wat was vóór de mokkabruine Mercedes het ergste geweest dat ik had meegemaakt? Die nacht had ik alleen maar de vage, vertekende herinnering aan een makkelijk en harmonieus leven zonder ellende. Toch waren er wel nare dingen gebeurd. Het auto-ongeluk van mijn oom, dat hem het leven had gekost. Hij was dertig en ik vijftien. Ik herinnerde me dat ik had gehuild bij de aanblik van het verdriet van mijn moeder en mijn grootouders. En verder een hele reeks van kankergevallen, scheidingen, faillissementen, mensen die uit elkaar gingen, infarcten, tegenslagen en spelingen van het lot. Zoals bij iedereen. Zoals in elke familie. Een keer op een ochtend was Andrew uitgeput geweest en had enorme hoofdpijn gehad en zwarte gal gespuwd. Ik was in paniek en wist zeker dat hij het niet lang meer zou maken. Een akelige migraine, hadden ze bij de doktersdienst gezegd. Niets aan te doen: rust en stilte was het enige. De oudste zoon van Emma was eens bijna verdronken in een zwembad en nog net op tijd door de ambulancebroeders gereanimeerd. En Olivier had eens een spectaculaire val gemaakt bij het skiën, waarna hij een metalen pin in zijn scheenbeen kreeg, waarvan hij nog steeds last had. Ja, drama's en verdriet, zoals in ieder leven.

Maar niets van dit kaliber. Niets zoals dit, niets zoals nu. Niets dat zo om zich heen greep, dat zoveel invloed had. Niets vergelijkbaars. Het was vreemd, want in de hel die ik doormaakte, voelde ik me ongewoon, anders, een ander mens. Alsof ik daarvóór verdoofd en slaperig was geweest. Alsof de mokkabruine Mercedes me in zijn gruwelijkheid, zijn afgrijselijkheid, plotseling wakker had gemaakt. Een judaskus die me de ogen had geopend. Nooit had ik me zo alert, zo scherp, zo levend gevoeld. Ik registreerde elke hartenklop, elke ademtocht, elke beweging van mijn ingewanden, van mijn lichaam, niets ontging me, mijn hele lichaam trilde en gonsde van een onbekende energie. 'Leven': op dit moment begreep ik wat dat betekende. Maar nu wist ik dat deze ongewone vitaliteit teweeg werd gebracht door angst, ontzetting en de heftigste, meest extreme, intense en pijnlijke gevoelens. Niet door vreugde. Niet door liefde. Niet door geluk. Niet door de sereniteit van vroeger. Niet door wat ik vroeger had gekend.

Op het scherm van mijn mobieltje zag ik dat het al vijf uur was. Ik had pijn in mijn rug en mijn lendenen. Het gevoel dat ik helemaal gebroken was. Je ziet, Malcolm, wat een rare dingen je moeder voor je doet. Je ziet waartoe je arme moeder in staat is. In de villa tegenover me was het donker en stil. Er scheen geen licht door de ramen. Ik las mijn e-mails op mijn telefoon. De uitgeefster had een kort en bondig bericht gestuurd, niet onaardig, maar wel resoluut, waarin stond dat ze het project aan een ander zou toewijzen. Zou ik haar de originele tekst en het voorschot dat ik al had ontvangen kunnen terugsturen?

Ik liep naar de kust en keek naar de zee. Je zag nauwelijks de smalle strook golven. Een paar lichtpuntjes op het grote oppervlak, boten, dacht ik. Nog meer lichtjes schitterden in de richting van Spanje, naar het zuiden. Ik kreeg het vreemde, bevredigende gevoel dat ik de enige in de wijde omtrek was die niet sliep.

Achter me, in het oosten, brak de dag aan. Een vaal schijnsel. De vuurtoren hield er als eerste mee op. Hij stopte gaandeweg. Je voelde dat hij langzaamaan werd opgeslokt door het licht van de dageraad, dat steeds krachtiger en witter werd. 'Morgen, in alle vroegte, op het uur dat de velden wit zijn.' Het gele oog van de vuurtoren verbleekte. Het vervaagde. Een laatste minuscule flakkering. Zo, het was afgelopen. Trillend en wit was daar de dag. Zaterdag. De derde dag dat ik ver van Malcolm en Andrew vandaan was.

Ik had de nacht buiten doorgebracht. De hortensia's waren overdekt met dauw. Het gras ook. Ik hurkte snel neer achter een struik om te gaan plassen. Frisse wind over mijn onderrug. Ik had honger, dorst en een zwaar gevoel in mijn hoofd. Ik liep langs een steile weg naar het strand. Ik kwam niemand tegen. Beneden, op de muur langs het strand, zaten een paar surfers die met van slaap gezwollen ogen de horizon aftuurden. Het was vloed. Wolken kwamen in dichte rijen uit Spanje aangedreven.

Het zou geen mooi weer worden. Maar dat maakte niets uit.

4

Ik dronk een kop koffie in de bar van het moderne hotel aan het strand.

'U bent vroeg uit de veren,' zei de ober.

Ik zag er ongetwijfeld niet uit. Verwilderd en verkreukeld. Hoe laat ging 'haar' winkel open? Tien uur waarschijnlijk. Ik had tijd genoeg om naar Candida's huis terug te gaan, te douchen en me te verkleden. Toen ik wegging, probeerde ik opnieuw het nummer van thuis en daarna Andrews mobieltje. Er werd niet opgenomen. Ik sprak geen bericht in. Ik belde naar het ziekenhuis om te vragen hoe het met mijn zoon ging. 'De situatie is stabiel.' Geen nieuws.

Terwijl ik naar het strand van Le Miramar liep, voelde ik me plotseling bezwaard. Wat kwam ik hier eigenlijk doen? Waar was het goed voor? Ik was gek dat ik nog hoop had, dat ik hier was, dat ik 'haar' huis was binnengegaan. Waarom wilde ik haar ontmoeten? Waarom haar aanspreken? Het zou niets veranderen, mijn verdriet zou er niet minder door worden. Ik zou er niet mee geholpen zijn, ik zou er niets mee opschieten, het zou me geen redding brengen. En Andrew en mij ook niet. Het diende nergens toe. Ik had zin om neer te ploffen op het natte zand. Toen hoorde ik de stem van Arabella, alsof ze naast me stond.

'Pick yourself up, girl.'

Haar autoritaire toon, vol humor en spot. Ik richtte me weer op, met een rechte rug, zoals zij. Schouders naar achteren, kin naar voren. De tred van een trotse, elegante struisvogel. 'Ik weet waarom u hier bent, Djoestine. Ik begrijp u. Ik denk dat ik in uw plaats precies hetzelfde zou hebben gedaan.' Vreemd om te constateren dat ik op deze eenzame, pijnlijke momenten aan mijn schoonmoeder dacht. Niet aan mijn moeder of mijn zus. Maar aan Arabella met haar stilzwijgen. Haar verdriet. Haar geheimen.

Terwijl ik over het verlaten Grande Plage liep, kreeg ik zin om te gaan zwemmen. Mijn zwarte beha en slipje kon ik wel als badpak gebruiken. Er was toch nog niemand op dit uur. Het water was adembenemend koud. Ik had sinds Italië, sinds de vorige zomer, niet meer in zee gezwommen. De golven waren groot en schuimend. Behoorlijk krachtig.

Ik zwom een heel eind en draaide me toen om, om het uitzicht te bewonderen. Het Palais. De villa's. De moderne flats. De witte vuurtoren. Ik keek in noordelijke richting, voorbij de vuurtoren, in de richting van Malcolm en Andrew. De stroom voerde me ver van de kust af, ik moest ertegen vechten, maar bereikte toen, buiten adem, de kust. Ik had het koud. En ik had niets om me mee af te drogen.

Er zat een man op het strand, gekleed in een zwembroek. Hij keek naar me. Vervolgens gaf hij me een badhanddoek. Ik aarzelde, maar nam de handdoek aan. Energiek wreef ik mezelf droog. Zijn blik ging over mijn huid, een en al kippenvel. Het was lang geleden dat een man zo naar me had gekeken. Ik wist niet of het me plezier deed of hinderde. Ik had geen zin erover na te denken. Mijn beha en slipje, die verfomfaaid waren en flink te lijden hadden gehad van het zout en de golven, verhulden niet veel meer van mijn lichaam.

De man glimlachte met een dromerige blik.

'U bent mooi.'

Ik gaf hem de handdoek terug.

'Dank u.'

'U bent ook erg vroeg op.'

Het accent van de streek. Hij was waarschijnlijk van mijn leeftijd of iets jonger. Klein, donkerharig, met donkere ogen. Gespierd. Ik trok mijn kleren weer aan, terwijl hij nog steeds geamuseerd en bewonderend toekeek. Glimlachend bleef hij zwijgen. Ik liep weg.

'Tot ziens. Tot morgenochtend misschien?'

Ik glimlachte.

'Tot ziens.'

Arabella zat in de keuken op me te wachten. Ze had ontbijt voor me gemaakt. Muffins, *crumpets* en een restje *treacle pudding*. Ze zag er vermoeid uit. Ze vroeg niets over mijn nacht en zei niets over de hare.

'Are you ready?'

'Ja,' antwoordde ik. 'Ik ben klaar. "Ze" heeft een winkel in de stad. Die zal wel om een uur of tien opengaan. We gaan erheen.'

'With Georgia?'

'Ja,' zei ik. 'Met Georgia.'

Onder de douche merkte ik dat mijn tijdsbeleving weer was veranderd. Deze keer verstreken de seconden met mechanische, onverbiddelijke precisie. Niets vaags of vluchtigs meer. Elke nieuwe minuut bracht me dichter bij haar. Elke seconde.

Daarna ging alles heel snel. Georgia werd wakker, at haar chocoladebroodje en dronk haar warme melk. Candida verscheen.

'Well, have a nice walk, then, sweeties.'

Omhelzingen.

'Back for lunch, are you?'

De straat, de voorbijgangers. De klok die doortikte. Elke minuut. Elke seconde. Elke stap. Georgia zou wel een eigenaardige vastberadenheid hebben opgemerkt in de manier waarop ik haar hand vasthield en me voortbewoog. Ze keek voortdurend met haar spitse gezichtje vragend naar me op. Ik liep door, mijn kaken op elkaar geklemd, met haar handje in mijn hand, zonder te praten en zonder mijn ogen naar haar neer te slaan. Wat had ik tegen haar kunnen zeggen? We gaan de mevrouw opzoeken die Malcolm heeft aangereden? Dat kon niet. Ik voelde achter me Arabella lopen, met haar dansende, schuivende tred. Elke minuut, elke seconde, elke stap. Eva Marville. Het dikke blondje. Had ze door dat ik naderde? Voelde ze het? Nu waren we boven aan haar straat. Ik was bijna gestopt en plotseling op het trottoir blijven staan, maar achter me liep Arabella. Haar blik rustte als een hand tussen mijn schouderbladen.

'*Come on, girl. Nearly there.*'

We waren er bijna. Ik zag onze weerspiegeling in het winkelraam van een boetiek. Mijn dochtertje. Heel frêle. Ik, met een ernstig gezicht, mijn haar strak naar achteren, een verbeten trek om mijn mond. Arabella, rijzige den, gehuld in een van haar oudroze pashmina's. Een wonderlijk trio. Nogal ongevaarlijk. Niemand zou kunnen vermoeden wat onze missie was. Waarom we hier waren. Waarom we zo snel liepen, alsof ons leven ervan afhing.

Biarritz Parfums. Daar was het. Eindelijk bleef ik stilstaan. Een etalage met make-upartikelen en parfums. Zonnebrandcrèmes. Nepjuwelen. Snuisterijen. Mijn schoonmoeder en ik keken elkaar aan. Ze maakte een opwaartse beweging met haar kin. Ik duwde de deur open. Er klonk een belletje.

De lucht van hete was. Van poeder. Van cosmetica. Van nagellak. Er was niemand in de winkel, die ruim, overzichtelijk en kleurrijk was.

'Gaan we iets kopen, mama?'

Ik mompelde: 'Ja, ja.' Arabella boog zich over een display met lippenstiften alsof ze die heel interessant vond. Nog steeds niemand. Een stem in de achterwinkel. Muziek op de achtergrond. Er verscheen een jonge vrouw. Klein, donker, slank, gekleed in een roze jasschort. Een met gloss omgeven glimlach.

'Kan ik u helpen?'

Ik verwachtte Eva Marville te zullen zien met haar blonde hoofd en haar dikke lichaam, en niet deze tengere jonge vrouw. Ik was even sprakeloos. Arabella zei: 'Ik wil graag een lippenstift, *please*.'

De jonge vrouw boog zich ook over de display en tekende op de rug van haar hand lijntjes met de lippenstiften die ze vervolgens aan Arabella en Georgia liet zien. Ik luisterde niet naar hun gebabbel. Waar was 'zij'? Waarom was 'zij' er niet? Een mengeling van frustratie en opluchting. Wat ging ik nu doen? Tot hier was ik gekomen. Het zou belachelijk zijn om nu weer weg te gaan.

Een gevoel van onmacht en bitterheid. Georgia en Arabella luisterden aandachtig naar de jonge, donkere vrouw. Ik stond te trappelen en werd steeds nerveuzer. Moesten we niet weggaan, Biarritz verlaten en terugkeren naar Malcolm en Andrew? Wat had het voor nut om te blijven? Ik had geen zin meer om mijn tijd te verspillen. Ik had geen zin meer om 'haar' te spreken. Ik wilde weg. Opnieuw wierp Arabella me een blik toe. Haar ogen waren onverstoorbaar en kalm. Ze spoorde me aan te wachten, geduld te hebben. Ik antwoordde haar met een knikje. Ze had gelijk. Natuurlijk had ze gelijk. Ze had altijd gelijk.

Ik liet mijn blik over de rekken gaan. Dagcrèmes, nachtcrèmes, vochtinbrengende en reinigende maskers, peelings, antivermoeidheidsserums. Ik gebruikte die middelen niet. Alleen een paar vochtinbrengende crèmes, die ik kocht bij de apotheek. Ik stelde me voor dat veel vrouwen een fortuin uitgaven in dit soort winkels. Maar mij interesseerde het niet. Ik was niet koket. Mijn zus ook niet. Misschien hadden we voorgoed een afkeer gekregen van koket gedrag door een moeder die te gekunsteld en te zwaar opgemaakt was. Er stond een overvloed aan middelen uitgestald. Tot aan het plafond toe. Eva Marville wist waarschijnlijk precies waar ieder product stond. Ze deed dit de hele dag. Opnieuw voelde ik minachting in me opkomen. Haat jegens die vrouw. Jegens haar leventje vol schoonheidscrèmes en vloeibare make-up. Parfums, poederdonsjes, bikinilijn-epileringen en zelfbruinende schoonheidsmelk.

'Zoekt u iets speciaals?'

Een lage, bijna hese stem. Ik draaide me om.

'Ze' stond voor me.

Eva Marville.

Lang. Verbazingwekkend lang. Even lang als Arabella. Ik had me een klein, mollig vrouwtje voorgesteld. Een dik trutje. Heel anders dan op de foto's die ik bij haar thuis had gezien. Ze was fors en van een klassieke schoonheid, met smalle gewrichten. Ronde, krachtige schouders, goudbruine, ronde armen die uit haar roze jasschort staken. Kleine handen met lichtbeige nagels. Niet mooi. Maar een bijzonder aanstekelijke glimlach. Een spleetje tussen haar tanden. Een grote mond. Ik stond haar uitvoerig te bekijken zonder iets te zeggen. Mijn hart bonsde hevig. Haar haar, in blonde lokken golvend tot op haar schouders, was net als op de foto's op haar ladekast. Ze was waarschijnlijk van mijn leeftijd. Of iets ouder. Haar huid, voorzien van make-up, was fris en glad. Haar ogen waren chocoladebruin. Je zag geen verschil tussen de pupil en de iris. Twee donkere, glanzende rondjes. Dichte, gekrulde wimpers. De wenkbrauwen van een donkere vrouw, maar ze had ze gebleekt. Ze kwam naast me staan. Een energieke tred. Brede heupen, de kuiten van een amazone, gespierd, stevig en al gebruind. En heel kleine voetjes in ambergele sandalen. Ze was een hoofd groter dan ik.

Ik kon geen woord uitbrengen. Ik keek naar Arabella. Mijn schoonmoeder stond met haar rug naar me toe, alsof ze me mijn gang wilde laten gaan. Eva Marville hief haar armen en pakte crèmes boven uit een rek. Ze was waarschijnlijk minstens een meter tachtig. Ik voelde haar lichaam dicht bij me, haar warmte en haar geur. Shalimar of Chanel. En een deodorantlucht.

Ze glimlachte weer. Die merkwaardige, vrolijke, sensuele glimlach. Ze hoorde dat mijn schoonmoeder met een accent sprak.

'Spreekt u geen Frans?'

Ik stamelde: 'Jawel, ik spreek wel Frans. Ik wil graag... een verzorgingscrème, alstublieft.'

'Sorry, ik dacht dat u bij die Engelse dame hoorde.'

'Nee, nee.'

De donkere rondjes keken onderzoekend naar mijn gezicht.

'U hebt een dunne, droge huid, met wat vettere zones op de kin en het voorhoofd...'

Het accent van de streek, net als de man op het strand vanochtend.

Ze liet me cosmetica zien en vertelde erover, ik luisterde niet, ik keek alleen maar naar haar met een gretigheid die ze niet leek op te merken. Ik stond te trillen en had een droge mond. Hoe moest ik het zeggen? Hoe moest ik erover praten? Wat moest ik zeggen? Hoe en waarmee moest ik beginnen?

Waar was ik bang voor? Zij zou bang moeten zijn voor mij, zij zou moeten gaan trillen. Die stem, laag en verrassend. Alles aan haar was verrassend. Haar lengte. Haar ronde vormen. Haar chocoladebruine, glanzende blik, het spleetje tussen haar tanden. Ik had haar graag nu meteen lelijk gevonden. Weerzinwekkend. Plomp. Ik had haar graag willen uitlachen. Maar ze was majestueus. Haar gebaren hadden een onverwachte gratie.

Ik koos als in een droom een crème uit. Ik betaalde contant. Ik dacht bij mezelf dat ze mijn naam niet mocht weten. Er kwam een andere klant de winkel binnen en Eva Marville wendde zich tot haar, nog steeds met die langzame, ronde gebaren, een en al glimlach. Arabella zocht me met haar ogen. Er was geen sprake van dat ik de winkel uit zou lopen. Geen sprake van dat ik weg zou gaan.

Ik zei tegen Eva Marville dat ik een afspraak wilde maken voor een behandeling. Ze pakte een groot, zwart schrift van de toonbank en een potlood.

'Heel goed, mevrouw. Een gezichtsbehandeling? Of een lichaamsbehandeling? Een epilering?'

Het was warm in de winkel. Zware, zoete geuren van poeders en parfums die me naar het hoofd stegen. Een behandeling. Wat voor behandeling? Het deed er niet toe, een of andere behandeling, zolang ik daar maar kon blijven en zij voor me stond, in mijn gezichtsveld, en ik kon beginnen haar te ondervragen.

'Kan ik me ook door u laten opmaken?'

'Jazeker,' zei ze. 'Voor een feestje? In dat geval zou u aan het eind van de dag moeten terugkomen.'

'Nee, ik zou het nu graag met u willen uitproberen. Het is voor...'

'Een bruiloft misschien?'

'Ja, een bruiloft. Ik zou graag van tevoren wat willen uitproberen.'

Ze boog haar hoofd om in haar boek te kijken.

'Ik kan het nu meteen doen, als u wilt.'

Ik keek onopvallend naar Arabella.

'Ja, dat is goed. Nu meteen.'

Mijn schoonmoeder begaf zich met mijn dochter naar de uitgang van de winkel. Ze zei niets, maar glimlachte tegen me en maakte heel even een gebaar met haar middelvinger en wijsvinger gekruist. *Fingers crossed. Good luck*, Djoestine. Veel geluk.

Eva Marville nam me mee naar de achterwinkel. Een rij witgelakte deuren, goudgele houten planken op de vloer. Aan de muren posters van ranke vrouwen met gebruinde huid die beroemde cosmeticamerken aanprezen.

'Die kant op, mevrouw.'

Er stond een armstoel tegenover een spiegel omgeven door spotjes, zoals de beroemdheden dat hadden van wie ik droomde toen ik een tiener was.

Ik had pijn in mijn buik. Een droge mond en een bonkend hart. Het zeggen. Het nu tegen haar zeggen. Die make-up hoeft niet, Eva Marville. Ja hoor, ik weet hoe u heet. Berg uw spullen maar op. Ik hoef niet te gaan zitten. Ik ben hiernaartoe gekomen omdat u met uw mokkabruine Mercedes op 23 mei in Parijs mijn zoon hebt aangereden. En bent doorgereden. Hij ligt in coma. Daarom ben ik hier.

Ik was niet in staat te praten. Ik keek hoe ze zorgvuldig make-up, potloden en poederdonsjes uitzocht. Ik zat verstijfd in mijn stoel weggedoken. Verlamd. In de spiegel mijn magere, spitse gezicht. Een grauwe huid, kringen onder mijn ogen. Ogen die me enorm leken en helderder dan gewoonlijk, de ogen van een waanzinnige. Ogen die haar volgden bij iedere beweging, ieder gebaar en iedere ademtocht.

Ze had me nog niet aangeraakt. Ik zag op tegen het moment. Toen het zover was, sloot ik mijn ogen. Ze haalde de make-up van mijn gezicht.

Ik voelde op mijn wangen en voorhoofd de vingers van de vrouw die Malcolm had aangereden. Ik voelde op mijn gezicht de handen die het stuur van de mokkabruine Mercedes vasthielden.

'Ontspant u zich maar, mevrouw.'

Ik deed mijn ogen open, ze glimlachte niet onvriendelijk, met het wattenschijfje in haar hand. Ik kon geen woord tegen haar zeggen. Had alleen mijn waanzinnige blik op haar gericht.

'Wilt u dat ik muziek opzet? Helpt dat misschien?'

Ik knikte waarschijnlijk met mijn hoofd, want ze draaide zich om en stopte een cd in een gleuf en plotseling klonk er muziek:

On candystripe legs the spiderman comes
Softly through the shadows of the evening sun.

'Lullaby', van The Cure. Het favoriete nummer van Andrew.

Het was zo absurd, zo onverwacht, om dit liedje hier, op deze plek, bij 'haar' te horen dat er een ongelovige glimlach over mijn lippen gleed. Andrew hield zo van dit liedje dat hij in staat was het vijf of zes keer achter elkaar af te spelen. Het was het liedje dat we het vaakst hoorden, thuis, in zijn auto en op zijn kantoor. Malcolm en Georgia kenden het uit hun hoofd en konden perfect de klaaglijke stem van Robert Smith nadoen.

'Het gaat nu wat beter, lijkt het wel. Vindt u dit leuke muziek?'

Ze was bijna klaar met het langzaam schoonmaken van mijn gezicht. De reinigingsmelk rook naar amandelen en naar baby. Naar wat zoet en zacht was. In de spiegel mijn roze, gladde, naakte gezicht.

Eva Marville ging door.

'Ik ben dol op Engelse popmuziek. Tears for Fears, The Cure, Depeche Mode, Soft Cell. Maar dat is wel het enige waar ik van hou bij de Engelsen! Wilt u misschien iets anders horen, mevrouw?'

'Nee, nee hoor.'

Candystripe legs. Niet zo eenvoudig te vertalen, candystripe legs. De spinnenman komt aanzetten op zijn veelkleurige poten. Ik hoorde Andrew al zeggen: 'Welnee, nou ja, Justine, candystripe dat kun je niet vertalen, dat is onvertaalbaar, je kunt niet zeggen: zijn veelkleurige poten, dat is het gewoon niet.'

Ze smeerde een vloeibare crème op mijn huid.

'Houdt u niet van de Engelsen?' vroeg ik.

Ze haalde haar schouders op.

'Zij houden ook niet van ons, denkt u niet?'

'De Engelsen vinden ons smerig, pretentieus en chauvinistisch.'

Kirrend lachje van Eva Marville, als het gekoer van een duif.

'Smerig? Zij zijn eerder smerig. En bovendien heel erg bleek en verwijfd. En snobistisch. Maar goed, ik ben dol op hun muziek. Die cd van The Cure bijvoorbeeld, die is geweldig. Robert Smith is een genie, zijn look, zijn stem, zijn teksten, de clip van 'Lullaby', alles. Vindt u niet? De Engelsen zijn de top in de muziek, al vanaf de Beatles en de Stones. Sting. Annie Lennox, Elton John. Bryan Ferry. En zelfs groepen die net beginnen, zoals Cold Play. Dan kunnen wij wel inpakken met onze opgelapte Johnny's en Sardous.'

A movement in the corner of the room
And there is nothing I can do
When I realise with fright
That the spiderman is having me for dinner tonight.

'Kunt u me iets over de jurk vertellen?'

Korte stilte.

'De jurk?'

'De jurk die u op uw bruiloft gaat dragen, mevrouw.'

Geen enkele hatelijkheid in haar stem. Vriendelijkheid en hartelijkheid. Geduld.

'Ik moet weten welke kleur hij precies is, zodat ik de make-up daarop kan afstemmen, begrijpt u?'

Ik mompelde ja. Toen zei ik: 'Een bronskleurige jurk. Het is niet mijn bruiloft, maar die van mijn zus.'

'Ik begrijp het, mevrouw. Bronskleurig. Ja, dat zal mooi staan bij uw ogen.'

Ze keek me even aan. En toen haar brede glimlach. Haar grote tanden. De kuiltjes in haar wangen.

'Heel goed. Dan gaan we aan de slag. Ik ga beginnen met de fond de teint. We gaan het heel licht doen, u zult zien, mevrouw, het wordt beeldschoon.'

Ze boog zich weer naar me over en ik rook haar parfum, de bloemige geur die ze uitstraalde. En een miniem vleugje zweetlucht.

Hoe meer tijd er voorbijging, hoe minder ik me in staat voelde met haar te praten. Haar te vertellen wat ik hier kwam doen. Ik kon me niet verroeren en geen woord uitbrengen. Ze had me ingepakt, ze had me beetgenomen met dat praatje over de Engelsen, de Fransen en de muziek, ze had me bij de neus genomen, ze had me op een zachtzinnige manier in haar macht met haar kwakzalversmiddeltjes, en nu was het te laat, te laat om wat dan ook tegen haar te zeggen, ik had de gelegenheid voorbij laten gaan, ik had mijn opkomst op het toneel verknoeid. Te laat.

Ik haatte mezelf. Gevangen in mijn angst, in mijn lafheid.

Robert Smith fluisterde met zijn hijgende stem:

And I feel like I'm being eaten
By a thousand million shivering furry holes.

Terwijl ik mijn gezicht, mijn ogen en mijn mond aan Eva Marville overleverde en terwijl de misselijkheid in een lange, brandende kramp in me opkwam, dacht ik bij mezelf dat Robert Smith met zijn krankzinnige smoel, zijn bleke gelaatskleur, zijn warrige zwarte haren en zijn slordig opgesmeerde lippenstift, precies beschreef wat er op ditzelfde moment met mij aan de hand was, mijn onvermogen om te reageren, mijn zwakheid en mijn afgrijzen, want Eva Marville was de spin uit het liedje 'Lullaby', de spin die in het donker aan komt zetten, vraatzuchtig en gulzig, de spin die steeds dichter bij me komt, zachtjes lachend, onverbiddelijk, huiveringwekkend, de spin die me verlamt door mijn eigen angst, die me in haar harige armen sluit, die haar tong in mijn ogen steekt, die me uit alle macht vastklemt, die me verstikt, opzuigt, leegzuigt en me in één hap opschrokt.

And the spiderman is always hungry.

Kleine toetsjes op mijn gezicht, op mijn oogleden en wenkbrauwen. Zachtheid en toewijding. Ze deed haar best. Ze wilde me mooi opmaken.

De vrouw die mijn zoon had aangereden.

Dit was haar leven. De hele dag was ze bezig andere vrouwen mooier te maken, hun antirimpelcrèmes aan te smeren, hen van hun beharing af te helpen, hun met een palet aan kleuren een ander gezicht te geven, zoals ze dat ook bij mij deed. De hele dag moest ze andere vrouwen aanraken, hen in slip en beha zien, zich een beeld vormen van hun intimiteit. Misschien dat ze op den duur, als een door de gewoonte afgestompte arts, haar klanten niet meer zag doordat ze steeds maar met ze bezig was. Hoe was haar jeugd geweest? Aan haar accent te horen was ze hier opgegroeid. Ze had altijd deze stad gekend, die leefde op de maat van het toeristenseizoen en die zich 's winters kouwelijk slapende hield in afwachting van de volgende zomer.

Met gesloten ogen probeerde ik de woede en drift weer op te roepen die zich bij haar thuis van me meester hadden gemaakt, toen ik zin had gehad om alles kapot te maken, alles stuk te slaan. Waar waren die woede en die drift gebleven? Verdwenen. Weg. Vervlogen. En daarvoor in de plaats voelde ik een onverwachte, eigenaardige gewaarwording opkomen waarvan ik versteld stond.

Ik voelde sympathie voor Eva Marville. Ja, ik vond haar sympathiek. Hoe was dat mogelijk? Ik vond haar aardig ondanks alles in me dat het tegendeel uitschreeuwde. Op onverklaarbare wijze voelde ik me prettig bij haar. Haar ongedwongenheid, haar vriendelijkheid, haar ronde, soepele gebaren, haar stevigheid en haar sappige glimlach. Je kreeg zin om je hart bij haar uit te storten. Je kreeg zin om haar te horen lachen. Dingen met haar te delen. Ik had alles verwacht behalve dat. Ik had een norse, onsympathieke vrouw verwacht wier lafheid op haar gezicht geschreven stond, ik had een hautaine vrouw verwacht, een perverse, een kwaadaardige, een arrogante, alles had ik verwacht, maar niet deze kalme, serene vrouw, niet deze geruststellende stem, niet deze geamuseerde zachtmoedigheid in haar blik. Ik wilde een hekel aan haar hebben, maar het lukte me niet.

Haar jonge collega riep haar.

'Eva! Telefoon voor je! Het gaat om de bestelling voor morgen!'

Ik deed mijn ogen open. Ze glimlachte en veegde haar handen af.

'Neemt u me niet kwalijk,' zei ze, 'ik kom zo terug, mevrouw.'

Ik keek hoe ze wegliep. Haar majestueuze houding, de kleine voetjes, de brede heupen, de ronde, indrukwekkende kont onder haar roze jasschort.

Blik in de spiegel. Ik had een smetteloze, frisse gelaatskleur, de gelaatskleur van een jong meisje. Ik was tien jaar jonger geworden.

Op de tafel voor me stonden de flacons, de poeders en vloeistoffen die me dit nieuwe gezicht hadden gegeven. De oogschaduw lag op een plateautje uitgestald, als het palet van een schilder. Lilagoud. Lagunegroen. Oriëntaals blauw. Mokkabruin. *Mokka*. Daar kwam dat woord nu alweer op mijn weg.

Mokka. Vóór het ongeluk was mokka de favoriete koffie van Emma, die ze met kleine slokjes dronk terwijl ze haar ogen samenkneep, dat kostbare zwarte brouwsel met een zwaar, krachtig aroma, waardoor ik het soms betreurde dat ik zo van thee hield; 'Mokka', zo heette de kat van Cécile en Stéphane, onze buren van de vierde verdieping, een zwarte kat met witte vlekken die op de vensterbank van het keukenraam kwam zitten om ons met zijn gele ogen aan te staren; in het Engels was het *mocha*, bijna op dezelfde manier uitgesproken, het 'cha' klonk als een K, maar de O lang en rond als in *motorway*; mokka was dat onvergetelijke cakegebak met koffiecrème waar Andrew en ik van hadden gesmuld in een winter in Duitstalig Zwitserland. Maar nu was mokka de Mercedes, de bruine schicht die niet was gestopt. Mokka, dat waren de chocoladebruine ogen van Eva Marville. Mokka, dat was het coma van mijn zoon.

Er stond iemand. Ik draaide me om.

De jongen met de krulletjes. Zijn duistere, argwanende blik. Zijn vossenkopje achter de deur.

'Dag,' zei ik.

Hij gaf geen antwoord. Hij kwam binnen zonder naar me te kijken en ging toen op de houten vloer zitten en begon zachtjes kreunend heen en weer te wiegen.

'Hoe heet jij?'

Geen antwoord. Alleen het regelmatige wiegen van zijn lichaam en zijn kreunende ademhaling. Waarom kreeg ik zo'n ongemakkelijk gevoel van dit jongetje? Ik had de indruk dat hij me niet zag. Of dat hij me niet wilde zien. Ik vroeg me af of hij doorhad dat ik degene was die zich de vorige avond bij hem thuis had verstopt.

Zijn moeder kwam binnen.

'Arnaud!'

Zielig ging hij rechtop zitten.

'Wat doe je daar? Ik heb je gevraagd de klanten niet lastig te vallen. Anders ga je naar de Mickey Club, hoor je me?'

Hij stond op, met een stuurse blik.

'Ik wil niet naar de Mickey Club want ze doen allemaal alsof ik achterlijk ben omdat ik hun uitleg hoe de treinen van de toekomst rijden en hoe Anakin Skywalker Dark Vader is geworden omdat hij naar de duistere kant is overgelopen en hij zijn moeder heeft verloren en hij nachtmerries kreeg en hij bang was zijn vrouw Padmé op dezelfde manier te verliezen.'

Steeds het geluid van die dreunende, betweterige stem in dat kleine kamertje.

Zijn moeder duwde hem geërgerd, maar niet zonder tederheid, in de richting van de deur.

'Kom, schiet op, schat, laat mama werken.'

'Ik heb geen last van hem,' zei ik.

Ze glimlachte naar me. Daarna deed ze de deur achter hem dicht.

'Dat is aardig van u, mevrouw. Maar het is beter zo. Echt.'

Ik keek haar aan. Haar gezicht leek treurig en plotseling had ze ingevallen wangen.

'Hoezo beter?'

Ze zuchtte.

'Hij is niet helemaal als andere kinderen, begrijpt u.'

Ik wist niet wat ik moest zeggen.

'Arnaud heeft het syndroom van Asperger. Dat is een zeldzame vorm van autisme.'

Ze had er moeite mee zich op de make-up te concentreren. Een kwastje bleef onzeker voor mijn ogen in de lucht hangen.

Asperger. Ik herinnerde me dat woord te hebben gelezen in zijn dossier op de ladekast in haar kamer, toen ik zonder dat ze het wist in haar huis was geweest.

'Het zijn kinderen die er normaal uitzien, maar ze leven in hun eigen wereldje. Ze hebben moeite met communiceren. Ze nemen alles letterlijk. Je kunt bijvoorbeeld niet tegen Arnaud zeggen: "ik schrik me dood" of "maak dat de kat wijs". Hij begrijpt het niet, hij wordt bang. Maar vaak zijn ze briljant, en dat geldt ook voor Arnaud. Hij is erg geïnteresseerd in het heelal, de planeten, het zonnestelsel, de TGV en ruimteschepen.'

Ze keek hoe ik reageerde. Vluchtig glimlachje.

'Ik verveel u hiermee, mevrouw. Gaan we verder met de oogleden? Doet u ze dicht, alstublieft.'

Ik sloot gehoorzaam mijn ogen. The Cure op de achtergrond, 'Just Like Heaven' nu. En dat deed me nogmaals aan Andrew denken. En aan Malcolm, die gekke bekken trekkend de gitaarsolo nadeed.

Toen was daar haar stem weer. Hees, de stem van een rookster.

'Het schijnt dat bekende mensen het syndroom van Asperger hebben gehad. Leonardo da Vinci, Einstein, president Kennedy. En het waren allemaal briljante personen, genieën zelfs. Ik probeer me niet al te veel zorgen te maken om Arnaud. Maar hij wordt op school gepest. U hebt gehoord hoe hij praat, alsof hij een boek voorleest.'

'Ja.'

'Kijkt u omhoog, alstublieft. Ik kan u verzekeren, het is niet altijd even makkelijk met Arnaud. Bovendien heeft mijn man geen enkel geduld met hem. Hij is snel geïrriteerd, snel geërgerd door het joch, hij beseft niet dat het kind het moeilijk heeft.'

'Aha.'

'Het is moeilijk, want mijn man is verder een schat, echt een schat. Maar hij kan de ziekte van zijn zoon moeilijk accepteren, begrijpt u? Het lukt hem niet met Arnaud te communiceren. Hebt u kinderen, mevrouw?'

Hebt u kinderen, mevrouw?

Ik hield mijn adem in.

Ja, ik heb een kind, een kind dat jij hebt aangereden, dikke troela die je d'r bent, een jongen die in coma ligt, ja, ja, ik heb een kind, een tiener die misschien wel nooit meer wakker wordt, of misschien verlamd blijft, of nooit meer dezelfde wordt, ja, dat is mijn kind, en jij hebt dat gedaan. Jij hebt het gedaan.

Plotselinge moordneigingen. Zin om haar dikke roze nek met beide handen vast te pakken en uit alle macht te knijpen. Ik had het op dat moment kunnen doen. Heel makkelijk. Heel snel. Een verrassingseffect. Wurggeluiden. Ze wankelt op haar goudkleurige sandaaltjes maat 36. Ze wordt vuurrood. Ze zakt aan mijn voeten in elkaar. Een zwaar, dof geluid op de lichte houten vloer.

'Nee, ik heb geen kinderen.'

Een beleefde stilte. Vervolgens een 'ach'. Ze leek in verlegenheid gebracht.

Het kostte me moeite om te praten. Ik deed mijn ogen half open. Ze stond over me heen gebogen. Ik voelde haar adem. Warm en naar drop of munt ruikend. Een zweempje tabak. Haar donkere ogen, bodemloze putten. De rimpeltjes in haar ooghoeken. Een licht donslaagje op haar bovenlip. Ze stond vlak bij me. Ik vroeg me af wat ze opmaakte uit de blik in mijn ogen. Wat ze opmaakte uit mijn aanwezigheid hier.

Voorzichtig deed ze een stap achteruit.

'We doen zachtpaars op de oogleden, dan komt het groen van uw ogen mooi uit. Oké?'

Het lukte me om ja te knikken. Was ze bang voor me? Dacht ze dat ze met een malloot te maken had?

'Ik geloof dat uw mobiele telefoon trilt, mevrouw.'

Het duurde een paar tellen voor tot me doordrong wat ze zei. Hevig gezoem van de telefoon. Ik rommelde in mijn tas.

Andrew.

'Malcolm heeft zijn ogen geopend, hoor je me, Justine, hij heeft zijn ogen geopend, net zoals laatst met jou. Het duurde vijf of zes minuten.'

Ik stond op uit de stoel terwijl ik een ongearticuleerd kreetje slaakte van vreugde, van angst, van allebei.

'*Come back*, Justine, schiet op, kom terug. Hij heeft je nodig. En ik heb je ook nodig. Wat spook je daar uit, *for God's sake*?'

Eva Marville stond met haar mollige rug naar me toe, ze stelde zich terughoudend op en maakte zich zo klein mogelijk.

'Wat zeiden de artsen?'

'Die zeggen niets, zoals gewoonlijk. Ik weet verder niets, ik weet niet of Malcolm zijn hele leven zo zal blijven, of in een rolstoel, of als een kasplantje, het enige wat ik weet is dat jij terug moet komen. Justine, hoor je me? Waarom zeg je niets? Waar ben je? Wat doe je? Geef eens antwoord!'

Hij moest eens weten. Hij moest eens weten dat ik op het moment dat hij tegen me praatte, mijn ogen liet rusten op de vlezige schouders van Eva Marville. De vrouw die onze zoon had aangereden. De vrouw tegen wie ik nog niets had gezegd.

Niets had kunnen zeggen.

'Vindt u het mooi, mevrouw?'

De vrouw in de spiegel was een onbekende. Een vrouw met grote goudgroene ogen, een roze omrande mond en een stralend gezicht. Een vrouw die ik niet kende. Nee, ik had haar nog nooit gezien. Ze was mooi. Mooi zoals ik nooit was geweest.

'U zou moeten nadenken over uw kapsel, hebt u al ideeën?'

Haar handen in mijn haar. Haar trage, sensuele glimlach.

Ik wilde niet langer dat ze me aanraakte. Ik wilde niet langer naar haar kijken. Ik kon haar niet langer verdragen, noch haar stem, noch haar gezicht. Ik wilde maar één ding, en dat was hier weggaan en mijn zelfbeheersing en energie hervinden. Ik had nooit hierheen moeten gaan, me laten opmaken en een uur blijven zitten in dit benauwde kamertje, overgeleverd aan haar willekeur. Ik had de moed niet gehad om wat dan ook te zeggen. Ik had de moed niet gehad haar te vertellen wie ik was en waarom ik hier was. Ik was deerniswekkend. Malcolm, je moeder is deerniswekkend. Je moeder is je niet waard.

Ik vertrok in allerijl, betaalde contant, zei dat het heel mooi was en keek haar niet aan.

Eenmaal buiten kreeg ik zin om te huilen. Te huilen van woede, van ergernis en wanhoop. Ik liep lange tijd doelloos rond. Met gebogen hoofd en een gekromde rug. In de straten hing een milde warmte en het rook er naar de abrikozenbeignets die ze op de hoek verkochten, vlak bij het Grande Plage. De mensen deden hun boodschappen en namen hun kinderen mee om te gaan zwemmen. Iedereen was met zijn eigen leven bezig. Behalve ik. Welk leven? Ik had geen leven meer. Welk leven was van mij? Nog nooit had ik me zo machteloos gevoeld. Zo leeg. Zo hol.

Mannen staarden me aan. Ik vroeg me af waarom. Toen begreep ik dat het door de make-up kwam. In de etalageruiten zag ik mijn weerspiegeling, die van de mooie vrouw van daarnet, de onbekende met de grote jadekleurige ogen en de glanzende roze mond. De blik van de mannen bleef aan me hangen als klauwen in de mazen van een net. Ik was het niet gewend. Het was nieuw voor me. Ik wist niet of ik het leuk vond of niet. Ik wist het niet meer.

Elf uur 's ochtends en het werd steeds warmer. De make-up kriebelde op mijn huid. Ik had zin om alles eraf te halen, de hele boel weg te vegen. Nu ik niet de moed had gehad om met haar te praten, waarom zou ik dan nog blijven? Waarom niet meteen weggaan, in het vliegtuig stappen, Arabella voor mijn dochtertje laten zorgen en snel naar het ziekenhuis gaan om mijn zoon te zien, mijn zoon die nogmaals zijn ogen had geopend?

Mijn telefoon trilde. Nummer onbekend. Ik aarzelde en nam toen op.

Het was Laurent, de agent. Achter hem hoorde ik hard geschreeuw en het geronk van auto's.

'Ben je nog steeds in Biarritz?'

'Ja.'

'Heb je die vrouw gezien?'

'Ja.'

Zucht.

'Ik kon niets tegen haar zeggen. Ik heb niets gezegd.'

'Dat is goed. Luister, ik ben de hele dag in Biarritz. We kunnen iets afspreken. Oké?'

'Ja.'

'We spreken af bij het Grande Plage, vlak bij het Casino? Lukt dat?'

'Ja.'

'Over een halfuur?'

Hij kwam aanrijden op een motor. Zwarte helm, zwart T-shirt. Een groene Ray-Ban Pilote, de bril die in de jaren zeventig werd gedragen en nu weer in de mode was. Hij was gebruind. Ongeschoren. Hij had niets van een politieagent. Een man op vakantie, die er uitgerust uitzag. Ik vroeg me af of hij een wapen droeg. Handboeien. Zijn politiekaart.

Zijn blik liet me niet los, zoals bij alle mannen die ochtend sinds Eva Marville me had opgemaakt. Hij wist waarschijnlijk niet meer waar hij aan toe was. Ik leek niet meer op de bleke, jammerende moeder van een paar avonden terug. Op de vrouw die op het bureau tegenover hem had gezeten. Op de vrouw die hij in zijn armen had gehouden.

We gingen in de schaduw zitten in een café op het Grande Plage, naast de Mickey Club waar de kleine Arnaud niet heen wilde omdat ze hem daar uitlachten.

Laurent had zijn helm op de lege stoel tussen ons in gelegd.

'Nog nieuws van je zoon?'

'Hij heeft vanochtend zijn ogen opengedaan.'

'Dus hij is uit zijn coma ontwaakt?'

'Nee, hij is niet uit zijn coma ontwaakt.'

Hij bestelde een koffie voor zichzelf en een mineraalwater voor mij. Hij stak een sigaret op.

'Vertel eens, Justine. Jij en die vrouw.'

Ik keek naar mijn handen, die op het plastic tafeltje lagen.

'Er valt niets te vertellen. Ik ben naar haar winkel, haar parfumerie gegaan. Ik heb niets tegen haar gezegd, nou ja, niets over mijn zoon.'

'Waarom ben je hierheen gekomen?'

Ik keek op. De mascara vormde kleine zwarte sprietjes rond mijn blikveld.

'Ik weet het niet. Ik weet het niet meer.'

Hij zat zwijgend te roken terwijl hij me aanstaarde. Hij deed zijn bril af. Lichte ogen die me aandachtig opnamen.

Om ons heen liepen mensen voorbij, pratend en lachend, met op de achtergrond de golven die steeds maar weer stuksloegen op het strand. Kinderen sprongen op de trampolines van de Mickey Club, krijsend van plezier. Tieners met piercings in hun navel spraken zachtjes in hun telefoon. Een moeder gaf haar zoontje op zijn kop omdat hij zand in hun eten had gegooid.

'Ik heb het bureau aan de lijn gehad. Mijn collega's zijn maandagochtend bij haar, heel vroeg.'

'Maandagochtend?'

'Ja. En nu gaat het snel. Het is me gelukt er beweging in te krijgen, ondanks het zomerreces.'

Ik wist niet of ik hem moest bedanken, of ik iets moest zeggen. Ik wist niet wat. Ik glimlachte alleen maar.

Lichte ogen die naar mijn gezicht en mijn mond keken.

'Ik heb voor jou risico's genomen, Justine. Ik heb dingen gedaan die een politieman niet mag doen. Jou haar naam geven, bijvoorbeeld. Je hier komen opzoeken tijdens mijn vakantie. Er met je over praten, je al die details geven. Ik zou graag willen dat je daar rekening mee houdt. Wat ik je laatst heb gezegd, ik zou graag willen dat je dat niet vergeet. Geen stommiteiten, Justine. Laat ons ons werk doen. Ga terug naar Parijs, naar je zoon. Je hebt hier niets meer te zoeken.'

Zijn stem klonk vriendelijk. Maar vastberaden.

Ik knikte. Toen zei ik zonder hem aan te kijken: 'Ze is aardig, die vrouw, weet je. Niet agressief. Eerder sympathiek. Gewoon. Niet mooi, maar aantrekkelijk. Een mooie glimlach.'

'Wat deed het je om haar te zien?'

'Ik had haar afschuwelijk willen vinden. Haar haten. Maar dat gebeurde niet. Ik vond haar prettig en relaxed. Ik kon niet anders dan haar sympathiek vinden. Ze heeft een autistisch kind. Het lijkt niet makkelijk, die zoon van haar.'

'Hoe weet je dat?'

'Ik ben naar haar winkel gegaan, zij heeft deze make-up aangebracht. In een uur had ze genoeg tijd om dat allemaal te vertellen. En ik heb het kind gezien.'

'En jij hebt haar niets verteld? Over je zoon en het ongeluk?'

De fond de teint begon te jeuken.

'Nee. Welnee. Ik durfde niet. Ik verloor de moed. Het is waardeloos, ik weet het. Waardeloos.'

Hij maakte een ongeduldig gebaar.

'Hou op, Justine. Hou ermee op jezelf voortdurend zwart te maken, jezelf naar beneden te halen.'

Hij leek geërgerd.

'Twijfel je altijd zo aan jezelf? Dat is uiteindelijk onuitstaanbaar. Kijk eens naar jezelf. Je hebt het recht niet om zo lelijk tegen jezelf te doen.'

Ik moest lachen.

'Naar mezelf kijken? Ja hoor, ik zie mezelf wel! Ik zie een stomkop die geen lef heeft. Mijn zus, die zou er meteen op af zijn gestapt, die zou in één keer alles tegen dat vrouwtje hebben gezegd. Ze zou alles eruit gegooid hebben, het hele verhaal. Ze zou geen boodschap hebben gehad aan haar glimlach en haar vriendelijke woorden. Ze zou recht op haar doel af zijn gegaan. Terwijl ik...'

Ik keek door een waas van tranen. Ik wreef in mijn ogen en voelde dat de make-up aan mijn vingers bleef plakken.

'Je mooie make-up.'

Ik kon niet nalaten even te snikken.

'Ben je klaar met je gejammer?'

Ik ging weer rechtop zitten en knikte.

'Luister eens. Je gaat terug naar Parijs, oké? Vandaag nog, zodra het kan. Ik zal je bellen om je van de zaak op de hoogte te houden. Je kunt op me rekenen.'

Zijn hand daalde neer op de mijne. Een brede, donkere hand. Blonde haartjes.

'Met je zus hebben we niks te maken. Blijf zoals je bent.'

Zijn huid was warm en glad.

Ik zei: 'Ga je terug naar Hossegor?'

'Ja, dat is een halfuur over de snelweg. Zal ik je terugbrengen naar het huis van je vriendin?'

Candida woonde niet ver weg. Maar ik moest langs de kust omhoog en ik voelde me plotseling uitgeput.

'Ik heb geen helm.'

Hij lachte.

'Je vergeet dat je met een politieman bent.'

Om achter hem op de motor te klimmen, moest ik mijn rok over mijn benen omhoogtrekken. Ik zag zijn lichte ogen achter het vizier over mijn blote huid gaan. Ik huiverde even. Een huivering die ik lang niet had gevoeld. Ik moest mijn armen om zijn middel slaan om niet te vallen. Zijn geur was me vertrouwd. Lichte tabak, een zweem van wasmiddel, iets fris. Zijn lichaam was kleiner, maar steviger, krachtiger dan dat van Andrew. Ik zat goed, daar achter hem. Ik was in geen jaren bij een man achter op de motor gestapt. Niet meer sinds ik getrouwd was. Het was een intieme houding, die gespreide dijen, mijn geslacht tegen zijn billen, zo lijf tegen lijf. Terwijl hij tegen de kust omhoog zijn snelheid opvoerde, dacht ik plotseling bij mezelf dat ik lange tijd zo met hem had willen blijven doorrijden, naar het zuiden, naar Spanje, wegrijden, alles vergeten, iets buitensporigs doen, alles achter me laten, mijn man, mijn zoon in coma, mijn dochter, mijn zus, mijn broer, ze allemaal achterlaten, ervandoor gaan, rechtdoor rijden, met deze vent, die lekker rook en mooie lichte ogen had, deze politieman, van wie ik niets wist, behalve dat hij me aandoenlijk, moedig en koppig vond.

Voor Candida's huis zette hij zijn helm af. Hij zat nog steeds op zijn motor en ik stond voor hem. We wisten niet wat we moesten zeggen. We keken elkaar alleen even aan en glimlachten een beetje. Ik had 'dank je' kunnen mompelen, maar het kwam er niet van. Ik wist niet hoe ik afscheid van hem moest nemen. Hem mijn hand toesteken? Een vriendschappelijk gebaar maken terwijl ik me omdraaide? Maar hij legde zijn hand achter mijn nek, trok me naar zich toe en kuste me snel op mijn mondhoek. De huivering zigzagde wild door mijn buik.

In de spiegel van de lift zag ik een vrouw, een mooie vrouw met zwart omrande ogen en vlekkerige make-up. Ik kon niet nalaten te giechelen, als een op heterdaad betrapte tiener.

Ik hoorde geluiden, stemmen vanuit de keuken. De kristalheldere lach van mijn dochter en de lagere lach van Arabella. Het muzikale timbre van Candida. Ze zaten waarschijnlijk te lunchen. Stilletjes liep ik naar de badkamer en verwijderde toen snel de make-up van Eva Marville. Ik had het gevoel eindelijk weer op te leven en te kunnen ademen. En bij mijn mondhoek voelde ik nog de warme, vochtige mond van Laurent, ook al was die daar maar een fractie van een seconde blijven rusten. In de slaapkamer ging ik op het bed liggen, met een stijve rug. Ik kon goed merken dat ik een nacht niet had geslapen. Ik deed mijn ogen dicht en even moest ik zijn ingedut.

Op mijn telefoon stonden een heleboel berichten en sms'jes. Mijn vriendinnen, die wilden weten hoe het ermee ging en niet begrepen waar ik was. Mijn broer, die zich ongerust maakte. Mijn zus, die erop aandrong dat ik haar terugbelde. Mijn vader, nog steeds even zuur. En verder een aanbod voor werk, een tekst die met spoed vertaald moest worden voor een communicatiebedrijf. Geen bericht van Andrew. Ik probeerde hem te bereiken, zonder succes. Daarna belde ik naar het ziekenhuis voor Malcolm. De toestand was stabiel. Uiteindelijk zette ik mijn telefoon uit en legde hem op het nachtkastje. Ik had geen zin om met wie dan ook te praten.

Ik wist niet wat ik tegen mijn schoonmoeder moest zeggen, hoe ik haar mijn nederlaag kon bekennen. Haar bekennen dat we voor niets hierheen waren gekomen. Ik durfde niet met haar te praten. Ik schaamde me ook. Ik had haar hiernaartoe gesleept. En ik was niet eens in staat geweest iets te doen. Er bleef me niets anders over dan de treinkaartjes voor de dag te halen, de koffers in te pakken en te vertrekken. Dat wilde Laurent. Geen stommiteiten, Justine. Mij kussen was zeker geen stommiteit? Waarom kuste hij me? Wat had hij gewild dat ik deed. Dat ik hem ook kuste? Dat ik ergens de liefde met hem zou bedrijven, in een hotelletje in de buurt, een kamertje met gesloten luiken, een koud bed, naakte huid, een onbekend lichaam onder mijn vingers? Ik had Andrew nooit bedrogen. Ja, het had wel gekund. Ik was een paar keer bijna in de verleiding gekomen. Een journalist die ik op een borrel bij een uitgever was tegengekomen. Een advocaat die ik in een vliegtuig had ontmoet. En nog een paar, die ik was vergeten. Maar ik was altijd terughoudend geweest en had me nooit laten gaan, zelfs niet toen ik wist dat hij mij wel bedroog. Ik had uit wraak kunnen handelen, net als hij doen, hem met gelijke munt betalen. Maar nee, ik had me in mijn verdriet en mijn stilzwijgen verschanst. Zoals gewoonlijk.

Arabella kwam mijn kamer binnen met een dienblad. Dampende Lapsang Souchong en scones. Boter en een potje Marmite, dat eigenaardige zwartige, bittere mengseltje waar de Engelsen dol op zijn. Ik had geleerd het te waarderen, wat uitzonderlijk was voor een Française. Ze ging op de rand van mijn bed zitten zonder een woord te zeggen. Ze wachtte af. Ik steunde op een elleboog, nam thee en een scone, die ik met een beetje Marmite besmeerde. Ik trotseerde de grijsblauwe blik met de hangende oogleden à la Charlotte Rampling.

Ze knikte.

'Wat wilt u nu gaan doen, Djoestine?'

'De politie komt maandagochtend bij "haar" thuis. De agent

die zich met het onderzoek bezighoudt heeft het bevestigd.'

Stilte, alleen haar blik op mij gericht. Nog een verschil tussen de Engelsen en ons. De Engelsen hebben geen behoefte aan praten. De Fransen praten te veel. En de Engelsen misschien niet genoeg. Maar dat was ik gewend.

'Ik heb niet veel tegen Eva Marville gezegd, weet u. Het was ingewikkeld. Ik kon het niet.'

Ze knikte. Ze sprak geen oordeel uit. Ze luisterde naar me en steunde me op haar manier, in haar stilzwijgen. Ze stond op en streek haar rok glad over haar lange, smalle dijen. Een glimlach waaruit tederheid sprak. Ze beet even zachtjes op haar lip, om me te laten zien dat ze toch ongerust was, en dat ze er voor me was als ik erover wilde praten. Daarna ging ze weg.

Toen ze zachtjes de deur achter zich dichtdeed, begreep ik wat me te doen stond.

Plotseling werd het heel helder in mijn hoofd.

Ik wachtte tot de vuurtoren de invallende duisternis de baas werd en met zijn gele lichtbundel het donker doorboorde. Toen ging ik opnieuw op weg naar Villa Etche Tikki. Ik liet een briefje achter op de keukentafel, ik schreef dat ik snel zou terugkomen. Georgia lag te slapen. Candida en Arabella zaten zachtjes te praten in de woonkamer. Ze hoorden me niet weggaan, ik zorgde ervoor dat ik de deur niet dichtsloeg.

Bijna tien uur. In westelijke richting was boven de horizon een deel van de hemel nog licht, met oranje vlekken van de zon die net was ondergegaan. In het oosten kwam de nacht aanzetten, oneindig, donker en blauw, doortrokken van een tastbare vochtigheid.

Ik liep snel, met mijn handen in de zakken van mijn spijkerjack. De restaurants en bars zaten propvol. De mensen aten tapas en gamba's, lachten en dronken, en praatten luid. Auto's reden stapvoets, motors knetterden. Op het strand van de Côte des Basques was het eb. Geen surfers meer, maar wel een paar nachtelijke zwemmers die ik vanuit de verte het witte schuim van de golven zag passeren. Voor me de flonkerende lichtjes van Spanje. Dichterbij kon je Guéthary, Saint-Jean-de-Luz en Hendaye zien liggen, plaatsen die ik alleen van naam kende. Ik kende de kust niet, ik kon ze niet lokaliseren. De wind kwam vanuit het zuiden, stormachtig, vochtig en zilt. Er was voor de nacht onweer voorspeld. Ik rook het al, het naderde met de duisternis. Krachtig, dreigend. Angstwekkend.

Met iedere stap werd ik verder opgezweept door de vijandigheid die ik tegenover Eva Marville voelde. Ik zou me in geen geval meer laten verleiden door haar glimlach, haar langzame, rustige gebaren, haar stem, ik zou in geen geval meer bang zijn, me laten muilkorven, me op de achtergrond houden. Hoe dichter ik bij haar huis kwam, hoe groter en sterker mijn minachting en kribbigheid werden, als het onweer dat boven de Pyreneeën tot ontwikkeling kwam en waarvan de bliksemschichten zich aftekenden tegen de donkere lucht. Nee, ik was niet bang meer. Nee, ze imponeerde me niet meer. Nee, ik zou niet meer met me laten sollen.

Met iedere stap kwamen er gedachten bij me op, vreemde, volkomen nieuwe gedachten, die ik rustig bestudeerde. Zouden mijn ouders gedaan hebben wat ik van plan was te gaan doen? Ik probeerde me mijn moeder voor te stellen terwijl ze bezig was deze helling te beklimmen, haar magere beentjes die met grote stappen over het trottoir liepen, het harde tikken van haar diabolohakken, de maaiende beweging van haar resolute armen, haar verbeten mond, haar hoge, met lak bespoten kapsel helemaal in de war door de aantrekkende zeewind. Nee, mijn moeder zou dit niet gedaan hebben. Mijn moeder zou de politie haar werk hebben laten doen. Mijn moeder zou 'm hebben geknepen. En Emma? Zou mijn zus het gedaan hebben? Ja, waarschijnlijk wel, maar die reus van een man van haar zou haar hebben tegengehouden. Misschien zou hij zelf Eva Marville zijn gaan opzoeken. Ik kon niet nalaten te lachen. Ik stelde me mijn zwager voor, zwaarlijvig en met een hoogrode kleur, bij haar op de overloop. En bij wijze van introductie een ondubbelzinnige uppercut. Mijn broer? Ja, Olivier zou het gedaan hebben, voor mij. En mijn vriendinnen? Catherine, Laure, Valérie? Ja, zij ook, dat wilde ik mezelf tenminste wijsmaken. Zij zouden het gedaan hebben, en ik voelde dat ze achter me stonden, alsof ze echt naast me liepen, wilskrachtig, sterk en met een ernstige blik. Mijn drie beste vriendinnen, die elkaar niet goed kenden, maar die mijn vriendschap gemeen hadden, mijn drie getrouwen. Toen ik bij de Promenade des Basques aankwam, besefte ik voor het eerst dat ze alle drie donkerbruine ogen hadden, mokkabruine ogen, zoals die van Eva Marville.

5

Net als de vorige avond stond de glazen voordeur open. Snel beklom ik de trap, met een hand aan de leuning. Ik wist precies waar ik heen ging. Ik aarzelde niet meer. Het was alsof ik Villa Etche Tikki op mijn duimpje kende, die geur van een lichtelijk muf en vochtig oud huis, de verschillende etensluchtjes die uit elk appartement kwamen, en het doffe gegons van televisies, gesprekken en muziek.

Ik wist dat 'zij' er was, want toen ik aankwam, had ik omhooggekeken en licht zien branden. Ze hadden waarschijnlijk al gegeten, ze zaten naar een film te kijken en het jongetje lag misschien al in bed. Eva Marville was mij vergeten. Voor haar was ik gewoon een klant, een klant die ze vast en zeker vreemd had gevonden en weinig spraakzaam, en die zodra ze voor haar make-up had betaald was weggelopen. Ze dacht niet meer aan mij, waarom zou ze ook? Ik maakte deel uit van haar verleden, gewoon een vrouw die ze moest opmaken, een vrouw van een jaar of veertig, een vrouw als ieder ander. Ze had niets gezien, ze wist van niets. Ze dacht dat ze veilig was, en haar man ook. Ze hadden Malcolm aangereden en waren ervandoor gegaan. Ze dachten geen seconde dat ik hen zou vinden. Ze beschouwden het als een afgedane zaak.

Ik aarzelde zelfs niet toen ik voor haar deur stond, ik belde aan, hard en kort. 'Hij' deed open. Hij droeg een geel T-shirt en een joggingbroek. Van dichtbij was zijn huid grof, en zijn korte haar vettig. Domme, fletse, uitdrukkingloze ogen. En nog steeds die zoete, schijnbaar mannelijke aftershavelucht. Hij was lang, langer dan ik gedacht had, en nogal gespierd.

Ik hoorde het geluid van de televisie achter hem. Ik had het gevoel dat de atmosfeer steeds benauwender werd met dat onweer dat elk moment kon losbarsten. Het waaide, de wind blies tegen de ramen. Je hoorde de zee steeds harder bulderen.

Hij zei: 'Ja?', terwijl hij met een autoritair en agressief gebaar zijn kin omhoog bewoog. Hij had grove handen met korte vingers en droeg een trouwring die te strak zat.

'Ik kom voor Eva Marville.'

De woorden kwamen met verbijsterend gemak uit mijn mond.

Hij krabde met zijn korte vingers op zijn hoofd.

'U bent...?'

Hij had een veel uitgesprokener zuidwestelijk accent dan zij.

Hij vertrouwde me kennelijk niet. Hij keek op zijn horloge, tien uur al, en het kind lag al in bed. Ik zag dit allemaal door zijn hoofd gaan en zich weerspiegelen in zijn doffe ogen. De televisie ging uit.

'Weet u wel hoe laat het is?'

Voordat ik kon antwoorden, verscheen zij bij de deur van de woonkamer. Ze droeg een kort lila nachthemd dat haar dijen onbedekt liet. Grote, zachte, gebruinde dijen. Blote voeten. Een sigaret in de hand. Voor het eerst vond ik haar, net als hem, lelijk, ordinair en laag-bij-de-gronds. Ik vond hen allebei afzichtelijk, dik, ingezakt en zwelgend in een intimiteit die me tegenstond.

Ze stond naar me te staren terwijl ze een trekje van haar sigaret nam. Toen herkende ze me.

Haar glimlach, overdreven breed. Maar die had geen enkel effect meer op me.

'Was er een probleem met de make-up? Een allergie?'

Haar man gromde.

'Wie is die vrouw?'

Ze duwde hem zachtjes aan de kant.

'Laat maar, Dan, het is een klant van me. Maak geen lawaai, want dan wordt de jongen wakker.'

Ik had nog steeds niets gezegd.

'Kom, komt u binnen. Wilde u mij spreken?'

Haar gezicht een en al vriendelijkheid. Haar oprechte blik. Haar dikke, trillende dijen. Ik kreeg bijna medelijden met haar.

Ze stapte opzij om me binnen te laten en wees me waar de woonkamer was. Ze drukte haar sigaret uit in een asbak. Hij kwam achter ons aan, met zijn armen over zijn borst gekruist. Koppige blik. Ik dacht bij mezelf dat hij een vermoeden moest hebben. Hij had het waarschijnlijk begrepen. Maar zij niet. Zij had niets door. Ik dacht bij mezelf dat ze wel erg dom moest zijn. Oneindig dom.

Het onweer barstte los met een zeldzame hevigheid. Ik schrok. Een witte, felle bliksem, even helder als het daglicht, doorboorde het duister. Een stortvloed van water begon op het dak neer te kletteren.

Toen viel het licht uit.

Alle drie stonden we in het donker. Eva Marville begon te jammeren.

'Ik haat onweer, ik ben bang!'

Haar man mompelde: 'Kut!', en tastte rond om een aansteker te pakken. Hij stak een kaars aan. Bij het flakkerende schijnsel van het vlammetje zag Eva Marville eruit als een bang klein meisje. Ze stopte haar oren dicht en sloot haar ogen terwijl ze kreten slaakte. Haar man zuchtte. Hij vond haar waarschijnlijk belachelijk. Ik verwachtte dat de jongen in doodsangst aan zou komen zetten, met zijn mond wijd open, net als de vorige avond, op het moment waarop hij mijn mobieltje had horen trillen. Maar hij verscheen niet.

De man stak een paar kaarsen aan en nu kon ik om me heen de

inrichting van de kamer zien die ik al kende. De boeken in de kast, de aquarellen, de ivoorkleurige gordijnen, de kussens van gebloemde stof. Ze wisten geen van beiden dat ik zonder hun medeweten al bij hen thuis was geweest. Ze moesten wel denken dat ik hier voor het eerst was. In deze halfduisternis zag de kamer er anders uit, onrustbarender, bijna angstaanjagend, met die telkens langszwiepende stralenbundel van de vuurtoren.

'U wilde mij iets vertellen.'

Haar stem, hees, bedaard en vriendelijk.

Ik ging rechtop staan. Ik keek haar recht in de ogen, waar de kaarsvlammen flakkerend weerspiegeld werden in het zwart van haar irissen.

'Ik weet dat u het bent.'

Ik zei het op een besliste, zelfverzekerde manier.

Ik zag duidelijk dat ze allebei, ieder op zijn manier, probeerden de betekenis van mijn woorden te doorgronden. Ze draaiden ze om naar alle kanten, pluisden ze uit, bestudeerden ze, analyseerden ze, maar die paar onbetekenende woorden leidden een eigen leven en golfden tussen ons in door de lucht, alsof ze in vurige letters waren gekalligrafeerd. Zijn mond stond een beetje open en zijn ogen glansden vreemd. Zij schudde haar hoofd zonder het te begrijpen.

Ik ging verder.

'U hoeft het niet te ontkennen. Ik weet dat u het bent.'

Ze liep naar me toe. Ze stond vlak bij me. Ze wilde me aanraken, maar ik deed een stap achteruit. Het geraas van het onweer maakte dat ze er verder van afzag. Ze had zichzelf weer in de hand.

'Neemt u me niet kwalijk, mevrouw, maar ik begrijp niets van wat u zegt.'

Haar man haalde zijn schouders op, met een boosaardige trek om zijn mond.

'U komt hier zomaar binnenvallen en u slingert ons nietszeggende dingen naar het hoofd.'

Ik voelde hoe mijn lippen een glimlach vormden die er angstaanjagend uit moest zien.

'Dan zal ik uw geheugen eens opfrissen. Ik was van plan geweest u dat allemaal vanochtend te vertellen, toen ik in uw winkel kwam, maar toen ging het niet. Ik heb even gewacht en besloten vanavond te komen. Maar de politie is er maandagochtend, heel vroeg. En die zal haar werk doen.'

'Waar hebt u het over?' vroeg Eva Marville met een zielig stemmetje.

Was ze bang? Ze leek verbijsterd, de kluts kwijt.

Opeens was er weer stroom. Het licht was wit en meedogenloos na het zachte goudgeel van de kaarsen. Het gezicht van de man leek lijkwit, dat van Eva Marville purperrood aangelopen. Ook de huid van haar decolleté was rood geworden, met overal grote vurige vlekken.

'De jongen die u in mei hebt aangereden. Dat was mijn zoon. Hij ligt in coma.'

Weer was het stil na de schok die mijn woorden teweeg hadden gebracht. Eva Marville wreef met een nerveus gebaar steeds over haar nek.

Buiten trok het onweer weg, het regende minder hard, in kleinere druppels.

'Ik denk dat u zich vergist.'

'Nee, ik geloof niet dat ik me vergis. Getuigen hebben het nummer genoteerd van de auto die is doorgereden. Het was een oud model Mercedes, bruin. 66 LYR 64. Zegt u dat iets?'

Ze leek na te denken, zich te concentreren. Ik dacht bij mezelf dat ze goed komedie speelde, ja, ze had echt talent.

'Dat is inderdaad mijn kenteken. Maar dat kan niet! Ik heb niemand aangereden! Dan zou ik het toch nog wel weten.'

De man zei niets. Hij keek naar zijn voeten. En vervolgens naar zijn handen. Hij leek stomverbaasd, knock-out geslagen.

'Ik ben naar u toe gekomen, ik wil met u praten, omdat ik het probeer te begrijpen. Sinds ik weet dat u achter het stuur zat, sinds ik weet dat u zelf moeder van een kind bent, probeer ik te begrijpen hoe u dat hebt kunnen doen, een tiener aanrijden en ervandoor gaan. De politie is er overmorgen, maar ik vraag u of u het mij nu wilt uitleggen. Daarvoor ben ik gekomen.'

Eva Marville krabde weer in haar nek. Ze schudde haar hoofd van links naar rechts, ze ademde gejaagd, ze hijgde bijna.

'Begrijpt u eigenlijk wel waar u me van beschuldigt! Dit is afschuwelijk! Ik heb uw zoon niet aangereden, ik heb nog nooit iemand aangereden! U bent gek, ja, volslagen gek. Wie denkt u wel dat u bent?'

Ze stond nu te schreeuwen en haar stem, waaruit de keelklank geheel was verdwenen, klonk schel en doordringend als een sirene. Ondraaglijk.

Ik stond ook te schreeuwen, even hard als zij.

'Zo is het wel genoeg! U zegt dat omdat u gesnapt bent. U weet best dat het de waarheid is. U bent bang en u probeert zich te verdedigen. En ik kan aan het gezicht van uw man wel zien dat ik gelijk heb. Hij was bij u die dag, toch? U reed, maar hij was bij u. Jullie zijn lafaards. Monsters. En ik hoop dat de politie haar werk goed doet en dat jullie zo zwaar mogelijk gestraft worden.'

Ze draaide haar hoofd naar hem toe. Hij leek nog bleker dan daarnet, alle kleur was uit zijn gezicht weggetrokken.

'Dan, zeg eens wat, het is toch onvoorstelbaar dat iemand ons van zoiets beschuldigt. Het is vreselijk.'

Hij durfde me eindelijk aan te kijken. Hij leek nog steeds even ontdaan, hij zocht naar woorden.

'U vergist zich, wij hebben het niet gedaan, zij heeft het niet gedaan. Ga weg nu, het is nou wel mooi genoeg geweest. Laat ons met rust!'

Ik voelde dat mijn vuisten zich balden tot twee levende balletjes vol haat.

'Nee, ik ga niet weg. Ik wil weten waarom jullie niet zijn gestopt. Ik heb het recht dat te weten, en u zult het sowieso aan de rechter moeten uitleggen. Ik wacht.'

Ik ging met mijn armen over elkaar op de bank achter me zitten. De kaarsen die hij had aangestoken, brandden nog steeds. Kleine, spitse gele vlammetjes.

'U kunt goed komedie spelen. U had actrice kunnen worden, vind ik. U, meneer, wat minder. Je kunt wel zien dat u er lelijk mee in uw maag zit dat ik jullie heb opgespoord en dat de politie maandag op de stoep staat. Maar u, mevrouw, petje af. Daar valt niets op af te dingen.'

Eva Marville ging langzaam naast me zitten. Met haar handen op haar mollige knieën probeerde ze weer vaste voet aan de grond te krijgen.

'Goed, u gaat het me allemaal uitleggen, mevrouw, oké? We zullen ons niet opwinden, we blijven kalm. We beginnen weer bij het begin.'

Ze praatte tegen me alsof ik een debiel, een idioot was. De man stond links van me, in een stijve houding, ik kon zijn gezicht niet zien. Maar ik vermoedde dat hij kwaad was en niet op zijn gemak, ook al zei hij niets meer.

'Waar was dat ongeluk dan, mevrouw?'

'Dat weet u best.'

'Vertelt u het mij.'

'Op de Boulevard M.'

'In Parijs?'

'Natuurlijk, in Parijs.'

Ik had zin om haar een klap te geven. Hoe durfde ze een spelletje met me te spelen? Te doen alsof ze van niets wist? Ik haatte haar. Ik vervloekte haar.

Ze glimlachte. Ze glimlachte al haar grote tanden bloot.

'U moet weten dat ik al twee jaar niet meer in Parijs ben geweest.'

'U was er afgelopen mei, want u hebt mijn zoòn aangereden op het zebrapad, tegenover de kerk. Met uw Mercedes.'

'Nee, ik ben al twee jaar niet meer in Parijs geweest, dat zeg ik u. De hoeveelste mei was het?'

'Dat weet u net zo goed als ik. Woensdag 23 mei om halfdrie 's middags.'

Opnieuw een stilte. Alleen de regen die op de pannen van het dak viel. Een klein stemmetje liet zich horen, achter in het huis.

De man keek me aan met een vernietigende blik.

'De jongen is wakker geworden, kut!'

'Ga naar hem toe, Dan. Ga naar hem toe.'

Hij liep met zijn logge, onelegante tred de kamer uit.

Plotseling kreeg ik een ingeving.

'Ik denk dat ik wel weet waarom u komedie speelt als hij erbij is.'

Ze stak een sigaret op.

'O ja?'

Haar brutaliteit. Haar laatdunkendheid.

'U was die dag met een andere man. Uw minnaar.'

Ze nam een flinke trek van haar sigaret.

'Weet u, ik vond u vanaf het begin al vreemd. Zodra u mijn winkel binnenkwam, zodra ik u zag. En die nepmake-up waar u om vroeg. De bruiloft van uw zus. Flauwekul.'

'U moet niet van onderwerp veranderen. Ik weet waarom u ontkent. U was met een ander. Daarom bent u niet gestopt. U was bang. Bang dat uw man erachter kwam. Maar nu komt uw man er niet alleen achter dat u hem bedriegt, maar bovendien dat u een lafaard bent van de ergste soort. Een vrouw die in staat is een kind aan te rijden en er dan vandoor te gaan.'

Ze barstte in lachen uit. Een afschuwelijke, bittere lach.

'Het is echt erg met u. Houdt u dan nooit op? U bent volkomen geschift. Doet u dat vaak, bij mensen thuis komen en zulke onzin uitkramen? U zou zich moeten laten behandelen. En gauw ook. Het spijt me voor uw kind, maar ik heb niets met dat ongeluk te maken.'

Ik ging dichter bij haar zitten. Zo dichtbij dat ze mijn adem kon voelen.

'Nee, u hebt gelijk, ik hou nooit op. Maar in ieder geval is het voor u te laat. De politie is hier maandagochtend. En dan vertelt u die praatjes maar aan hen.'

'Ik was die dag niet in Parijs. Dat heb ik u gezegd.'

'Bewijs het maar.'

Ze observeerde me even zonder een spier te vertrekken.

'Heel goed. Ik zal het u bewijzen.'

Ze stond op, liep naar het halletje en kwam terug met de blauwe plastic map die ik op de ladekast in haar kamer had zien liggen. En met een agenda.

'Ik heb het u vanochtend al verteld, over mijn zoon. Weet u nog? Het syndroom van Asperger? Hier, kijk maar. Leest u dit artikel maar. Op 23 mei was er een internationaal congres over dit onderwerp in Barcelona. Daar was ik, met Arnaud. We hebben beroemde professoren ontmoet, we hebben gekeken hoe hij ervoor staat, het duurde twee dagen. We hadden een halfjaar naar dat moment uitgekeken. Hier, het ontvangstbewijs van onze vliegtuigtickets, we zijn vanaf Biarritz-Parme rechtstreeks naar Barcelona gevlogen. We hebben gelogeerd bij een nicht van mijn moeder, die daar woont. U kunt haar bellen als u wilt. Nu meteen.'

De ontvangstbewijzen van de retourtickets. Op naam van Eva Marville-Bonnard en Arnaud Bonnard. Het artikel over het congres.

En in haar agenda, die ze me liet zien, stonden twee dagen doorgehaald met de woorden 'Barcelona/Arnaud/Asperger'. Woensdag 23 en donderdag 24 mei.

'En dit is het medische dossier van Arnaud en het commentaar van de professoren die naar hem hebben gekeken. Hier. Kijk maar naar de datum. 23 mei.'

Ik zag nauwelijks wat ze me liet zien. Ik las haastig de eerste pagina door. Het stond er in het Engels: *Child, male, 8 years old, mild Asperger, regular symptoms.*

Ik voelde de wanhoop in me opkomen. En een vreselijk gevoel van machteloosheid. Ik sloot mijn ogen. Ik had de indruk dat alles verloren was. Dat ik er nooit meer bovenop zou komen. Ik had er buikpijn van. Ik was verpletterd. Weer helemaal van voren af aan beginnen. Alles weer overdoen. Het eindeloos durende coma. Mijn leven dat nergens meer op leek. Mijn leven dat ik niet meer zag zitten. Dit leven dat ik niet meer zag zitten. Geen hoop meer. Geen moed meer. Niets meer.

Ze zat zwijgend te roken. Toen zei ze zachtjes: 'Het spijt me voor u.'

Ik opende mijn ogen. Ze leek verdrietig en enigszins in verlegenheid gebracht. Haar gezicht stond minder kwaadaardig en agressief. Ze was weer de Eva Marville die ik kende, de vrouw die ik ongewild sympathiek had gevonden.

'U voelt zich waarschijnlijk beroerd. Sorry voor alles wat ik tegen u gezegd heb. Hoe heet uw zoon?'

'Malcolm.'

Ik had moeite met praten, mijn keel voelde aan alsof hij met schuurpapier was bekleed.

'Hoe oud is hij?'

'In september wordt hij veertien.'

'Wat is er gebeurd?'

'Hij was van muziekles op weg naar huis. Een auto reed door rood licht. Die is tegen hem op gebotst. En niet gestopt. Een paar getuigen hebben het kenteken genoteerd, maar het was onvolledig.'

'Ik zal een glas water voor u halen.'

Ze liep weg en liet mij alleen achter in de woonkamer. Wat ging ik nu doen? Alles was verloren. Alles moest weer opnieuw worden uitgezocht. Ik had er de moed niet voor. Ik had nergens de moed meer voor. Ik had de moed niet meer om te vechten, noch voor mezelf, niet voor mijn zoon.

Ik dronk het koele water dat ze me aanreikte. Mijn handen trilden.

'Ligt uw zoon nog steeds in coma?'

'Ja.'

'In Parijs?'

'Ja.'

'Toch hebt u vanmorgen tegen me gezegd dat u geen kinderen had.'

Er klonk geen verwijt in haar stem, het was alleen een constatering.

'Ja, dat heb ik tegen u gezegd, maar dat klopte niet. Ik heb ook een dochtertje, Georgia. Ze is een jaar ouder dan uw zoon. Zij was vanochtend bij me. Met mijn schoonmoeder, die Engelse dame.'

'Bent u Engelse?'

'Nee, mijn man is Engels.'

Ze glimlachte.

'Daarom houdt u van popmuziek.'

Ik glimlachte ook, een moeizaam glimlachje. Ik zag weer voor me hoe ik daarnet in de avond was vertrokken, in mijn eentje, in de wind en in het donker. Ver van Malcolm, ver van Andrew vandaan. En dat allemaal voor niets. Waar was het goed voor? Andrew had tegen me gezegd: *'Why are you doing this? What for?'* En ik had geantwoord: 'Ik doe het omdat ik een moeder ben, een mama, en ik zal niet slapen zolang ik niet weet wie het heeft gedaan, ik zal niet meer slapen zolang ik die vrouw niet heb gevonden, want ik wil het begrijpen.' Hij had het niet begrepen, en toen had ik geprobeerd hem de eendenkuikens te beschrijven die we de afgelopen winter in het Parc Montsouris hadden gezien. Een moedereend probeerde haar jonkies te beschermen die piepend achter haar aan zwommen, en zodra je te dicht bij de vijver kwam, richtte ze zich op haar pootjes op in het water en sloeg met haar vleugels terwijl ze een krachtig gesnater liet horen. De moedereend, dat was ik. Maar ik had Malcolm niet kunnen beschermen. Andrew had geërgerd een zucht geslaakt: 'Ik begrijp niets van die *ducks*-verhalen van je, jouw plaats is hier bij je zoon, jij bent zijn moeder, hij heeft je nodig.'

'Gaat u terug naar Parijs?'

'Ja, ik denk het wel.'

'Naar uw zoon en uw man?'

'Ja, ik mis ze.'

'Weet uw man dat u mij bent komen opzoeken?'

'Ja, en hij is het er helemaal niet mee eens. Niemand is het ermee eens, behalve mijn schoonmoeder, die lange Engelse dame die u vanochtend zag.'

'Maar wat zocht u dan precies toen u kwam? Wat wilde u?'

'Begrijpen. Alleen maar begrijpen. Begrijpen hoe je een tiener kunt aanrijden en niet stoppen.'

'Ja, ik snap het. Als ze dat met mijn zoon hadden gedaan, zou ik hetzelfde doen. Precies hetzelfde als u.'

Ze glimlachte naar me, een hartelijke, samenzweerderige glimlach. Ze stak weer een sigaret op. Opnieuw was ik verbaasd dat je je in haar gezelschap prettig voelde, op je gemak. Ze bezat de gave je tot rust te laten komen, je te kalmeren. Ik vroeg me af wat het was. Haar glimlach? Haar blik? Haar stem?

'Vooral omdat ik met mijn zoon... U hebt gezien hoe hij is... de neiging heb om overbezorgd te zijn. Ik ben bang dat er iets met hem gebeurt, de hele tijd bang, want hij leeft in een andere wereld. Op school zijn de andere kinderen vreselijk tegen hem. Ik moest met zijn juf en met de directeur gaan praten, zo naar deden ze tegen hem. Maar ik kan niet de hele tijd over hem waken.' Ze onderbrak zichzelf en zei: 'Ik verveel u met mijn verhalen, neem me niet kwalijk. Wilt u iets anders drinken? Een cola? Of wijn?'

'Ja, ik wil wel een glas wijn.'

'Witte wijn, rosé?'

'Witte wijn, graag.'

Ze kwam terug met twee glazen witte wijn. Ik dronk een paar

slokjes. Toen zei ik: 'Ik voel me een beetje belachelijk dat ik zomaar bij u ben komen binnenvallen.'

Haar brede, schalkse glimlach.

'Het geeft niet, de film stelde niks voor.'

'Het spijt me. Ook voor uw man.'

'Het belangrijkste is dat u de dader vindt. Doet de politie haar werk goed?'

Ik dacht aan Laurent, aan alles wat hij voor mij en Malcolm had gedaan.

'Ja, er is een jonge, energieke agent. Hij slooft zich voor ons uit.'

'Komt de politie maandagochtend?'

'Ja, dat heeft die agent tegen me gezegd.'

'Gelukkig dat ik die tickets voor Barcelona heb bewaard.'

'Ja.'

Stilte.

'Dacht u echt dat ik het was?'

'Ik was ervan overtuigd dat u het was. Het kenteken, de kleur van de auto, het automerk, alles klopte.'

'U zult wel moedeloos zijn.'

'Ja. Heel erg. Ik wist het zo zeker. De getuigen hadden zelfs de kleur van uw haar genoteerd.'

Ze trok haar wenkbrauwen op.

'Mijn haar?'

'Ja, de getuigen zagen een vrouw achter het stuur, een blonde vrouw met lang, krullend haar, en een man rechts naast haar.'

Haar gezicht verkrampte. Plotseling.

Dat verbaasde me. Ze was opeens wit, vreselijk wit onder haar bruine gelaatskleur.

'Een blonde vrouw met lang, krullend haar?'

'Ja. Zoals dat van u.'

Ze verroerde zich niet meer. Haar ogen, als schoteltjes, staarden me aan. Enorme, donkere ogen.

‘Hebben getuigen dat gezien?’

Haar stem was nog heser dan gewoonlijk.

‘Ja.’

Ze leek naar adem te snakken. Niet in staat te praten. Ik was getroffen door haar blik. Ik durfde niet te vragen wat er aan de hand was. Ik wist niet wat ik moest doen. De sigaret in haar hand bleef branden. Een dunne streep as viel op het tapijt.

‘Wat is er met u? Wat is er aan de hand?’

Maar ze gaf geen antwoord. Het was alsof ik er niet meer zat. Ik pakte de sigaret, die dreigde op het tapijt terecht te komen, en drukte hem uit in de asbak.

Eva Marville verborg haar gezicht in haar handen en begon heel zachtjes te kreunen. Te kreunen van pijn. Als een dodelijk gewond dier.

Op dat moment kwam haar man binnen.

'Hij slaapt, eindelijk!' verzuchtte hij.

Hij zag hoe ze in elkaar gedoken op de bank zat. Hij verstijfde.

Ik zei niets, aangegrepen door deze eigenaardige scène, die vrouw in tranen en deze verstarde man. Ik begreep totaal niet wat er aan de hand was.

'Wat is er nou met je?'

Ze zat nog steeds te snikken, haar ronde schouders trilden.

Hij keek naar mij.

'Wat heeft ze?'

Ik maakte een hulpeloos gebaar. Hij ging naast haar zitten. Hij wilde een arm om haar heen slaan, maar ze duwde hem verbazingwekkend hardhandig weg.

'Laat me. Laat me met rust!'

Hij verloor zijn geduld en zuchtte.

'Wat is er met je, vertel!'

Ik voelde me te veel. Tegelijkertijd was ik gefascineerd door de huiselijke scène die zich hier afspeelde, ook al wist ik niet wat erachter zat. Ze keek op, haar gezicht was ontdaan, opgezwollen en vlekkerig van tranen.

'Er zat een blonde vrouw achter het stuur, Daniel. Een blonde vrouw met lang, krullend haar. Getuigen hebben haar gezien.'

Haar stem klonk gebroken en dof.

'Ja, nou en?' antwoordde de man onbeschaamd. 'Wat is het probleem? Jij was niet in Parijs, dat weten we, jij was in Barcelona met de jongen, dat heb je toch tegen die mevrouw gezegd?'

Ze stond op. Ze was weer de vrouw met de ronde, majestueuze bewegingen. Ze stond tegenover hem. Ik zag dat ze van top tot teen trilde. Haar vuisten gingen krampachtig open en dicht. Toen boog ze zich naar voren met een gespannen gezicht en een verkrampte mond, alsof ze op hem wilde spuwen.

'Hoe kon je? Hoe kon je?'

Ze riep die woorden verscheidene malen, met dezelfde schorre, rauwe stem. Ik zag dat hij bleek was geworden, dat zijn glazige, duffe ogen haar blik niet verdroegen. Hij zweeg, verlamd van schrik.

Ik keek om en zag dat het jongetje met de krulletjes de kamer was binnengeslopen zonder dat zijn ouders het hadden gemerkt. Hij was op de grond gaan zitten, zoals hij die ochtend in mijn bijzijn had gedaan, en hij wiegde heen en weer, met zijn hoofd tussen zijn knieën.

Eva Marville stond te briesen van woede en verdriet.

'Lisa. Je was met Lisa.'

Hij schudde zijn hoofd, zijn lippen zagen wit. Ze ging nog harder tekeer.

'Je was met Lisa! Lisa! Lisa!'

Haar stem was niet meer dan een schreeuw van pijn die mijn oren deed tuiten.

Lisa. Die naam zei me iets. Maar wat? Ik wist zeker dat ik die naam pas nog had gehoord.

'Rustig, Eva!'

Hij stond op, greep haar stevig bij de arm, zoals je een wild kind tot rede probeert te brengen.

'Wat stel je je nou aan.'

Zijn accent maakte hem bijna komisch.

Ze duwde hem nogmaals krachtig weg.

'Lisa! Lisa! Je was met Lisa. Zeg het. Beken het maar. Je hebt gewacht tot ik naar Barcelona vertrok en toen hebben jullie samen mijn auto gepakt en zijn naar Parijs gereden.'

'Je bent niet goed bij je hoofd!'

Ik zat tegelijkertijd geschokt en gebiologeerd naar ze te kijken.

'Je draait al twee jaar om haar heen. Ik heb het wel gezien, ik heb gezien hoe je naar haar kijkt sinds die bewuste zomer, je denkt dat ik blind ben, je denkt dat ik niks zie!'

Het kind zat nog steeds heen en weer te wiegen, zachtjes neuriënd, met zijn ogen dicht, als in trance. Zijn ouders hadden hem nog steeds niet opgemerkt.

'Ik heb schijt aan Lisa, waar heb je het over, je verzint dingen, heb je gedronken of zo?'

Ze ging rechtop staan en nog niet eerder had ze me zo groot, zo dreigend geleken, met een duidelijk zichtbare keelader, een naar voren stekende kaak en een indrukwekkend lichaam.

'We zullen eens zien of ik gedronken heb. Dat zullen we eens zien.'

Ze bukte zich en pakte de telefoon van de salontafel. Toetste het nummer in. Hij stond verbijsterd naar haar te kijken.

'Lisa. Je moet onmiddellijk komen. Nee, geen tegenspraak, ik moet met je praten, je komt onmiddellijk. Ik wacht.'

Ze hing op.

Ik zei: 'Wilt u dat ik ga?'

Haar blik bleef op mij rusten en ik kreeg het gevoel dat ze zich opeens van mijn aanwezigheid bewust werd.

'Nee. Blijft u maar. Wilt u de waarheid weten? Die krijgt u zo te horen. We zullen wachten op Lisa. Ze is er binnen vijf minuten, ze woont hiertegenover.'

Lisa. Nu wist ik het weer. Toen de telefoon was gegaan. Terwijl ik de vorige avond hier was. Het antwoordapparaat was aangegaan. 'Met mij, met Lisa, is er iemand?' De stem van een jonge vrouw. Wie was zij? Ik brandde van nieuwsgierigheid. Wat was haar relatie met Eva Marville en haar man?

In volmaakte stilte zaten we te wachten. Zelfs het jongetje zweeg, hij had zich verstopt achter een stoel, je zag alleen zijn blote voeten.

De man bleef staan, hij leek verslagen en zenuwachtig. Eva Marville zat onverstoorbaar en waardig op de bank te roken.

De deur sloeg dicht. Een stem.

'Hier ben ik!'

Er kwam een vrouw binnen. Heel jong. Eerst was het alsof ik Eva Marville zag, maar dan twintig jaar jonger. Dezelfde forse gestalte, dezelfde lengte. Ik stond paf. Het was het meisje op de vergeelde foto. Maar ze had lichte ogen, van een bijzondere kleur blauw.

Het was haar dochter. Lisa was haar dochter.

'Nou? Wat wilde je, mam?'

Ze zag mij.

'Goedenavond, mevrouw.'

Een aardige glimlach, net zo aardig als die van haar moeder.

De man stond naar het raam gedraaid, met een gekromde rug.

Ze droeg een spijkerbroek met lage taille waarboven je een mollige, gebruinde buik zag. Een zwarte blouse waarin een ronde, appetijtelijke boezem goed tot zijn recht kwam. Een piercing in haar linkerwenkbrauw. Een mooie, dikke, mollige, blonde vrouw, in de volle glorie van haar jeugd. Een Nana van Zola die naar geurige kokosolie rook.

'Ga zitten.'

Haar moeder had zich nu weer een normalere houding weten te geven. Maar haar handen trilden nog steeds.

'Zie je deze mevrouw?'

Verwarde blik van het meisje in mijn richting.

Eva Marville boog zich voorover. Geur van Shalimar.

'Sorry, maar ik weet niet hoe u heet.'

Ik vertelde het haar.

Eva Marville begon langzaam te praten met een kalme, al te kalme stem.

'Justine Wright heeft een zoon van dertien jaar. En die zoon heb jij aangereden op woensdag 23 mei. Toen je in Parijs was met Daniel, tijdens mijn reis naar Barcelona. Nee, laat me uitpraten. Jullie hebben míjn auto gepakt. Jullie zijn naar Parijs gereden. Jullie hebben de huislijn en jouw telefoonlijn op jullie mobieltjes laten overzetten, zodat ik niets door zou hebben. Hou je mond, zeg ik je.'

Even was het stil. Toen ging ze door, met luidere stem.

'En je had nog wel tegen me gezegd dat je naar je vent ging, dat je het weekend bij hem zou zijn. Ik had niets in de gaten. Jij bij je vent, Dan hier, niks aan de hand. Maar nee. Jullie hebben alles bekokstoofd. Jullie hebben alles achter mijn rug om voorbereid. Je bent nooit bij Denis geweest. Jullie zijn naar Parijs gereden, hebben daar waarschijnlijk een nacht doorgebracht en de volgende dag, op de Boulevard M., zat jij achter het stuur, terwijl je niet eens een rijbewijs hebt, en jullie zijn door het rode licht gereden en jullie hebben haar zoon geschept. Jullie zijn niet eens gestopt. Jullie waren bang, dus jullie hebben tegen elkaar gezegd: we stoppen niet.'

De stilte die in de kamer heerste was spectaculair. Eva Marville nam een slok uit het glas wijn dat op de tafel stond.

Ze ging verder met haar verhaal. Haar stem klonk harder en dreigender.

'Dat kind ligt nog steeds in coma. Al meer dan een maand. Al meer dan een maand hebben jullie tweeën dit voor mij geheimgehouden. Meer dan een maand leven jullie met dit op je geweten en geen moment hebben jullie hier met mij over gesproken. En dat allemaal om jullie verhouding voor mij geheim te houden. Jullie verhouding, die waarschijnlijk al veel eerder is begonnen, maar vanavond heb ik geen zin daarnaar te vragen. Ik hoef niet te weten hoe lang mijn man al met mijn dochter neukt. Ik denk vooral aan die jongen die in coma ligt. Maar wat zijn jullie voor mensen? Wat zijn jullie voor mensen? Wat zijn jullie voor mensen om zoiets te doen? Ik heb het gevoel dat ik niet weet wie jullie zijn, niet meer weet wie jullie zijn. Gelukkig maar, Lisa, dat je vader niet meer leeft, dat hij niet meer ziet wat jij van je leven hebt gemaakt, en van het mijne!'

Bij die laatste woorden schreeuwde ze het uit. De hele kamer galmde van haar haat en verbittering. Het jongetje moest wel doodsbang zijn. Je zag hem niet meer, hij was volledig achter de stoel verdwenen.

De dochter was lijkwit, maar ze durfde de blik van haar moeder nog steeds te trotseren. De man echter was nog maar een schim van zichzelf...

'Mama...'

Eva Marville hief haar hand op. Ze fluisterde en er blonk iets in haar ogen.

'Zeg niks tegen me. Praat niet tegen me. Maandag komt de politie. Dan mogen Daniel en jij tekst en uitleg geven.'

De man had zich eindelijk omgedraaid. Uit het veld geslagen, bedremmeld. Als een leeggelopen ballon.

'Luister eens, Eva...'

Weer hief ze gedecideerd haar hand. Ze fluisterde.

'Hou je mond. Ik wil je niet meer horen. Hou je mond.'

Ze wendde zich tot mij.

'U ziet, mevrouw, ik dacht dat het een prima kerel was. Je kunt je in mannen vergissen. Je vergist je vaak. Ikzelf heb me de eerste keer vergist met de vader van Lisa. Ik was nog jong, ik wist niks van het leven. Het was een harde kerel, haar vader. Harteloos. Hij is bij me weggegaan. Ik heb me jarenlang afgebeuld om mijn winkel te kunnen openen en mijn dochter groot te brengen. Hij is omgekomen bij een motorongeluk. Niemand mist hem. Daarna dacht ik dat hij daar de ware was. Ik geloofde erin. Jonger dan ik. We kregen samen het kind. Hij bekommert zich niet om zijn zoon. Hij doet niets voor zijn zoon. Voor hem is Arnaud niet meer dan een zielig autistje, ik vraag me zelfs af of hij wel van hem houdt.'

Een lange stilte. Het meisje luisterde ademloos toe.

Haar moeder ging verder, met een lage stem vol droefenis.

'Ik had al van het begin af aan door moeten hebben dat ik weer op een verkeerde was gestuit. De zomer dat Lisa zestien werd. Twee jaar geleden. Toen hij naar haar begon te kijken, haar begon te begluren. Aan haar te frunniken. Ja, toen moet het zijn begonnen. En ik wilde niets zien. Het maakte me veel te bang, dus sloot ik mijn ogen. Ik heb heus wel gemerkt hoe hij tegen haar deed. Maar ik had vertrouwen in mijn dochter, ziet u. Hoe kun je géén vertrouwen hebben in je eigen dochter? Ze had een vriendje, ze was serieus. Ik dacht bij mezelf dat mijn Lisa een prima meid was en dat ze zelfs als Dan om haar heen draaide niks gedaan zou hebben, bovendien had ze haar vriendje, ze had haar eigen leven. Ik heb me ook in mijn dochter vergist.'

'Mama, alsjeblieft!'

De stem van de dochter klonk huilerig.

Maar Eva Marville keek niet naar haar of naar haar man. Ze keek niet meer naar hen. Ze keek naar mij.

'Zo is het leven. Zo gaat het. We kenden elkaar niet, en nu zal ik u voor de rest van mijn dagen niet meer vergeten. U dacht dat ik het had gedaan, en door hier te komen hebt u een andere waarheid ontdekt. De ergste. De politie zou er ook achter zijn gekomen als ze maandag kwamen. Maar u zal ik nooit meer vergeten. Het komt door uw gezicht. Uw ogen. U zei: "Ik weet dat u het bent." Ik had het op dat moment niet begrepen. Maar u had geen ongelijk. Mijn dochter, mijn dierbare dochter. Uw zoon, uw dierbare zoon. Zo is het leven. Het verandert in een paar seconden, hebt u dat door? Uw zoon, een auto, een coma. Mijn dochter, mijn man, hun smerige streken. Een paar seconden. Het is zó gebeurd.'

Ze liep wankelend de kamer uit, met een hand tegen haar mond gedrukt, alsof ze op het punt stond te gaan braken.

In zijn schuilplaats begon het jongetje met het krulhaar te schreeuwen, uit alle macht te schreeuwen, een ondraaglijk geschreeuw, maar zijn vader noch zijn halfzus stak een hand naar hem uit. Zijn moeder kwam niet terug. Uiteindelijk zweeg hij, plotseling, als een plaat die je midden in een nummer afzet.

Nadat Eva Marville was weggegaan, kon ik niet langer blijven. De dochter en de echtgenoot leken in het nauw te zitten en geen kant meer op te kunnen. Ze zeiden geen van beiden iets. Het was alsof ze verstard waren, niet in staat naar mij te kijken, in schaamte gehuld.

Ik stond op. Ik bekeek hen eens goed. Dit waren dus de mensen die op die dag mijn zoon hadden aangereden. Ik prentte hen goed in mijn geheugen, ik onthield al hun gelaatstrekken, hun postuur, hun geur, het geluid van hun ademhaling, en daarna verliet ik het appartement en vloog ik zo snel mogelijk de trap af. Ik zag de scène voor me. Ik zag het helemaal. De nacht in een hotel. De nacht van verboden liefde. Haar blondheid, haar mollige lichaam onder het lichaam van de oudere man, zijn mond op het moment dat hij klaarkwam, week en lelijk. De gebaren. De woorden. Ik zag ze. Ik zag alles. De lunch met te veel drank in een brasserie. De dochter die achter het stuur wil plaatsnemen, kom op Dan, alleen deze boulevard, ik heb al eerder in mama's auto gereden, ik zal er geen kras op maken, kom op, wees eens cool, toe, schuif eens op. De auto die vaart maakt, de dochter die de slappe lach krijgt, de man die in een roes van zorgeloosheid raakt, de rosé waarvan hij te veel heeft gedronken, de beelden van de afgelopen nacht, de soepele huid van de goudbruine dijen waar zijn vingers in knijpen, en de tiener die bij het stoplicht plotseling achter de bus tevoorschijn schiet, de klap die het lichaam van de tiener oploopt terwijl het over de motorkap van de Mercedes vliegt, shit, shit, wat was dat, kut, Lisa, niet afremmen, je moeder vermoordt ons, je moeder mag het niet weten van ons, nooit, rij door, zeg ik je, rij door tot aan het volgende stoplicht, dan neem ik het stuur over, maak je geen zorgen, die jongen, die heeft niks, die is alweer opgestaan, we denken er niet meer aan en geen woord tegen je moeder, hoor je?

Ik voelde me uitgeblust. Ik was een lege dop, ik was niets meer, alleen nog iets lichts en vaags dat door de wind wordt meegevoerd. Ik liep als een slaapwandelaar door de vochtige nacht, verdwaasd, doodop door alles wat ik zojuist had gezien en gehoord. Ik wist, ik wist nu waarvoor ik was gekomen. Ik voelde me als het ware gerustgesteld, maar ook uitgeput.

Door het onweer waren allerlei in elkaar overgaande geuren om me heen verscherpt. De citroenlucht van de tamarisk en het pittigere aroma van de hortensia's. Daarna rook ik de geur van een vijgenboom, scherp, sensueel en gronderig, en plotseling kwam er een beeld bij me op van onze laatste vakantie in Italië. En van de vijgenboom voor het huis dat boven de zee uitstak. Andrew had me op een nacht meegesleept naar de boom, terwijl de kinderen lagen te slapen, het was verschrikkelijk heet, zoals vaak in Italië, die verstikkende, geurige lucht die als een klamme hand op je ligt, en ik zag zijn handen weer op me, op mijn gebruinde huid, en ik herinnerde me hoe warm zijn mond was die lange tijd tussen mijn dijen vertoefde, en ik zag weer het wortelstelsel van de vijgenboom waar ik met mijn rug tegenaan lag, de grijze, gladde schors, het weelderige groen van de bladeren boven ons hoofd, en die bedwelmende, houtachtige lucht die als een geurige paraplu over ons heen hing. Zijn lach en de mijne, en het opkomende genot dat zoet en smachtend werd, zo makkelijk en soepel. Andrew. Ik miste hem op dat moment zo hevig dat ik zijn naam wel wilde uitroepen. Ik tastte naar de zak van mijn jack om mijn telefoon te pakken, en toen herinnerde ik me dat ik die op mijn nachtkastje had laten liggen.

De vijgenboom stond aan de andere kant van de villa, hij was niet zo groot, maar hij rook heel sterk, die unieke, verrukkelijke geur die me deed denken aan die zomer in Italië, aan dat vanzelfsprekende, zorgeloze geluk waar ik zo naar terugverlangde. Was het te laat? Was ik Andrew kwijtgeraakt? Zou het me lukken Andrew duidelijk te maken waarom het voor mij zo belangrijk was hierheen te gaan en de waarheid te achterhalen? Ik was bang voor zijn koelheid, zijn minachting, ik was bang te bedenken dat hij misschien niet meer van me hield, dat die vier dagen zonder hem ons toch al kwetsbare huwelijk de genadeslag hadden gegeven. Ik had hem nodig, met zijn stilzwijgen, zijn kracht en zijn oprechtheid. Kon ik, nu ik had begrepen wat er die 23ste mei was gebeurd, erop rekenen dat ik Andrew zou terugkrijgen, en onze gevoelens van die zomer in Italië, van de liefde onder de vijgenboom en de met begeerte doortrokken verstandhouding waaraan het ons op dit moment ontbrak?

Ik begon blindelings te rennen, zo snel mogelijk, zo hard als ik kon, mijn gympen gleden uit over het nog natte wegdek, maar het kon me niet schelen, rennen, rennen, Andrew bellen, hem vertellen hoeveel ik van hem hield, hoezeer ik hem miste, hem vertellen dat ik snel naar huis kwam nu ik wist wie Malcolm had aangereden, ja, ik zou snel naar huis gaan, zo snel mogelijk.

Het zou wel middernacht zijn. Toen ik bij Candida's huis aankwam, brandde overal licht. Ik kreeg een akelig voorgevoel. Buiten adem opende ik de deur en Georgia drukte zich tegen me aan terwijl ze kreunde: 'Mama! Mama!' Toen zag ik achter haar Arabella, met een gezicht vol tranen, ondersteund door Candida die ook in tranen was. Ik wankelde, het bloed trok in één keer uit mijn gezicht weg, ik moest me vasthouden aan de deurpost. Arabella zei dat ik niet bang hoefde te zijn, maar ik was zo bang dat ik mijn oren wilde dichtstoppen, ik verbeeldde me al het ergste, ik hoorde al het ergste, Malcolm was dood, mijn zoon was dood. Maar Arabella lachte door haar tranen heen, een stralende lach, ook al huilde ze tranen met tuiten, en ik haalde mijn vingers uit mijn oren en hoorde haar zeggen: *'He came out of the coma! Out of the coma!'*

Uit het coma. Uit het coma. Arabella reikte me een telefoon aan en fluisterde: *'No, not his mobile, call the hospital directly'*, en met onbeholpen trillende vingers toetste ik het nummer in, terwijl mijn dochtertje zich aan me vastklampte, en ik stamelde: 'Met de moeder van Malcolm...'

Eliane, de verpleegster die ik graag mocht.

'We proberen u al twee uur te bereiken! Uw man is hier!'

Ik mompelde dat ik mijn mobieltje was vergeten. Kon ik mijn man aan de lijn krijgen?

De stem van Andrew. Trillend, helder, als de stem van een jonge man.

'Where were you, Justine? Shit, where were you?'

Hoe kon ik hem uitleggen wat ik zojuist had meegemaakt, zojuist had gehoord?

'Andrew, ik weet nu alles, ik weet wie hem heeft aangereden.'

'Kan ons het wat schelen, hij is wakker geworden, hij vraagt naar je, zijn eerste woord was "mama", hoor je me, *for God's sake.* Zijn eerste woord was "mama" en jij was er niet!'

Ik deed mijn ogen dicht.

'Sorry, Andrew. Sorry. Vergeef me alsjeblieft.'

Hij hijgde door de telefoon.

'Ik was zo bang. Ik verwachtte van alles en nog wat. Ik dacht dat je was vertrokken. Dat je had besloten bij me weg te gaan en ons in de steek te laten. Georgia vertelde me dat ze je vandaag had gezien met een kerel, een motoragent. Ze had jullie vanuit het raam gezien, ze zei dat die kerel je had gezoend. Ik dacht bij mezelf dat je naar die vent was teruggegaan. Dat het afgelopen was.'

‘Welnee! Dat was die agent, Laurent, weet je wel, hij was hier in de buurt met vakantie, hij vertelde me dat de politie maandagochtend naar die vrouw zou gaan, dat is alles, het is niet wat jij denkt!’

‘Justine, why are you not here?’

‘Sorry. Ja, ik zou er moeten zijn. Ik weet het. Mag ik hem even, mag ik hem even aan de lijn?’

Stilte.

Daarna een mannenstem.

‘Mama.’

Een mannenstem die ik niet herkende.

‘Malcolm?’

‘Mama, waar ben je?’

Malcolm had de baard in de keel gekregen.

Ik voelde dat ik in tranen uitbarstte, terwijl Georgia, die me nog steeds stevig bij mijn middel vasthield, ook zat te huilen.

‘Mijn Malcolm. Mijn jongetje.’

‘Mama, kom je? Mama?’

‘Ja, Malcolm, ja, ik kom naar je toe.’

Andrews stem weer.

‘Ik heb op internet een ticket voor je gekocht, je hebt morgenochtend een vlucht om zeven uur. Granbella en Georgia komen wat later op de dag terug.’

‘Hoe is hij? Hoe gaat het met hem?’

‘Hij is enorm. Hij is wit. Aan de magere kant. Morgen mag hij zijn bed uit. Ik weet zeker dat hij langer is dan jij. De dokter is tevreden. Hij zegt dat er geen nawerkingen zullen zijn. Maar daar hebben we het morgen nog wel over.’

‘Ja, morgen.’

‘Ik was erbij toen hij zijn ogen opendeed. Echt zijn ogen opendeed en mij zag. Het was alsof hij terugkeerde van een andere planeet. Als een tweede geboorte. Hij keek me aan en met die nieuwe, zware stem waar ik van schrok, zei hij “mama”.’

Ik kon alleen maar luisteren, huilend.

'Morgen wil ik jullie om me heen hebben, *you hear me,* Justine, alle drie om me heen, jij, hij en Georgia, ons gezin, wij vieren. Ik wil niet meer ver van jou en Georgia vandaan zijn, hoor je me? Ik kan er niet langer tegen dat we niet bij elkaar zijn, daar word ik gek van.'

Ik dacht aan de vijgenboom, aan de magische beelden van afgelopen zomer. Ons gezin, wij vieren. De kinderen die kraaiend van plezier in de heldere zee zwommen.

Andrews stem klonk warm en gevoelig. Ik moest ervan huiveren. Zijn stem, zijn stem van vroeger, het was zo lang geleden dat hij zo tegen me had gesproken.

'*I love you, you stupid, wonderful woman. I need you. I need you.* Kom morgenochtend direct naar het ziekenhuis. Malcolm heeft met iedereen gesproken, terwijl we overal als gekken naar jou zochten, *idiot girl* dat je d'r bent, en begrepen dat je je mobieltje in je kamer had laten liggen. Ik heb je ouders ingelicht en je zus en Olivier. Hier, ik geef je je zoon weer.'

Nog aangedaan door Andrews stem, door zijn *I love you,* zei ik tegen Malcolm dat ik de volgende ochtend heel vroeg bij hem zou zijn. Daarna hing ik op en Arabella, Georgia, Candida en ik moesten alle vier huilen. Candida ging naar haar kelder om roze champagne te halen, die lauw was, maar dat maakte niets uit. Georgia mocht een slokje en daarna gingen we allemaal naar bed.

Twee uur 's nachts. Ik kon maar niet slapen. Ik liep naar het balkon en ging zitten met mijn gezicht naar de zee. Rechts van me de vuurtoren met zijn witte oog in het donker. Het onweer was naar het westen weggetrokken, je zag geen donkere wolken meer aan de hemel. Ik keek voorbij de vuurtoren, naar het noorden, in de richting van Malcolm en Andrew. Morgen Malcolm in mijn armen. Malcolm met zijn nieuwe, mannelijke stem. 'Mama.' Morgen bij Andrew.

Ik stuurde hetzelfde sms'je naar al mijn vrienden: 'Malcolm ontwaakt, alles oké.' Ik had een gerust gevoel, mijn lichaam deed pijn maar was uitgerust, mijn hoofd was kalm en helder. Ik was Malcolm niet kwijtgeraakt, ik was Andrew niet kwijtgeraakt. Ik zou hen terugzien, morgen, over een paar uur. Ik zou in het vliegtuig wel slapen. Want nooit eerder had ik zo weinig zin om te slapen. Nooit eerder had ik in een paar dagen tijd zo weinig geslapen.

Donderdag, vrijdag, zaterdag. De zondag brak aan. De zondag dat we elkaar zouden weerzien, de zondag van de vreugde. 'Mama.' '*I love you, you stupid, wonderful woman. I need you.*' Mijn hele lichaam ontspande zich, gaf zich over, de last die vanaf de dag van het ongeluk op me drukte, verdween langzamerhand, maakte zich uit de voeten, koos het hazenpad. Ik had zin om te dansen, te lachen, te zingen. Zin om Andrew tegen me aan te drukken en hem uitbundig te kussen. Zin om Malcolm in mijn armen te wiegen en 'Lavender's Blue' voor hem te zingen.

Er was een vreemde maan opgekomen, blauwachtig en onwezenlijk. Daaronder glansde de Rocher de la Vierge stralend wit, een bleek stipje in het donker. Na het onweer was de zee rustig geworden. Het werd eb. Je hoorde het nauwelijks, alleen een ver geruis. Ik hoorde toch al niet veel, alleen dat het nog waaide, en een paar passerende auto's, en stemmen vanuit een naburig huis.

Ik dacht rustig en dromerig aan wat ons te wachten stond. Elkaar weerzien. Malcolms herstel. Ervoor zorgen dat de kleine Georgia niet aan haar lot werd overgelaten, *Georgia on my mind*, Georgia in mijn hoofd, Georgia in mijn gedachten. Hoe lang zou Malcolm nog in het ziekenhuis moeten blijven? Zouden we Parijs kunnen verlaten? We zouden naar Saint-Julien gaan, het huis openzetten, de zon zou in alle kamers naar binnen schijnen en de mufheid verdrijven. Andrew zou het gras maaien, dat wel geel zou zijn geworden en tot onze knieën zou reiken. Malcolm zou weer op krachten komen, het wit zou uit zijn gezicht verdwijnen. Zouden we weer naar Italië kunnen gaan? Terug naar het vierkante huisje met uitzicht op zee en de vijgenboom? En in september of eind augustus al zou ik weer aan het werk moeten, me er weer in storten, weer contacten leggen. In september zou Malcolm veertien worden. We zouden een groot, feestelijk, vrolijk diner geven, met de hele familie, de Engelsen en de Fransen en alle neefjes en nichtjes, alle vrienden van Malcolm, alle mensen die avond na avond hadden gebeld om te vragen hoe het met hem ging, en mijn trouwe vriendinnen, die me tijdens die helse weken zo goed mogelijk hadden gesteund.

Ik dacht aan ons huis dat er eindelijk weer normaal uit zou gaan zien, aan het bed dat ik weer zou delen met Andrew – in geen geval meer op de bank in de woonkamer slapen –, ik dacht aan Malcolms kamer, die weer niet opgeruimd zou worden, de vloer bezaaid met vuile sokken, stripboeken, skates, caviakeutels en halfopgegeten chocoladebroodjes. Aan mijn stem die voor de tiende keer zou zeggen: 'Malcolm Wright, als je je kamer niet opruimt, krijg je deze maand geen zakgeld.'

Het leek me onwaarschijnlijk om zo gemakkelijk de draad van mijn vroegere leven weer te kunnen oppakken, terwijl deze laatste maand, deze laatste dagen een storm van emoties waren geweest. Maar ik had behoefte aan die vooruitzichten. Ik wilde niet meer denken aan wat ik had gezien en gehoord in Villa Etche Tiki. Ik wilde me dat allemaal niet meer voor de geest halen. Ik verplaatste me met hart en ziel in de dag van morgen, in wat me in Parijs te wachten stond, er was geen enkele reden meer om hier te blijven, geen enkele. Maar was ik niet onherstelbaar veranderd, alsof alles wat er sinds 23 mei was gebeurd een onzichtbaar litteken had achtergelaten dat nog vocht afscheidde en zich af en toe zou manifesteren door een kortdurende, bijna onopgemerkte steek van pijn?

Nee, ik wilde niet denken aan de dochter, haar minnaar, of het verdriet van een moeder. Niet nu. Ik zou er later aan denken, wanneer Laurent me zou bellen om me op de hoogte te houden. De dochter riskeerde waarschijnlijk een flinke straf. Achter het stuur zonder rijbewijs, doorgereden na een aanrijding. Gevangenisstraf? Nee, daar wilde ik niet aan denken. Niet meer aan denken. Het was mijn zaak niet meer. Het ging me niet aan. Niet meer. Aan iets anders denken. Aan morgen. Aan mijn leven dat opnieuw begon, aan ons leven dat opnieuw begon, aan alles wat ons vieren te wachten stond.

De vuurtoren knipperde met grote regelmaat binnen mijn gezichtsveld. Terwijl ik indommelde, vervuld van welbehagen, nam het ritmische geknipper de vorm aan van een irritant signaal dat mijn rust verstoorde. Ik draaide mijn hoofd om zodat ik niet meer gehinderd zou worden door die al te schelle flikkering. Maar die bleef in mijn ooghoek aanwezig, doordringend, aanhoudend, en uiteindelijk moest ik op mijn rug gaan liggen, met mijn gezicht naar het zuiden, om er geen last meer van te hebben.

Vreemd. Mijn kalmte had een andere teneur gekregen. Iets miniems had de situatie veranderd, had mijn geestesgesteldheid gewijzigd. Waarom voelde ik die bitterheid? Terwijl alles in mijn leven van nu af aan goed ging, Malcolm uit zijn coma was ontwaakt, Andrew had gezegd dat hij van me hield, en ik morgen naar huis ging? Een tastbaar verdriet maakte zich langzaam van me meester, ik voelde het in omvang toenemen en steeds meer beslag op me leggen, ik werd de bekende druk gewaar die zich nestelde op mijn borst en al het welbehagen dat zich daar eerst had opgestapeld verjoeg. Ik stond op en leunde met mijn ellebogen op de balustrade, en terwijl de zilte wind over mijn gezicht streek, keek ik naar het zuiden en probeerde te begrijpen waar die onuitsprekelijke treurigheid vandaan kwam.

Plotseling zag ik haar donkere ogen weer voor me, en toen hoorde ik haar stem, haar stem toen ze 'Lisa Lisa Lisa' had geroepen. Haar ogen, steeds maar weer, als de vuurtoren die halsstarrig achter me bleef flikkeren. En toen ik opnieuw de tranen voelde stromen, die zich vermengden met het zout van de zee, begreep ik waarom en om wie ik huilde.

DANKWOORD

Ik bedank Stella en Joël omdat ze een rasechte 'Franglaise' van me hebben gemaakt.

Ik bedank iedereen bij uitgeverij Plon.

Dank aan mijn twee favoriete boekhandelaars, Valérie en Sophie, in hun Tropiques in het 14de arrondissement.